अपुन पेट बोल रये हैं

(वैश्विक महामारी कोरोना से प्रेरित उपन्यास)

रामानुज 'अनुज'

Delhi - 110089, India

संस्करण : 2020
ISBN : 978-93-89984-37-8

प्रखर गूँज पब्लिकेशन
एच-3/2, सेक्टर-18, रोहिणी, दिल्ली-110089
दूरभाष : **7982710571, 7838505899, 011-27851059**

प्रथम संस्करण : 2020
मूल्य : 275/-

अपुन पेट बोल रये हैं
रामानुज 'अनुज'

Apun Pet Bol Raye Hain
By Ramanuj 'Anuj'
Published by
PRAKHAR GOONJ PUBLICATION
Delhi-110089
E-mail : prakhargoonj@gmail.com
sinha.neelu123@gmail.com
Ph. : 011-27851059, 7982710571, 7838505899

माता-पिता और गुरुजनों के
श्री चरणों में समर्पित,
अनुज का सम्पूर्ण रचना कर्म

प्राक्कथन

यह उपन्यास वैश्विक महामारी के साथ–साथ लिखा गया है।

जैसा देखा–सुना, अनुभव किया, उसीको लिखने की छोटी–सी कोशिश में कई पन्ने भर गए। कोरोना, जिसे समझदार लोगों ने कोविड–19 नाम दिया। यह अभी विश्व भ्रमण में है। यह किसी को मालुम नहीं है कि इसका भ्रमण काल कब खत्म होगा। अपने को सुरक्षित रखते हुए उपन्यास पूरा किया हूँ। डर भी रहा कि कहीं कोरोना महोदय को मेरी कोशिश का पता न चल जाए और छींकते हुए मुझ पर हमला कर दें। ईश्वर कृपा से अभी तक सब ठीक है, आगे की गारंटी किसी के पास नहीं है। मैं दिल की भीतरी परत से सहृदय प्रकाशक को धन्यवाद करता हूँ, जिन्होंने मेरी कोशिशों को पन्ने में सजाकर खूबसूरत किताब की शक्ल दे रहे हैं।

प्रत्येक आदमी का जीवन स्वयं में एक बड़ा जिंदगीनामा होता है। बस उसे पढ़ने वाली आँखें और समझने वाला दिल होना चाहिए। रतिया और सुरजन श्रमिक हैं। इनका पेट इन्हें गुजरात राज्य के खूबसूरत शहर सूरत ले आया। पूरा उपन्यास इन्हीं के आगे–पीछे चकरघिन्नी मारता है। प्रत्येक किरदार के पेट की अपनी जुबान है, बात कहने का अपना लहजा है। यदि किसी किरदार के पेट की बोली–भाषा, हाव–भाव से हल्की–सी गुदगुदी उठती है या छोटी–सी हँसी की लकीर लबों पर उतरती है, तो यह बहुत बड़ी बात होगी। दुःख के पलों में हँसने–हँसाने के लिए बहुत बड़ा दिल होना चाहिए।

पेट बोलता है, पेट चलता है, यह मुझे नहीं मालुम था। यह सत्य पुराना है, बस खोज नई है। सामान्य आदमी यही कहेगा, हाथ चलता है, पाँव चलता है, कभी–कभी दिमाग चलता है। यह अज्ञानता की बातें हैं, सच तो यह है कि पेट के अलावा कुछ नहीं चलता है, हाथ–पाँव और दिमाग चलना महज भ्रम है, पेट के चलने पर ही ये अंग गति में दिखते हैं। पेट चलता है, हजारों मील की यात्राएं कराता है। पेट बोलता है, पेट का न बोलना, मतलब मृत्यु।

कोरोना जी आपका धन्यवाद, भारत में आपका स्वागत है। वैसे आप भी पेट चलाने की नियति लेकर विश्व भ्रमण पर हैं। यह अलग मुद्दा है कि मनुष्य

ने आपके आगमन को विपत्ति समझा और डरकर घर के चंद कमरों के बीच कैद हो गया। मैं तो यह सोचकर घर में बंद हुआ कि सब बंद थे, डर भी था कि ऐसा न करने पर कहीं मनुष्य विरादरी से निकाल न दिया जाऊँ। खैर बहुत अच्छा हुआ——कब जान पाता कि पेट बोलता है और यात्राएं कराता है। घर के एकांत में मैंने पेट की आवाज बहुत साफ और निकट से सुनी, पेट कई भाषाओं का जानकार है। जब भूखा होने पर इसकी बोली अलग तरह की और अघाने के बाद अलग तरह की होती है। पेट से निकली हुई तरह–तरह की संगीतमयी आवाजों ने मेरे मन को झकझोर कर रख दिया। यह महामारी न आई होती तो शायद कभी समझ न पाता और न किसी को बता पाता कि 'पेट बोलता भी है।'

कोरोना जी, बुरा मत मानना, आपको सब दुश्मन या महामारी कह रहे हैं तो मैं भी अब से यही कहूँगा। यह अत्यंत सुकून और खुशी की बात है कि मोबाइल फोन हर हाथ तक पहुँचने के बाद वैश्विक महामारी आई, अन्यथा पेट से पेट की कैसे बात होती? बड़ी अकल्पनीय स्थिति होती, जो आवाज रँगों में जोश भरती है, हौसला देती है, ताकत देती है, ललकारती है——'सारी दुनिया के पेटधारियो, मुस्कुराते हुए, पेट के इंजिन को गतिशील रखते हुए कोरोना नाम के दुश्मन को अल्टर कर अलगनी में लटका दो।'

कैसे सुन पाते? कहाँ से लाते वो जोश और जज्बा जो एक पेट से दूसरे पेट को मिल रहा है? शायद कोई उपाय नहीं था। हम अपनी ही शक्ल आईने में देखकर डर से रोते–चिल्लाते हुए मर जाते। फोन देवता आपको भी लेखक का दंडवत, प्रणाम।

अन्तः धन्यवाद उन सबका, जिनके कृपा से मेरा पेट चला और गुहार मारकर बोला, अन्यथा उपन्यास क्या? 'क' से 'कबूतर' तक न लिख पाता। धन्यवाद प्रकाशक महोदय जी, आपका भी पेट टनाटन रहा, अन्यथा किताब न छपती। अग्रिम धन्यवाद उन शक्तिशाली पेट के पाठकों का जो किताब पढ़ेंगे। भगवान करे, ऐसे ही हम पेटधारियों का पेट निरंतर सुचारुता से साँस रुकने तक गतिशील रहे, बोलता रहे। परन्तु एक बात कहने को रही जा रही है, कहना बहुत जरूरी है, सो कहे देता हूँ———'उपन्यास के प्रमुख किरदार सुरजन और उसकी पत्नी रतिया जैसे लोगों के पेट का ख्याल सभी को प्रथम रखना होगा, अन्यथा ये समूची दुनिया का पेट खराब कर देंगे।'

चलते–चलाते दो–एक जरुरी पेट में छिपी बातें——‘पुस्तक की भाषा–शैली हिंदी के साथ–साथ उस समाज के प्रयोग में आने वाली बोली, तत्सम, तद्भव और देशज शब्दों के साथ आँचलिक शब्दों को लेकर कथा को विशिष्टता प्रदान करते हुए चरित्रों और घटनाओं के साथ प्रवाहित होती है, इसलिए पाठक शब्दों को केवल मानक हिंदी के स्तर पर न जाँचें, वल्कि पेट सहलाते हुए पठन का पूरा लुत्फ लें। कथा में समरसता की तलाश न की जाए, क्योंकि जिंदगी समरस है ही नहीं, तो जिंदगीनामा कैसे समरस हो सकता है?

सुबह यदि हँसी–खुशी में बीता है, तो शाम भी ऐसे मिलेगी, यह निश्चित नहीं है। परिस्थितियों के मुताबिक कुदरत रंग दिखाती है। साहित्य जगत में इन रंगों को नौ रसों में विभक्त कर अलग–अलग पहचान दी गई है। प्रकृति इन रसों को बारी–बारी से सभी को परोसती है। इसलिए जब जो भी, जैसा भी मिल जाए उसे नियति का हुक्म मानकर स्वीकार करने में ही जिंदगी का असली मजा है। दूसरी बात, उपन्यास में वर्णित घटनाएँ, चरित्र और पात्र मेरे पेट की कल्पना पर आधारित हैं। यदि किसी को अपने पेट में ऐसा कुछ बिंब–रूप सोते–जागते, खाते–पीते, रोते–गाते हुए दिखाई दे जाए तो वह मात्र दुर्लभ संयोग होगा।’

सादर

रामानुज अनुज

43/436 हनुमाननगर रीवा (मध्यप्रदेश)
कानाफूसी——9098208132

(एक)
पेट चलता है

एक बार एक ऑटो–रिक्शा वाले से किसी ने पूछा———'धंधा कैसे चल रहा है?' उसने जवाब दिया———'बस पेट चल रहा है, साहेब!'

तब से पेट के चलने पर बहुत चिंतन–मनन हुआ, सरकारी और गैर–सरकारी दोनों तरफ से मीटिंग पर मीटिंग हुई। तब जाकर फाइनल निष्कर्ष निकला कि 'पेट चलता है।' यह सत्य को हर साइज के पेटधारियों ने मान्यता दी है।

सर्वप्रथम पेट ही चलता है, उसके बाद बाकी के अंग चलते हैं। पेट शरीर के सभी अंगों का मुखिया है। इसकी हुकूमत शरीर के सभी अंगों पर चलती है। दुनिया के सभी पेटधारियों को पेट का अच्छी तरह से खयाल रखना चाहिए। उठते–बैठते, सोते–जागते हुए पेट में हाथ फेरकर इसका हाल–चाल लेते रहना चाहिए। बहुत सीधे स्वभाव वाला होता है पेट, बच्चों जैसे स्वभाव का, तुरंत नाराज होता है, बता भी सब देता है, दिल की तरह छुपाकर कुछ नहीं रखता है। गुड़गुड़ कर, दर्द उठाकर, दस्त लगाकर तुरंत नाराजगी जाहिर कर देता है।

पेट चलना ही चाहिए और ठीक से चलना चाहिए। कम चलने पर घुमाता बहुत है, लम्बी–लम्बी यात्राएं कराता है। गांव का खेतिहर मजदूर सुरजन गांव छोड़कर इसीलिए तो सूरत चला गया था कि गाँव में ठीक से पेट नहीं चलता था। रुक–रुक कर चलता था। शादी हो गई तो एक और पेट बढ़ गया। जब उसे लगा कि गाँव में पेट बिल्कुल नहीं चल सकता है, तो वह पत्नी 'रतिया' को लेकर गुजरात प्रदेश के व्यावसायिक नगर सूरत चला गया। वहाँ पर सुरजन के साढू, सपत्नीक पहले से सूरत में रहकर पेट चला रहे थे। उनका नम्बर एक का पेट चल रहा था, तभी तो उनकी सूरत भी बदल गई थी। गुजरात का सूरत शहर वैसी भी सूरत बदलने में मशहूर रहा है। यह ऐसा शहर है जो काले को गोरा और गोरे को भूरा कर देता है।

साढू जी, दस साल पहले से सूरत में रह रहे थे। परिचय का दायरा बड़ा था, उनकी जान–पहचान के बदौलत सुरजन को एक साड़ी की दूकान में पाँच हजार महीने पर नौकरी मिल गई। रतिया दिन भर घर में अकेली क्या करती दो कमरों में, कितनी दफे झाड़ू–पोंछा मारती, इसलिए उसने भी चार–पाँच घरों में चौका–झाड़ू का काम ओढ़ लिया। बरोबर मजे से दोनों पेट चलने लगे, बचत भी होने लगी। वह बचत के पैसे घर भेजने लगा। घर में उसके माँ–बाप और छोटे भाई का भी पेट अच्छी तरफ से चलने लगा।

समय ने पल्टी मारी, चीनी वायरस कोरोना, चीन से चलकर योरोपीय देशों की यात्रा करते हुए जनवरी में केरल जैसे गर्म इलाके से आया, फिर धीरे–धीरे कश्मीर से लेकर कन्या कुमारी तक अंग्रेजों की तरह शासन जमा लिया। गुजरात का सूरत शहर भी इसकी आँख से बच नहीं सका। इस वायरस को चिकित्सा शास्त्रियों ने बहुत खतरनाक कहा। उनके अनुसार यह मुँह के रास्ते से पेट में घुस जाता है और पेट का इंजिन खराब कर देता है। जब इंजिन खराब हो गया तब शरीर की दुर्दशा तय मानिए। इसीलिए चिकित्सकों ने मुँह के साथ नाक भी बन्द रखने की सलाह दी। प्रधानमंत्री जी ने सर्वजनहिताय लॉक डाउन की घोषणा कर दी, यह बहुत जरूरी था। घर से बाहर निकला हुआ आदमी जरूर मुँह खोलता है। मुँह केवल घर में ही बन्द रहता है। लॉक डाउन पूरा का पूरा लोक डाउन था। अस्पताल, बैंक, डॉक सेवा, किराना और अन्य जरूरी सेवाओं को छोड़कर सभी गतिविधियां 'सिट डाउन' सामाजिक, राजनीतिक, खेल, मनोरंजन, शैक्षणिक, धार्मिक गतिविधियाँ ठहर गईं। वाणिज्यिक और निजी संस्थानों के वर्कर घर से काम करने लगे। बहुत से कल–कारखानों, मिलों में काम करने वाले लाखों की तादात में कामगार, दिहाड़ी कर्मचारी बेरोजगार हो गए।

सुरजन जिस दूकान में काम करता था, वह बन्द हो गई, रतिया का झाड़ू–पोंछा का काम भी बन्द हो गया। धीरे–धीरे घर का राशन खत्म, अब खाएं तो खाएं क्या? ये तो अच्छा हुआ कि समाज के कुछ सहृदय लोगों को दया आई, स्वयं की व्यवस्था से मजदूरों के रहाइसी इलाके में भोजन बाँटना शुरू कर दिया। किसी कदर फिर से पेट चलने लगा था, किंतु उतना ही, जितना जीवित रहने के लिए जरूरी होता है।

रतिया बार–बार ओढ़के दरवाजे से झिरी बनाकर बाहर को झाँक लेती थी, डेढ़ घण्टे पहले सुरजन खाना लेने हुए गया हुआ था, परन्तु अभी तक लौटा नहीं था। उसे जोर की भूख लगी थी। घर में खाने को कुछ नहीं था, सिर्फ वही कल की बासी चार पूड़ी, दो पूड़ी सुरजन खाकर चला गया था, दो रतिया के लिए छोड़ गया था। अब एक ही बची थी। एक पूड़ी वह टुकड़े–टुकड़े में खा गई थी। जब भी वह सुरजन को देखने के लिए बाहर झाँकती तब–तब एक टुकड़ा कमरे में आकर उदरस्थ करके एक गिलास पानी पी लेती थी।

वह पेट से थी, तीसरा महीना चल रहा था। भोजन और पानी का अनुपात पेट में अधिक हो जाने के कारण पेट का संतुलन बिगड़ गया, पेट हुक्के की तरह गुड़गुड़ी मारने लगा, परन्तु कमबख्त भूख———उसे तो भोजन से मतलब है, वह बारम्बार पेट को नोटिस पै नोटिस दे रही थी। महीने भर पहले पैसे थे, किंतु सुरजन घर भेज चुका था। पिछली बरसात में ओसारी गिर गयी थी, जहाँ दीवाल के मलवे में दबकर घर की पालतू गाय मर गई थी। वह भी पेट से थी। बरसात के पहले घर दुरुस्त कराना जरूरी था।

बाहर झाँककर रतिया अभी–अभी लौटी थी, आते ही पूड़ी का एक टुकड़ा नमक लगाकर खाया और पानी भरने को गिलास उठाया ही था कि दरवाजा खड़क उठा। आदमी का पेट जब ठीक से नहीं चलता है, तब घर की हर चीज खड़कती है, चाहे वह तिकोनी खिड़की हो या चौकोर मुँह का दरवाजा, सबके सब खड़कने लगते हैं। वह बिना पानी पिए ही उठ गई, बढ़कर दरवाजा खोल दिया। सामने साँझ–बेला में सूरजमुखी के फूल की तरह सर लटकाए, बरसाती घास की तरह बाल छितराए हुए सुरजन खड़ा था। कमीज के ऊपरी बटन टूटे हुए और दोनों जेब, बकरे के कान की तरह नीचे झूल रहे थे। पर तसल्ली की बात ये थी कि हाथ में खाने के पैकेट लिए था। रतिया समझदार थी, वह कुछ पूछी नहीं, वह दरवाजे के दोनों पट खोलकर अंदर आ गई। अगर पूछती तो, सम्भव है सुरजन रो पड़ता। बड़ी तौहीन वाली बात होती है, जब पुरुष किसी महिला के सामने रो पड़े। रोने से पुरुष का पौरुष कलंकित होता है। रतिया जैसी सहृदय नारी किसी पुरुष के रोने की सबब कैसे बन सकती है?

'देक्खो जी! काल्हि से हम खाना लौबे।' वह सुरजन की आँखों में झाँककर बोली।

रतिया, पति की पीड़ा को समझ रही थी। ये दोनो रीवा जिले के गाँव से आये हुए थे। इनकी बघेलखण्ड की बोली पर लोग मजे लेकर हँसते थे। सुरजन खड़ी हिंदी के साथ कुछ अंग्रेजी और गुजराती के शब्द मिलाकर बोला करता था। रतिया अभी प्रशिक्षु थी। वह भी उसीकी तरह बोलने का अभ्यास कर रही थी। जब किसी गाँव–देहात के लोग दूसरे प्रदेशों में जाकर रहने लगते हैं तब वे नई बोली का सृजन करते हैं।

'तुम पेट से हो, अबी चउथा महीना चढ़ा है। कल्ल से हमू जोगाड़ करब, देख लेना, चार पइकेट खाने के लै के आऊँगा, बरोब्बर से दोनो टेम का पक्का जोगाड़, 'सूरत इसप्रेस' की तरै धड़ल्ले से अपन का पेट दौड़ेगा।' आत्मविश्वास भरकर सुरजन बोला।

'कल्ल, दुसरी सरट पहिन जाना, खलीसा सिल दूँगी।'

'जो हुकम।'

मुस्कुराता हुआ सुरजन एक गिलास पानी उठाये हुए द्वार तरफ मुँह धोने चला गया था। पेट के आगे शरीर के समस्त अलंकरण, यथा वस्त्र, आभूषण सब महत्वहीन हो जाते हैं। मान–सम्मान जैसी अदृश्य मन की चाहतें गौड़ हो जातीं हैं। पेट के लिए जूते की मार पेट सहलाने जैसी और गालियाँ वेद–पुराण के श्लोक जैसी मिठास लिए होती हैं। दोनों के पेट रेंगने लगे थे, अलबत्ता कभी–कभी खराब भी हो जाते थे। सौ किलो के शरीर रूपी ढाँचे को पेट नाम का इंजिन ही तो घसीटता है। स्वाभाविक है, मशीन है तो कुछ–न–कुछ खराबी आएगी ही।

अब कोई काम नहीं बचा था, न सुरजन के पास, न रतिया के पास। दिन भर कोईरी में कैद रहना, एक दूसरे को निहारना और——— बातें भी चुक गई थीं। मस्जिद वाले चौराहे से सुरजन एक टाइम का खाना ले आता था। आते–जाते पुलिस के डंडे भी पीठ में मिल जाते थे। किसी तरह से पहले लॉक डाउन की सीमा समाप्त होने जा रही थी कि इक्कीस दिन का समय और बढ़ा दिया गया।

वह जिस बस्ती में रह रहा था। वह बड़े लोगों की बस्ती थी। कमरे का किराया उसे नहीं देने पड़ते थे। रतिया खुश थी, इधर रहने की बदौलत उसे बड़े–बड़े घरों में काम मिला हुआ था। दो दिन पहले इसी बस्ती में कोरोना

का पहला मरीज मिला था, बाद में दो–तीन और हो गए, कल तो रिकॉर्ड बन गया एक ही घर से पाँच मरीज मिले। बस्ती पूरी सील कर दी गई थी घर से बाहर पाँव निकालने की सख्त मनाही थी। गली–सड़क के बाहरी निकास पर मजबूत डंडा लिए हुए पुलिस किसी पर भी लाठी भांजने को चुस्त–दुरुस्त खड़ी थी। सुरजन के सामने अब बड़ी समस्या आ गई थी। उसे एक किलोमीटर दूर खैराती खाना लाने के लिए जाना होता था। बहरहाल यह समस्या हल हो गई। पुलिस वाला बहुत दयालु निकला, दो डंडे लगाने के बाद वह सुंदर को जाने देने लगा था। शायद उसके पास भी पेट था, पेट ने पेट से निवेदन किया होगा और पुलिस का पेट मान गया। पेट आखिर पेट है, चाहे किसी का हो, चालू हो या बन्द हो, अपनी कौम पर थोड़ी–बहुत हमदर्दी तो सभी को होती है। बस्ती के बाकी लोगों को भूख नहीं लगती थी, क्योंकि इस बस्ती के अधिकांश लोगों के पास पेट ही नहीं थे। जिसके पास पेट थे भी वे इतने फूले हुए थे कि कमीज में बटन लगाया मुश्किल किए थे। ऐसे पेटों को यदि साल भर तक खाना न मिले तब भी कोई फर्क नहीं पड़ने वाला था। देश–दुनिया की फिक्र भी उन्हें नहीं, जिन्हें मरना हो मरे, वे तो मोबाइल की स्क्रीन पर नजरें गड़ाए हुये वातानुकूलित कमरे में मस्त पड़ें हैं।

सुरजन जिस मकान में रहता था, उसमें दो कमरे थे। जिसमें सुरजन का निस्तार था। कमरों से लगी पार्किंग थी, जिसमे सेठ जी कार खड़ी करते थे।

आज की सुबह बहुत उमस भरी थी। रात में दो बूंद बदरी क्या चू गई, धरती की तपिश और बढ़ा गई। रतिया भोर में ही उठ गई और द्वार खोलकर बाहर आकर टहलने लगी। चारों तरफ दूर–दूर तक सन्नाटा पसरा हुआ था। कहीं कोई आवाजाही नहीं, हाँ! पेड़ पर बैठे हुये परिंदे अपनी बोली में बातें कर रहे थे। पेडों के हरे–हरे पत्तों से छनकर आया हुआ शीतल स्वच्छ समीर नाक के रास्ते पेट तक पहुँचकर पेट की नाराजगी दूर कर दिया था। किसी खटारा ऑटो–रिक्शा की तरह अब तक भड़भड़ाने वाला पेट शांत हो गया था। उसने एक लंबी साँस छोड़ी और मन भर प्राणवायु पुनः पेट में उतार ली। तभी एक परिंदा कहीं से लाया हुआ रोटी का बड़ा टुकड़ा उसके आगे गिरा दिया। वह बाजरे की रोटी के उस टुकड़े को बड़ी देर तक निहारती रही, उसे लगा कि यह परिंदा हमारे लिए रोटी लाया है, वह शायद जानता है, रतिया पेट से है। पेट

में पल रहा उसका नन्हा–सा बच्चा भूखा है। उसे लगातार सोया तेल से तली हुई पूड़ियाँ और सड़े आलू की गंध मारती हुई तरकारी अच्छी नहीं लग रही है। उसका कई दिन से मन हो रहा था कि कहीं से बाजरे का आटा मिल जाए, दो मोटी रोटी ठोंके और नमक–मिर्ची लगाकर सुरजन के साथ बैठकर खाए, परन्तु आटा मिलना आसान नहीं था। जिसके खलीसे में छेद हो उसे आटा क्या, चुटकी भर माहुर भी कोई नहीं देगा। तभी पेड़ पर बैठे हुए परिंदे जोर से चहचहाने लगे, जैसे वे भी रोटी और पेट से सम्बंधित मसले पर जोर–शोर से चर्चा करने लगे हों। दूर हाइवे पर पुलिस की गश्ती गाड़ी का सायरन बज उठा और माइक से चेतावनी के बोल कानों में सुनाई पड़ने लगे———'होशियार——खबरदार, सभी घरों के भीतर रहें। बाहर झाँकने की कोशिश न करें, बाहर आपकी जान को खतरा है, जान है तो जहान है, आपकी मदद को हम है, हमें बताइये, हम आपके जरूरत का हर समान आपने पेट तक पहुचाएंगे।'

पुलिस का ऐलान सुनकर पेड़ पर बैठे हुए परिंदे चुप हो गए थे। शायद वे पुलसिया ऐलान पर यकीन नहीं कर पा रहे थे। तभी एक बड़े आकार का सुग्गा जोर–जोर से चहचहाता हुआ रतिया के सर के बालो को स्पर्श करता हुआ पूरब दिशा को उड़ गया। उसकी चहचहाहट में केवल शोर नहीं था, स्वर थे, संवेदना थी, संकेत थे, वह रतिया से जाते–जाते जैसे कह

गया हो———'बहन उदास मत होना, आज सिर्फ यही रोटी का टुकड़ा मेरे पास था, जो तुम्हें दिया, अस्वीकार मत करना। कल मैं बाजरे का आटा, तेल, नमक और तीती मिर्ची भरी बोरी लेकर आऊँगा।'

वह आगे बढ़ी और रोटी के टुकड़े को गली से उठाकर माथे से लगाया और कमरे में आकर उस टुकड़े को कटोरे में रख दी। सुरजन अभी तक सो रहा था। उमस की वजह से रात पहनी हुई टी–सर्ट उसने उतार दी थी। पीठ पर लाठियों के पड़े निशान देखकर रतिया चिल्ला उठी। तेज आवाज सुनकर सुरजन की नींद टूट गई, वह उठकर बैठ गया और रतिया का मुँह ताकने लगा।

'पीठ मा लाठी को मरबे?' रतिया ने पूछा।

'कु–कु कुछ नहीं, खरोंच लगी हबै, फेक्टरी में काम के टेम।' हकलाकर सुरजन बोला था, जैसे पुलिस की मार खाने में उसी का हाथ रहा हो।

'काहे झूठ बोलत हो, सच्ची बताओ, किसने तुम पे हाथ उठाया अउर

काहे को? हम ओखरा मुँह नोंच लेबे।'

'कानून ने मारा है, ओखरे मुँह कइसे नोंच सकत हो? सुनिबे हैं कि कानून के हाथ बहुत लंबे होते हैं, जरा सोचो मुँह कित्ता लम्मा होगा। तुमई दू फुट का हाथ कानून के मुँहे तक कइसे पहुँचबे?'

रतिया का मन बहुत दुखी हो गया था, आँखों में आँसू झलझला आये थे, वह साड़ी के छोर से आँख पोंछने लगी थी।

रतिया का दुःख सुरजन से देखा नहीं गया, वह उसे पास बैठा लिया और बताने लगा———'जब हम खाना लेबे को जाते थे, तो एक दूसरे से सट जाते थे। पुलिस वाला चिल्लाता था, 'शोशल डिस्टेंडिंग' फॉलो करो।'

'ये सोसल डिटेनिंग का चीज है? किस कामन अएबे है?' मासूमियत से रतिया ने पूछा।

'अरे, बैकल दूर–दूर खड़े होंन का 'सोसल डिस्टेंडिंग' कहत्ते।' सुरजन उसके गाल पर हल्की सी चपत लगाकर बताया।

'तब खड़े काहे नहीं भए? मूँ सूँघन को दुसरे से काए चपके?'

'लाठी ठोंकन के बाद समझ आबा, अरे! हमरा जइसा गाँव का मनई का जाने सोसल डिस्टेंडिंग। वह डंडे मार–मार कर सभी को दूर खड़ा कराबे रहा। जब समझ आ गिया तब बिना कहे दूर खड़ा होबे किए। ई में दुक्ख काहे को, पेट चलामन के निता अगर पेटउ मा लात पड़े, तबहूँ बुरा न मनबे चाही, पेट सलामत ता मुलुक सलामत।'

(दो)
सेठानी का जानू

रतिया की नींद सुबह देर से खुली, सुरजन अभी सो रहा था। रात में उमस और बिजली की आवाजाही के कारण आँखों में देर रात से नींद उतरी थी। उसने भगवान का स्मरण करते हुए दोनों पाँव धरती में जमाए फिर धीरे–धीरे चलकर दरवाजा खोल दिया। दरवाजा खुलते ही उसकी नजर देहरी के नजदीक रखी बोरी पर पड़ी। वह चौंक उठी और सुरजन को वहीं से आवाज लगाई———'देखो तो दुअरा में कौन बोरी रख गया है?'

आँख मलता हुआ सुरजन उठकर आया और बोरी देखकर पूछा–

'छुई त नहीं?'

'नहीं।'

'मुँह धोइके हम देखत हैं।'

चार छीटे पानी के आँखों में मारकर सुरजन आया और बोरी खोल दिया। उसमें भरी सामग्री को देखकर दोनों की आँखें चौंधिया गईं। बोरी में लगभग पाँच किलो वजन का आटे का पैकेट, दाल–चावल और मसाले के पैकेट, निरमा, हल्दी नमक, मिर्च और बहुत–सी नित्य उपयोग की चीजें छोटी–छोटी पुड़ियों में पैक मिलीं।

'कौन रखि गया?' रतिया, सुरजन के मुँह तरफ ताक कर बोली।

'का पता?'

'ऊ पुलिस वाला तो नईं, जो कल चोंगा मुँह में लगाकर बोल रहा था, भितरे रहना———बहिरे कतरा हबै, खाने की चीजें, घर–घर अपने से पहुँचेगी।'

'हो सकत है।'

सुरजन कमरे में बोरी उठा लाया, बोरी के मुँह पर बँधी डोरी खोल दी। रतिया एक–एक चीज को देख–परख कर रखने लगी। आटे का पैकेट देखकर वह चहक कर बोली———'सुधि आओ, ये बाजरे का पिसान सुग्गा भैया लाया हबै, कल सुब्बे बोल कै उड़ा था।'

'तू यार, पगला रई है, कौनो सुग्गा–फुग्गा नहीं लाया। सासन भेजाइस

है। काल्हु डंडा मारा, आजु रासन दई गओ, धंनिबाद सासन–भइया का, अपनी लीला खुद ही जनबे।'

बोरी में चाय की पुड़िया भी थी। बिना दूध की चाय बनाई थी रतिया ने। कल का बासी बाजरे के टुकड़े के साथ दोनों चाय का ऐसे लुत्फ उठा रहे थे, जैसे यही दुनिया के सबसे बड़े अमीर हों।

चाय भी गजब की चीज है, खासकर सुबह की, बिना चाय पिए किसी का पेट साफ नहीं होता, किसी को अखबार के अक्षर साफ नहीं दिखते, किसी को साफ सुनाई नहीं देता। किसी की अक्ल नहीं चलती। कुल मिलाकर यदि ये कहा जाए कि 'रात की ठहरी हुई जिंदगी की गाड़ी को सुबह की चाय ही किक मारकर स्टार्ट करती है' तो सौ टके की बात होगी।

धन्यवाद चाय देवी, आपके प्रभाषी चरण को दंडवत–प्रणाम है। चाय का घूँट हलक के नीचे उतरते ही रतिया का दिमाग हरकत में आ गया, वह सुरजन से बोली——'सुना है सेठ जी का कुक्कुर बौत बीमार हबै। किसी टेम देख आना, वो हमरा मालिक है।'

'का हुआ उसे? दो दिन पहले तो सेठ का मझिला लड़िका बंटू घुमाबे गया हुआ था?' चाय के कुछ घूँट पेट में घुसते ही सुरजन का दिमाग भी चलने लगा।

'उसी दिनमा के बातय आय, वह कुक्कुर को घुमाने हाइबे तरफ गया हुआ था। पुलिस ने बंटू को लठिया तोल दई, बंटू कुक्कुर की चैन छोड़ के घर को भगो, कुक्कुर भी भगो, परन्तु वो घरबा नईं पहुँचा।'

रतिया की बातों में रहस्य और रोमांच दोनों था, इसलिए सुरजन ध्यान लगाकर सुनने लगा। चाय हाथ में थी, लिहाजा पक्का ध्यान लग गया।

'कुक्कुर की दिन भर खोजाई हुई, शाम को तालाब की मेड़ पर थड़ा मिला, सुना है अब बो बीमार है। इतै के सभी लोग हो आए हैं, तुम भी हो आओ।'

'तालाब की मेड़ में का करन गया था?' सुरजन ने पूछा।

सुरजन के बेतुके सवाल पर रतिया चिढ़कर बोलीं——'यह तो कुक्कुर ही बता सकत है, मैं का जानूँ।'

'तुम देखन को जाओ, सेठ अपन का कमरा मालिक भी है, न जाबे से कहीं नराज न होबे।' चाय का आखिरी घूँट पीकर रतिया बोली।

'आजय चले जइबे, पै उसे बीमारी का है?' सुबह का जागा हुआ सुरजन का मुँह चाय के नशे में सप्लीमेंट्री सवाल कर बैठा।

'ऊ भौंकत नहीं है।'

'का, भौंकत नहीं है? अचरज से सुरजन ने कहा।

सुरजन का दोबारा का प्रश्न फालतू करार दिया गया। कोई उत्तर नहीं मिला, लेकिन मुँह को कौन समझाए, खुल गया सो खुल गया। वो कह रहा था——'बंटू से बड़ी गलती हुई, उसे कुत्ता लेकर लोक डाउन पीरियड में हाइवे तरफ नहीं जान चाही। हाइवे की पुलिस खतरनाक है, वो ठोंकेगी ही, उसे का मतलब किसका बाप का हबै?'

चाय उदरस्थ करने के तुरंत बाद वह सेठ जी के घर तरफ निकल पड़ा।

भाई–चारे का निर्वाह तो करना जरूरी होता है, वरना कुत्ते से क्या मतलब, भौंके या रोये। सेठ जी भी रीवा जिले के थे, उनका भी गांव–घर में पेट नहीं चला तो सूरत चले आये। यहाँ उनका ऐसा पेट चला कि रामगरीब से 'आर.जी.सेठ' हो गए। यहाँ उनकी दो–दो साड़ियों की दूकान है। शानदार बंगला है, अलग से कार पार्किंग के लिए घर है, पार्किंग से लगे दो कमरे और हैं, जिसमें सुरजन रहता था। सुरजन पर सेठ जी की विशेष कृपा कही जाएगी कि उसे रहने के लिए फ्री में कमरा दिए थे। नजदीक ही उनका रिहायशी बंगला था। दस मिनट में वह पहुँच गया। आवाज लगाने पर सेठ जी मुँह में मास्क कसे हुए घर से निकले और सुरजन को देखते ही सफेद बादल की तरह गरज पड़े——'भई! एक महीने से किधर को गायब रहे, आज हमारी सुधि आई?'

'सुनबे है के, आपका कुत्ता बीमार है, सो देखने को आया।'

कुत्ते की बात सुनकर सेठ जी मुलायम हुए, उन्होंने सुरजन को गोले में आकर खड़े होने को कहा। उसने सड़क में नजर दौड़ाई, तीन–चार गोले लगभग दो गज की दूरी लेकर सफेद पेंट से बनाए गए थे, दिख गए। उसे बुरा तो बहुत लगा, किन्तु क्या करता? मालिक के घर आया था। वह एक गोले में जाकर खड़ा हो गया। आवाज सुनकर सेठानी भी मुँह मुश्क कसे हुए बाहर निकल आईं, वे उसे देखते ही रोनी सूरत बनाकर बोलीं———'का बतामय सुरजन, जानू! भौंकना भूल गया है? हम लोग बहुत टेंसन में हैं।'

'टेंशन वाली बातय है, जानू अगर कुत्ता है, तो उसे भोंकबे जरूरी है, यही ओखरे पहिचान है।' सुरजन बोला।

'वो डॉग है, ये प्यार से उसे जानू कह कर बुलाती हैं। कोई उपाय बताओ सुरजन! ताकि वह भौंकने लगे।' सेठ जी पत्नी की तरफ देखकर तुरंत बोले, उन्हें भी कुत्ता को कुत्ता कहना पसंद नहीं आया था।

'जानू को दिखाइए।'

उसकी बात को तबज्जो देते हुए बंटू कुत्ते का कान पकड़ कर बाहर ले आया। कुत्ते को विशेष तरह का मास्क पहनाया गया था, जो कान के पास मजबूत डोरी से बाँध दिया गया था। सुरजन की समझ में पूरा माजरा आ गया। मास्क की वजह से कुत्ता भौंक नहीं सकता था। उसने पूछा———'इसे भोजन–पानी कइसे देते है?'

'दू टेम मास्क खोलकर रोटी–पानी करवा देते हैं।' बंटू ने बताया।

'मास्क खोलिए।'

'अरे, ये क्या कह रहे हो। पूरा दिन न जाने कहाँ–कहाँ घूम–भागकर तालाब की मेड़ में शाम को खड़ा मिला है। पता नहीं क्या–क्या सूंघा होगा? किसको–किसको छुआ होगा? इसे एहतियातन दो हफ्ते के लिए 'होम कोरन्ताइन' किया गया है, मास्क कैसे खोल दें?'

'अरे सेठ जी! यह कुत्ता है। इआ जाति पर कौनो वायरस का असर नहीं पड़त है।'

कुत्ता को कुत्ता कहने से सेठानी को बहुत बुरा लगा, वे मंत्र की तरह कुछ पढ़ते हुए भीतर चली गईं। निश्चित ही सुरजन को गालियाँ दी होंगी। उससे भी गलती हो गई, उनके जानू को कुत्ता नहीं बोलना था। किंतु गलती हो गई सो हो गई, अब क्या किया जाए? इसलिए फौरन ही उसने 'सॉरी' कहा।

सेठ जी बड़े पेट के आदमी थे। वे सुरजन की गलती समझ गए और माफ करते हुए बोले———'ठीक है, तुम्हारी बात माने लेते हैं, परन्तु यह पाँच साल से मानव संगति में है, इस घर का स्थायी मेम्बर है। संगति से स्वभाव बदल जाता है। स्वभाव बदलने से समूचे शरीर की भीतरी गतिविधियों चेंज हो जाती हैं। इसलिए अब यह मनुष्य हो गया है, इसकी आत्मा मानवी हो गई है, भले ही डॉग से वेश में तुम्हें दिखाई दे रहा है।'

सुरजन को अपनी आंखों पर शक हुआ, दो–चार बार पलकें झपकाकर आँखों का शीशा पोंछ लिया। अब उसे और साफ दिखने लगा था। सेठानी का जानू पूँछ से लेकर मुँह तक उसे कुत्ता ही समझ आया। वो गिचड़ना नहीं चाहता था, अस्तु विनती भाव से सिर्फ पाँच मिनट के लिए मास्क हटाने को कहा।

अनुरोध स्वीकार कर लिया गया, कुत्ते के मुँह से मास्क खोल दिया गया। मास्क हटाते ही वह मुँह से तरह–तरह की आवाजें निकालने लगा।

सेठ जी घबराकर बोले——'अब इसे क्या हुआ?'

'धैर्य रखके, आगे देखो साब।'

अब कुत्ता आगे के दोनों पैर जमीन में पसार दिया, फिर कमर को झुकाकर पूँछ को सीधी करने की कोशिश में लग गया। यह प्रक्रिया वह कूँ कूँ–कें–कें के सास्वत–स्वरों के साथ कई बार किया। सेठानी भीतर से पुनः बाहर आ गईं थीं। वे कुत्ते की हरकतें देखकर परेशान हुईं और सेठ जी की तरफ आँखें तरेर कर पूछीं——'जानू को क्या हुआ?'

'आपके जानू को कुच्छ नहीं हुआ, ये अभी कसरत करबे हैं। पाँच दिनों से आप लोग इन्हें घुमाए–फिराए नईं, इनका शरीर जकड़न में है। सब अभी ठीक होइ जाबेगा। आप लोग टेशन मत लो।' सुरजन तपाक से बोला, ताकि सेठ जी कुछ उल्टा–सीधा न बोल पाएं।

भगवान की कृपा से सुरजन का यह बात भी मान ली गई। अब कुत्ता सीधा खड़ा होकर अपनी झबरीली, मोटी पूँछ को ट्रैफिक पुलिस के हाथ की तरह हिलाने लग गया। सबकी आँखों पर खुशी के बारीक रेशे दिखने लगे।

'जानू जी अब खुश लगबे हैं।' सुरजन ने कहा।

'हाँ।'

सेठ जी की सवा आठ पर रुकी हुई चितकबरी मूँछें सवा नौ पर चढ़कर ठहर गईं। इस कामयाबी पर सुरजन का दिल कूदने लगा, आखिर उसका फार्मूला हिट होने जा रहा था। कुत्ते को चेन से खोल दिया गया था, अब वह इधर–उधर घूमकर हरेक चीज को सूँघने लगा था। अचानक उसे क्या सूझा कि वह आकाश की तरफ मुँह उठाकर रोने लगा। सेठ जी फिर से घबराकर पूछे——'अब यह क्या करने लगा?'

'अच्छे संकेत हबै, सेठ जी, अब यह जरूर भोंकबे।' सुरजन बोला।

उन लोगों को सुरजन की बात पर भरोसा नहीं लग रहा था, सेठ जी व्यापारी जो ठहरे, उनकी नजर में दुनिया का कोई आदमी भरोसे का नहीं होता है।

सेठ का स्वभाव सुरजन जानता था, इसलिए पूरी अक्ल झोंक कर रख दी थी, कुत्ते को भौंकवाने में। अगर कुत्ता भौंक गया तो सेठ है, हो सकता है, खुश होकर कुछ अच्छा कर दें।

'मुझे कुछ ठीक नहीं लग रहा है।' वे मायूस होकर बोले।

'साहब, जानू अलाप में हैं।' सुरजन ने समझाने की कोशिश की।

'तुम्हारी बातें मेरी समझ से परे हैं।'

सेठ जी निराश होकर जमीन में उकड़ूँ बैठ गए। कुत्ता लगातार आकाश की तरफ मुँह उठाए रोए जा रहा था। किसी रिमहा सेठ का इस तरह से मन मारकर बैठ जाना संकेत करता है कि वे अब आत्महत्या करने की सोच रहे हैं।

सुरजन समझ गया और उन्हें समझाने की गरज से कुछ प्रश्न करने लगा———'साहब! आपने किसी गबैये को गाते हुए सुने हैं?'

'क्या बकवास करते हो?' वे तुनककर बोले।

'ठीक है, आपने नईं सुना है, मान लयो, किंतु यह तो पता होगा कोई भी गबैया गाने से पहले आ–आ करत है।'

'हाँ, करता तो है, लेकिन———।'

सुरजन ने उन्हें आगे बोलने का मौका नहीं दिया, वह जोर से ताली पीटकर बोला———'वह अलाप भरता है, ताकि गला ठीक होइ जाबे और गाने में कौनिउ त्रुटि न रहे। आपने देखा होगा पंडाल में माइक लगामें वाला 'हलो! माइक टेस्टिंग' तब तक कहत है, जब तक उसका माइक प्रोग्राम के काबिल नहीं होइ जाता। इसी तरह जानू भी अलाप भर रओ हैं। चूँकि वे डॉग हैं, इसलिए आ–आ की जगह ओं–ओं कर रए हैं। एकय बात है, अलाप तो अलाप है। अब देखियो, अलाप के बादय राग 'स्वान कल्यान' में गाबेगें। मतलब भौंकेगें और जोर–जोर से भौंकेगें।'

सुरजन अभी और कहना चाहता था कि सेठ जी का कुत्ता जोर–जोर से भौंक उठा, उसका लक्ष्य सुरजन था। गनीमत रही कि बंटू ने गले में बंधी जंजीर पकड़ ली, अन्यथा वह बाउन्ड्री कूदकर उस पर हमला जरूर करता। सेठ

और सेठानी दोनों खुश होकर उसे धन्यवाद देने लगे।

सुरजन कुत्ते को भौंकवाकर घर को लौटने को मुड़ा ही था कि सेठ ने आवाज दी——'रुको।'

वह रुक गया और सेठ के मुँह को ताकने लगा।

'कोई परेशानी तो नहीं?' पेट मे हाथ फेरते हुए सेठ ने पूछा।

'नहीं।'

'बताना हमें, कोई तकलीफ़ मत उठाना।'

'जी।'

सुरजन चल पड़ा था, तभी सेठानी की आवाज आई——'अरे ई लेते जाओ।'

बन्द टिफिन को देखकर सूरज पूछना ही चाह रहा था कि सेठानी ने पहले ही बता दिया कि टिफिन में पोहा है। तुम्हारी घरवाली के लिये, वो पेट से है न, तो उसे पोहा अच्छा लगेगा। हाथ में टिफिन उठाए हुए सुंदर घर तरफ बढ़ा चला जा रहा था। जाते हुए उसकी चाल बदल गई थी, छाती फूलकर चकली हो गई थी। क्यों न हो, वह सेठानी के जानू को भोंकवा कर वापस लौट रहा था।

(तीन)
दम है तो दम है

हाथ में टिफिन लिए हुए सुरजन कमरे तरफ बढ़ा चला जा रहा था। आगे तिराहे से बाएं हाथ मुड़ने के बाद थोड़ी दूरी पर उसका कमरा पड़ता था। वह तिराहे के नजदीक पहुँचा ही था कि किसी ने पीछे से टोका———'रुको।'

वह चलता हुआ रुक गया और पीछे पलटकर देखा, रुकने को कहने वाला पुलिस का सिपाही था, शायद तिराहे पर ड्यूटी कर रहा था, किसी जरूरी काम से इधर आया होगा। ये पुलिस वाले भी तो आखिर आदमी हैं, सबके पास जरूरी काम रहते हैं। अभी सुबह के आठ ही बजे हैं, लेकिन सूरज की गर्म किरणें धरती का सीना सेंकने लगी थीं। ऐसे में पुलिस को दिन भर ड्यूटी देनी होती है। तिराहे पर कोई छाया अलग से नहीं बनाई गई थी। नुक्कड़ पर इमली का बड़ा–सा पेड़ छाँव देता था, पुलिस के सिपाही उसी पेड़ की छाँव में खड़े होकर लोगों के घर से बाहर न निकलने की हिदायत देते रहते थे।

'का है साब?' सुरजन ने पूछा।

'किधर गया था?' सिपाही बोला।

'ऊ सेठ जी हैं न, उनका कुकरा भोंकना भूल गया था।'

'तो?'

'देकने को गया था, साब!' हाथ जोड़कर सुंदर बोला।

'बीड़ी पीते हो?' सिपाही ने पूछा।

पैंट की दायीं जेब फूली हुई ताड़कर वह सिपाही बोला था। सुरजन डर गया, वह सोचने लगा———'ई साली बीड़ी धोखे में रय गई, हे भगमान! कहीं बीड़ी रखने के जुरम में यह सिपाही हवालात न पहुँचा दे।'

सुरजन गिड़गिड़ाकर बोला———'गलती हुआ साब, माफी दै दो।'

तब तक वह सिपाही सुरजन के जेब से बीड़ी और माचिस निकालकर सुलगा चुका था। पेट फुलाकर जोरदार सुट्टा मारा, बीड़ी जलकर आधी हो गई। पेट की हलचल से सिपाही की पैंट जरा ऊपर–नीचे हुई, सुंदर के साथ सिपाही भी पैंट की खुली हुई चेन को जान गया। वह आड़ में लघुशंका के लिए आया

हुआ था, किंतु चेन बन्द करना भूल गया था। 'ये कमबख्त चेन भी' कहते हुए उसने चेन को ऊपर खींच लिया। अब वह नीचे से खुल गई थी।

'क्या नाम है तुम्हारा?' सिपाही ने पूछा।

'सुरजन।'

'देखो सुरजन! लोकडाउन टेम में नशीली चीजें जेब में रखकर घूमना आपराधिक कृत्य है। जेल हो सकती है, बहरहाल तुम गरीब आदमी लगते हो और मैं दयालु किस्म का पुलिस हूँ, छोड़ रहा हूँ, आइंदा ऐसी गलती मत करना।'

'जी साब, अबकी माफी दो।' सुरजन गिड़गिड़ाया।

'दिया———डरो नहीं, मेरे लायक कोई काम हो तो बोलो।'

सिपाही के स्वभाव में परिवर्तन देख सुरजन की हिम्मत बढ़ गई, वह निवेदन के स्वर में बोला———'साब! चोराहे तक खाना लेन रोज जाबे पड़त है। घण्टे भर लेन में लगने के बाद खाना मिलता है, वो भी सिंगल। घर वाली पेट सो है, ऊ नईं जा सकत। मेहरबानी साब, जो डबल खाना मिल जाए।'

'ठीक है, मैं बोल दूँगा।' सिपाही ने कहा।

'साब, बीड़ी–माचिस आप रख लो।'

'फिर तुम क्या पियोगे?'

'और है, मेरे पास।'

'ठीक है, बीड़ी मैं पीता जरूर हूँ, किन्तु रखता नहीं। परन्तु तुम्हारा दिल रखने के लिए लो रखे लेता हूँ।'

सिपाही ने बीड़ी रख ली थी। सुंदर लंबे पाँव बढ़ाकर अपने कमरे तक आ गया। दरवाजा ठेलकर सुरजन के भीतर आने की आहट को अनसुनी करती हुई रतिया बड़े मनोयोग से आटा गूँथने में मगन थी। साथ ही वह गुनगुना भी रही थी———'सइयाँ गए परदेस, न जानी कब अइहीं।'

'अरे, सुबे–सुबे किस काम में लग गई?'

रतिया का जवाब न पाकर टिफिन को तीन टाँग की स्टूल में रखकर पैंट बदलने लगा। गाँव–देहात में पला–बढ़ा सुरजन क्या समझे कि कोई औरत जाति जब लोटा भर पानी डालकर आटा गूँथती है, तब जमाने भर की व्यथा–कथा को ठीक आटे के मानिंद अपने भीतर जज्ब कर लेती हैं। जब गोल–गोल रोटियाँ बेलती हैं, तब वह स्वयं का मनाकार रोटी में उतारती हैं।

रोटियाँ सेंकते समय सिर्फ उँगलियाँ ही नहीं जलातीं, अदृश्य में बहुत कुछ भीतर जला देती हैं। रोटी का सिंककर थाली तक पहुँचना एक नारी का विशुद्ध प्यार होता है, अनकहा जीवन दर्शन होता है। पुरुष जब खाना खाता है तब नारी पास रहकर भोजन परोसती है, उसे देखती रहती है। इसमें उसका किंचित स्वार्थ निहित नहीं, स्वाद सहित भोजन ग्रहण करने के पश्चात जब पुरुष डकार लेता है, तब नारी मन स्वयं में आनन्दित होकर तृप्त हो जाता है। अप्रत्यक्षतः पुरूष द्वारा ग्रहण किए गए भोजन का स्वाद–अंश उसे भी प्राप्त होता रहता है।

'मालकिन ने पोहा दिया है।' पैंट को खूँटी पर रकेता हुआ वह पुनः बोला।

'अच्छा।'

रतिया ने अपने लिए ढक्कन में ले लिया और टिफिन में सुरजन को दिया।

'कुकरा भोंका?' पोहे का नमकीन स्वाद लेती हुई रतिया पूछी।

'कइसे नीं भोंकेगा? भोंका, जमकर भोंका। बे उसका मुँह बन्द करे थे, कहते थे, कोरेन्टीन किए हैं। मुँह कंसा था तो कुत्ता कहाँ से भोंकता?'

'सेठ जी! खुश हुआ?'

'खूब खुश, तभी न सेठानी ने पोहा भेजबाया?'

'हाँ, चटपटा बना है।'

'तुम एक बात केर धियाँन रक्खो—— कुत्ता को कुकुरा न कहना, उनखे सामिने, सेठानी गुस्सा करेगी।'

'तो का कहबे?' रतिया ने पूछा।

'जानू बोलना, नाम भूल जाये तो डॉग कहिबे। बड़े लोगन के कुत्ता को डॉग या जौंन नाम ओखरे होबे बोला जात है, समझी।'

रतिया ने सर हिलाकर समझने का संकेत कर दिया।

अज्ञात व्यक्ति की कृपा से आज महीने भर बाद दाल, चावल और आलू–प्याज की सब्जी सहित भोजन मिला था। पेट पर गीला हाथ फेरते हुए सुरजन उठ गया था। भोजन पश्चात पेट पर हाथ फेरना उसकी आदत थी। उसने गाँव के बुजुर्गो से सुन रखा था कि ऐसा करने से पेट खुश होकर बढ़िया काम करता है, उल्टा–सीधा खाया–पिया सब पचाने को तैयार हो जाता है।

इसलिए समस्त पेट धारियों की यह बड़ी जिम्मेदारी बनती है कि पेट को हर हालत में हर तरीके से खुश रखें। पेट शरीर का राजा है, उसे हर तरीके से खुश रखने की कोशिश होनी चाहिए। राजा किसी भी क्षेत्र का हो उसे नाराज करके जिया नहीं जा सकता है। सुरजन को बीड़ी की तलब हो आई थी, वह इधर–उधर तलाशने लगा। ज्यादा बड़ा कमरा तो था नहीं, न ज्यादा सामान, दो–चार झोले, एक यात्री बैग और बाकी के टीना–टप्पर। वह हर जगह बीड़ी तलाश रहा था। सुरजन के क्रियाएं देखकर रतिया बोली———

'का खोज रओ है?'

'बीड़ी, लेकिन हबे नहीं।'

'सुब्बे तो सुलगाये रये?'

'हाँ, बो सरकार को दान कर आए।'

'सरकार को?'

'अरे यार, खाने में धियाँन धर, बड़ी बातैं धीरे–धीरे दमाक में घुसत है।'

'समझाबा न, रोटी खान में दमाक थोरै लगबे है।'

'सुन! पोलिस, बेंक बाबू, फौजी भाई, डाकटर, ई लोगन का सरकारय समझ। रातव–दिन जेही लोग डूटी कर रहे। आज सुब्बे जब सेठानी के जानू को भोंकबा के इतै को लोट रहे थे तब पोलिस मिला, पैले तो हड़काया मुजे, फीर मेरे खलीसे से बीड़ी निकाल कर दम लगाया, तब कुश हुआ। मतबल सरकार कुश हुआ। अपुन भी बहोत कुश हुआ, उसे पूरा बीड़ी दान कर दिआ।'

'तब का पिओगे?'

'कुच्छ नै, दान करने के बाद बो चीज इस्तेमाल करना अधरम है। देख लेना हमरा नाम भी अब बड़े–बड़े दान बाले लोगन के साथ बोला जई। पूरा सन्सार कोरोना के संकट से लड़ रहा है, बीड़ी के दम से हमरा सरकार केर जोस बड़ी अउर बड़ी पटकनी मारी करोनमा का।'

'ठीकइ कहत हो।' भात में दाल मिलाती हुई रतिया बोली।

'ठीक? अरे! सोरा आना ठीक। पै एक बात मोखे बौत खराब लगी।'

'कउन बात?' रतिया ने पूछा।

'ओ पोलिस, मतलब सरकार के पेंट की चेन खराब रई, उसने जब ऊपर चेन खैंचा तो नीचे खुल गई, नीचे खैंचा तो ऊपर से खुल गई।' जमीन

में पाँव पसारता हुआ सुरजन बोला।

'ई में कौनि बड़ी बात?'

'कइसे नई बड़ी बात, सरकार का सब काम चौचक रहबे चाही।'

दोनो के बीच बातें चल ही रही थी कि रतिया के फोन की घण्टी बज उठी। लपक कर सुरजन ने कान से लगाया, आवाज सुनाई दी———'इस नम्बर पर इनकमिंग कॉल की सुविधा आज रात बारह बजे से बन्द कर दी जाएगी, सेवा को जारी रखने के लिए नजदीकी रिटेलर से तुरंत रिचार्ज कराएं।'

'धत्त तेरे की, महिना भर बाद बजा भी तो धमकी दई रहा।' बड़बड़ाता हुआ सुरजन मोबाइल दूर रख दिया।

'कौनि बोला?' डरकर रतिया पूछी।

'मोबइलबा का बाप———कै रहा था, फोरन रिचारज लो, नई तो कानाफूसी बन्द, अरे बन्द कर दे भाई, सबइ तो बंद है, तू भी सटर–डाउन मार।'

'फोन रिचारज करबा लो, जेही तो बातचीत का जरिया बचा है।' रतिया बोली।

रतिया की बात पर सुरजन खीज कर बोला———'तुम भी बिना अकिल बात करती हो, कइसे रिचारज होबे? दुकनिया सबरी बंद हैं?'

'मेरे पास अयडिया है।'

'बता फिर।'

रतिया बताने ही जा रही थी कि गश्ती पुलिस वाहन से जोरदार आवाज आई———'आप सभी लोग घर से भीतर रहें, सुरक्षित रहें। यह एरिया कण्टेन्ट घोषित है। आपकी मदद को तिराहे पर पुलिस है, उन्हें फोन से बताएं, हर जरूरत की सामग्री आपके घर पहुचाई जाएगी।'

'बस–बस जेही तो बताबे का रहा, तुम पुलिस से कहो, वह फोन में बेलेंस का जुगाड़ जरूर करबा देगी।'

सुरजन को सलाह ठीक लगी। वह फोन लेकर तिराहा तरफ चला गया। ड्यूटी में तीन सिपाही थे। एक वही, जिसके पेंट की चेन खराब थी, दूसरा बड़ी–बड़ी मूँछ और बड़ी आँखों वाला, डरावनी शक्ल का और एक महिला सिपाही।

सुरजन को आते देख बड़ी मूँछ वाला सिपाही खड़े–खड़े ही

दहाड़ा———'बहरा क्या क्या बे? पुलिस की घोषणा नहीं सुनी क्या?'

'आने दो, इसे कोई परेशानी होगी।' वही बोला, जिसे सुरजन ने बीड़ी पिलाई थी।

सुरजन को पास बुला लिया गया। बाहर निकलने का कारण पूछा गया। उसने बताया कि मोबाइल में बैलेंस खत्म है, घरवाली प्रेग्नेंट है। रात–विरात जरूरत पड़ने पर किसी को खबर नहीं कर सकता। महिला सिपाही को उसकी बात उचित लगी, उसने मोबाइल रिचार्ज करवा देने का आश्वासन दिया। सुरजन उसे पैसे और मोबाइल का नम्बर देकर लौट चला।

आते वक्त उसे एक मकान का द्वार खुला दिखा, द्वार पर जवानी और बुढ़ापे के बीच की उम्र का दुबला–पतला–लंबा आदमी, कमर में तौलिया भर लपेटे कुर्सी पर विराजा हुआ बड़े आराम से सिगरेट पी रहा था। उसके हाथ–पैर लंबे सूखे बांस की तरह थे। सिर में मछोले कद के बाल कनपटी से सफेद होते हुए, लम्बी नाक, पेट समतल खेत की तरफ, कुल मिलाकर वह शक्लोसूरत से खास लगता था। आवाज दमदार थी, जो सुनने वाले को खड़े होकर सुनने को बोल दे। सुरजन को बीड़ी की तलब बलवान होकर दिमाग को घुमाने लगी। उसके चलते हुए पाँव रुक गए, आँखें सिगरेट पीते हुए आदमी पर जम गईं। बिना प्रयास हाथ जुड़ गए और मुँह से बलात निकल गया———'काका! राम–राम।'

'लाल सलाम, सिगरेट पिओगे?' वह आदमी सुरजन की नीयत भाँपकर बोला।

'सिगरेट कहाँ काका, अपन गरीब के तकदीर में। बीड़ी जरूर पीअत थे, बो भी आज से छोड़ दई।'

'छोड़ दई?'

'हाँ, आज सरकार को दान में दै दी।' सुरजन ने उसे पूरी बात बता दी।

उसकी बात पर वह आदमी इतनी जोर से जोर से हँसा कि खाँसी उठ आई। वैसे भी बीड़ी–सिगरेट के आदी लोगों के साथ खाँसी रहती ही है। खाँसने के पश्चात उसने पूछा———'भई, मजेदार आदमी हो, क्या नाम है, तुम्हारा?'

सुरजन ने अपना नाम बताया और कहाँ का रहने वाला है, ये भी

बताया। सुनकर वह आदमी खुश लगा। उसकी खुशी उसकी पुतलियों में और तरासी हुई मूछों पर साफ झलक रही थी। वह प्रसन्न मन से बोला———'भई सुरजन, मैं भी मैहर से हूँ, इधर 'बहुरिया टेक्सटाइल' में काम करवाता हूँ, वो क्या है, काम बहुत कर लिया अब काम करवाता हूँ। मुझे इधर का वर्कर लोग 'मोटा भाई टोपीवाला' कहते हैं। वो क्या है, मैं हरदम टोपी लगाता हूँ, कामगारों का लीडर जो हूँ, तो टोपी जरूरी होती है जी! बिना टोपी का कैसा नेता? है कि नईं? तुम भी मुझे मोटा भाई कहकर बुला सकते हो——देखो टोपी जरूर लगाता हूँ, परन्तु पेट का साफ हूँ।'

'जी।' सुरजन बोला।

वह जाने की सोच रहा था। वह 'मोटा भाई' नाम के इस आदमी के बकवास से उकता गया था, उसने जाने की अनुमति चाही।

'ऐसे कैसे चले जाओगे? अरे! तुम मेरे तरफ के हो, कल को बोलोगे, मोटा भाई कुछ खिलाया–पिलाया नईं———सिगरेट तो पीते जाओ।'

मोटा भाई ने सिगरेट का पैकेट सुरजन की तरफ बढ़ा दिया। आगे बढ़कर उसने एक सिगरेट निकाली और उकडूँ बैठकर पीने लगा। दमदार कस लगाकर धुएं को नाक द्वार से बाहर छोड़ दिया। गोल–गोल चक्कर काटते हुए धुएं के छल्ले आगे हवा में विलीन हो गए। सुरजन की सुस्त तबियत में जोश भर गया, धमनियों में रक्त जल्दी–जल्दी आने–जाने लगा। मन–मयूर जेठ की तपती हुई दोपहरी में भी नृत्य करने लगा।

'कैसा लगा?' उसने पूछा।

'कुच्छ न कहो, मोटा भाई! दिनय में जोन्धइया (चन्द्रमा) दिखन लगा।'

'मंहगी है, तीन सौ की दस आती है, हर किसी के बूते की बात नहीं, इसे टोपी वाला ही पी सकता है।' हल्की खाँसी के साथ वह बोला।

'सत्य वचन मोटा भाई, टोपी वाला कुच्छव कइ सकत है। मैं चलूँ अब?' सुरजन ने जाने की अनुमति माँगी।

'ठीक है, मिलते रहना। जबसे लोक डाउन हुआ, दिन नहीं कटता, घर में बैठे–बैठे जीभ मोटी हो गई।'

'जीभ मोटी होती है?'

'अरे भई! नेता आदमी हूँ, जीभ खुजलाती रहती है, बोलने को। अब

क्या बोलूँ? किससे बोलूँ? न बोलने से जीभ मोटी होगी ही न।'

'जी मोटा भाई।'

लौटने को सुरजन मुड़ा ही था कि मोटा भाई ने टोका———'और कुछ रुको न, अच्छा एक सिगरेट और खैंचो।'

'रहन दो भाई, फिर कभी। पेट में धुकधुकी उठ रई।' पेट सहलाता हुआ सुरजन बोला।

'समझ गया। तुम्हारी धुकधुकी ठीक किये दे रहा हूँ। किस ब्रांड की बीड़ी पीते हो?' मोबाइल उठाता हुआ वह पूछा।

'बंदर छाप।' सुरजन ने बताया।

'अरे शेरू भाई, मोटा भाई बोल रहा हूँ, आदमी भेज रहा हूँ, पूरा बंडल बंदर छाप का देना जी।'

फिर वह सुरजन की तरह देखकर बोला——'जाओ उससे बीड़ी ले लो, दूकान बंद है, वह दरवाजे में आकर देगा।'

'पइसा तो हबै नहीं, भाई पास में?'

'अरे, किसकी मजाल जो मोटा भाई से पैसा माँगे, हजार की उधारी होने पर पेमेंट देता हूँ।'

'मोटा भाई, आप मोरे खातिर एतना?'

'अरे जा, ऐश कर, और जरूरत हो तो बोल। साला ये लोकडाउन मुझे सिखा दिया कि इंसान को इंसान के काम आना चाहिए। एक चीज और कान खोलकर सुन लो———' अब बीड़ी दान मत करना, यह दम का दम है, दमादम है, दम है तो दम है। अंतिम साँस तक दम अपने पास रखो। वो गाना सुना है कभी———

'दम मारो दम, मिट जाए गम।

बोलो सुबे शाम, हरे कृष्णा हरे राम।'

बेसुरी आवाज में गाता हुआ मोटा भाई हँस पड़ा था, सुरजन भी मुस्कुराते हुए चल दिया था, शेरु की दूकान तरफ बीड़ी लेने को।

(चार)
धंधा बदल दो

सुरजन कमरे में आ गया। बीड़ी का बंडल उसके हाथ में देखकर रतिया ने पूछा———'का दुकान खुली है?'

सुरजन ने सारा किस्सा उसे कह–सुनाया। सुनकर रतिया खुश होने की बजाय उदास हो गई, सुरजन कारण नहीं समझ पाया, उसने कारण पूछा।

'मोखे किसी के दया पर रहब, पता नई कइसा लगबे है। कौनो चीज मोखे फिरी मा मिलब ठीक नहीं लगत है।' उदास रतिया बोली।

'मतबल मुझे मोटा भाई के पैसे से बीड़ी नहीं लेन चाही?'

'नहीं।'

'तुम ठीक बोलत हो, हमहूँ का कुछ ठीक नहीं लगय, पै ई ससुरी बीड़ी केर धुक्क सगला गियान घुटना के नीचे उतार देत है, गलत तो हुआ, पे अब का होय?' फिक्र करता हुआ सुरजन बोला।

'शेरा की दुकान में जाकर पइसा दै आओ।'

'अब कुच्छ नहीं बचो, मोखे पास। दू सो पुलिस मेडम को रिचारज को दै आओ।' असहाय–सा सुरजन बोला।

रतिया उठी और सन्दूकची खोलकर शादी के वक्त की लाल साड़ी को अलग करके रख दी। फिर सन्दूकची से एक प्लास्टिक का डिब्बा बाहर निकाली, उसे खोला, उसमें बहुत से नोट रखे थे। पाँच सौ का एक नोट उसने बाहर किया और सुरजन के हाथ में देकर बोली———'ई से बीड़ी का दाम चुकता कर देबो।'

'पै इत्ता रुपिया का करिबे?'

'हल्दी अउर मिरिच चुकी है, तीती नमकीन खान को मन होत है, बो भी लै आना, अउर हम्माम सोप भी, बाकी के बचे पैसे अपने पास रखियो। जरूरत मा काम अई।'

'तो तुमरे लघे रुपए हैं?'

'बस्स यही भर था।' रतिया झूठ बोल गई।

नारी की पुरानी आदत है, वह कुछ न कुछ धन छिपाकर अपने पास जरूर रखती है, कभी किसी को बताती नहीं। किंतु इस गोपनीय धन को संकट काल में जरूर खर्च करती है।

हथेली में नोट दबाकर सुरजन शेरा के घर तरफ चल पड़ा। यह उसका रिहायसी घर था, जिसके एक छोटे से कमरे में किराने की दूकान जमा ली थी। बार–बार दरवाजे की सांकल बजाने के बाद एक मरियल से आदमी ने दरवाजा खोला, यही शेरा उर्फ शेर खान था, जो शक्ल से सियार के नजदीक भी नहीं ठहरता था। वह किसी कीमत पर सामान देने को तैयार नहीं हो रहा था। जब उसने झूठ में ही कहा कि मोटा भाई ने भेजा है, तब उसने हल्दी–मिर्च, नमकीन खिड़की खोलकर दे दिया किन्तु बीड़ी का पैसा नहीं लिया। उसने बताया कि वह मोटा भाई के हिसाब में जोड़ दिया है। पैसा लेने पर मोटा भाई गुस्सा होगा। सुरजन सामान लेकर जाने ही वाला था कि सड़क के दूसरे छोर पर पुलिस के गश्ती वाहन का सायरन बज उठा। वाहन इधर ही आ रहा था। सर में पाँव रखकर वह कमरे तरफ दौड़ पड़ा और भीतर पहुँचकर दरवाजा बंद कर लिया। रतिया की आँखें सुरजन के बदहवास शक्ल से कई प्रश्न पूछ रही थीं। पूछने और बताने से पहले प्रश्न का उत्तर पुलिस की गाड़ी से आ रही चेतावनी से मिल गया। गाड़ी अब दूसरी तरफ चली गई थी। शोर थमते ही रतिया ने पूछा——'लै आए?'

'हाँ, जौंन–जौंन बोली रही, सब मिलि गयो, पर जादा कीमत लगाया।'

'काहे ऐसा?'

'कह रहा था, सब जिन्स कीमत बढ़ के आ रही है, और बीड़ी का कीमत नई लिया, कहत ते, मोटा भाई गुस्सा करिहें।'

'तुम बताए रहे कि ई मोटा भाई मजदूरन केर नेता हबै, तो यह पक्का मान लो ई बीड़ी केर कीमत बसूली हमसे, नेता कोहू के सग्गा नाहीं होय, का कही तोहरे ई अमल का, जौंन न कराबे, कम है।' नाराजगी जताती हुई रतिया बोली।

'अरे, अइसा कुच्छ नै, जब अदमी घर मा फुरसतिया बैठता है, तब दंद–फंद सब भुलाय जाता है। आजु महीना भर से उपर होइ गया, लॉक डाउन लगे, सबकी अकल ठिकाने लग गई है। ऊटपटाँग बात त बहिरे निकरने पे

सूझती है। इसलिए किसी को गलत न समझन चाही।'

सुरजन की बात खत्म नहीं हुई थी कि मोबाइल की रिंग बज उठी। पुलिस से फोन रिचार्ज करा दिया था। लपक कर रतिया ने फोन उठा लिया उसकी बड़ी बहन तिजिया का फोन था। वह भी सूरत में रहती थी। उसका पति मनफेर अपना पुस्तैनी धंधा सैलून का करता था। गाँव के लोग प्रकृति के हर स्वरूप, हर बदलाव, हर तीज–त्यौहार को बहुत आदर देते हैं। तभी रात में जन्म लेने वाली लड़की का नाम रतिया और तीज (हरतालिका व्रत) के दिन जन्मी लड़की का नाम तिजिया रखते हैं। सुग्गे की तरह नाक वाली सुअनी, तथा लँगड़े–लँगड़े चलने वाली का नाम लँगड़ी रखते हैं। लड़कों में भी चैत महीने में जन्मा बालक चैतराम तथा सावन का जन्म पाया सावन कुमार कहा जाता है। तिजिया दस साल से अपने पति के साथ सूरत में रह रही थी। उसके दोनों बच्चे भी यहीं हुए। तिजिया के बुलाने पर ही रतिया और सुरजन सूरत आए थे। अभी तक सब ठीक ही था, धड़ल्ले से इनका पेट चल रहा था।

मनफेर जब अपने गाँव से सूरत के लिए चला था, तब नाई गीरी का सामान छुरा–कैंची साथ लाया था। चलते–चलाते गाँव के लोगों ने टोका था———'शहर में भी जाके का दाढ़ी ठोकबे?'

तब मनफेर ने बड़ा तार्किक उत्तर दिया था———'क्षत्री का तेगा, लाला–कायस्थ का कलम, बाम्हन का झोरिया, नाई का परिआरी साथ रहन चाही, ई उनखर औजार हैं। का पता कब इनसे काम पड़ि जाबै।'

मनफेर वास्तव में मन को फेर देने वाला था। नाई वैसे भी चतुर होता है। इस जाति के चतुराई के बहुत किस्से हैं। सूरत आकर उसने एक कपड़ा मिल में नौकरी तो कर ली लेकिन उसे जमा नहीं। महीने भर की मेहनत की चाकरी के बाद तनखाह में बहुत कम पैसे मिल रहे थे। किसी कदर पेट तो चल जाता था किन्तु बाद की जरूरतें अधूरी रह जाती थी। दो बच्चे भी हो गए, खर्च बढ़ गया। मनफेर ने मन फेरा और धंधा बदलने का निश्चय कर लिया। उसे नाई गीरी का पैतृक–पुस्तैनी व्यवसाय ज्यादा उचित लगा। कुछ दिन तक बड़े सैलूनों में काम कर हाथ को फुर्तीला बनाया। फिर अपनी खुद की दूकान खोल ली। जगह भी क्या चुनी———कुरुक्षेत्र श्मशान के नजदीक तालाब की मेड़———खर्च भी कुछ नहीं, सिर्फ पानी मारकर सिर मुंडन के पचास रुपये।

अमावस्या तिथि तो खास होती थी। उस दिन नोट से जेब फुल हो जाता था।

फोन का जुड़ाव होते ही दोनों तरफ से दिलों का कनेक्शन हो गया। एक दूसरे का कुशल–क्षेम पूछा जाने लगा। फिर बात चलकर असली मुद्दे पेट पर आकर ठहर गई। तिजिया के पति का धंधा लॉक डाउन काल में भी जोर पकड़े था। कोरोना देव की कृपा से उसे लगभग बीस–पच्चीस सिर रोज ही मूड़ने को मिल जाते थे। रेट भी बढ़ा दिया गया था। पहले पचास लगते थे, अब सत्तर कर दिया गया था। मनफेर अकेला था, उसे सहायक की जरूरत थी, यदि कोई सहायक मिल जाता तो वह और ज्यादा सर मुड़ाई कर सकता था। उसे सहायक के रोल में सुरजन फिट लगा, वह सीधा–सादा आदमी है, रिस्तेदार है, बेकार बैठा है। यही सब पूछने को पत्नी से बोलकर वह धंधे में निकल गया था। दोनो के दरम्यान मोबाइल फोन पर कुछ इस तरह की बातें चल रही थी।

रतिया———'जीजा जी के का हाल हैं?'

तिजिया———'ठीकई है, इधर काम बढ़ गया है, बहुत थककर घर लौटते हैं।'

रतिया———'लोकडाउन में तो सबका धंधा डाउन हबै?'

तिजिया———'इनका काम बहुत तेज चल रहा है, बे कह रहे थे सुरजन साथ आ जाएं तो पैसे की आमदनी बढ़ जाए।'

रतिया———'समझी नै तुमरी बात।'

तिजिया———'बो शाम को घर आएंगे तो बात खुदय कर लेंगे, बस्स उनकी हाँ मिल जाय।'

रतिया———'उनकी तरफ से हमी हाँ करे देत, जीजा जी घर आते ही फोनिआय लेंगे।'

शाम को लगभग पाँच बजे मनफेर घर आया। कुरुक्षेत्र श्मशान घाट के करीब ही पड़ी सरकारी जमीन पर पाँच साल पहले तीन कमरों का कच्चा घर उठा लिया था। इस साल ऐसे अबैध निर्माणों को नगरपरिषद द्वारा जुर्माना लगाकर मालिकाना हक दे दिया गया था। बाहर ही गरम पानी से नहा–धोकर मनफेर भीतर आ गया। तिजिया ने फोन में हुई बातचीत से उसे अवगत कराया।

'ठीक है, मैं बात करता हूँ।' वह बोला।

फोन संयोजित होते ही बातचीत का सिलसिला कुछ यूँ चला।

मनफेर———'देखो, अभी मार्किट का भरोसा नहीं है, कब खुलती हैं। सेठ भी कोई रिस्क का काम नहीं करेगा। ऐसे में कैसे काम चलेगा? आगे आने वाले समय में तुम्हारे पास एक बड़ा खर्चा भी है।'

सुरजन———'भाई! जेही तो हम भी सोचत हैं, पै अइसे टेम पर कौनिउ काम नहीं देखाय, अबै तो पेट चलामय के लगा है।'

मनफेर———'मेरे पास ऐडिया है, पेट दौड़ के चली।'

सुरजन———'बताओ न भाई।'

मनफेर———'सुनो, कोरोना देव की कृपा से अचानक सर मुंडाने वालों की तादाद बढ़ गई है। घाट पर पाँच नाई हैं, जो कम पड़ते हैं। कस्टमर चिल्लाता है———'जल्दी करो, जल्दी करो।' हम लोग भी चिड़चिड़ा कर बोल देता है———'बाबू लोगों, जल्दी न मचाओ, उस्तरा नाराज हो जाएगा।'

सुरजन———'मैं का कर सकत हूँ?'

मनफेर———'सुनो तो सही, तुम्हें मेरी हेल्प करनी होगी। तुम ज्यादा न करना सिर और दाढ़ी में पानी फेरकर रेडी रखना और मैं एक तरफ से———समझ गए न। यार, रेट भी बढ़िया मिल रहा, सत्तर रुपये पर हेड। इस काम के तुम्हें पच्चीस मिलेंगे। सोचो, बीस लोगों के सिर और दाढ़ी में पानी फेर दिए तो पाँच सौ रुपइया चिट्ट। शाम को तालाब में हाथ–मुँह धोकर, बीड़ी सुलगाओ और मुँह गोल करते हुए घर लौट जाओ।'

सुरजन———'भाई, खतरा त है?'

सुरजन के मुँह से खतरे वाली बात सुनकर मनफेर जोर से हँसा, उसकी हँसी कोई साधारण हँसी नहीं थी, मौत का मजाक उड़ाने वाली हँसी थी, जिंदगी के बेकार फलसफों को लात मारने वाली हँसी थी। सुरजन डर गया, वह मोबाइल को कान से हटाकर तिपाई पर रख दिया, मनफेर के हँसने की आवाज मोबाइल के स्पीकर से अब भी आ रही थी। उसने हाथ बढ़ाकर फोन काट दिया। कुछ क्षण बाद फिर से फोन बजा, संयोजन होने पर बातचीत पुनः चालू हो गई।

सुरजन———'ह–हल्लू।'

मनफेर———'भाई फोन कट गया था, तुम खतरे की बात कर रहे थे। खतरा कहाँ नहीं हैं। खतरा तो घर के भीतर भी है और बाहर भी है। सरकार ने कोरोना को अदृश्य दुश्मन कहा है, इससे लड़ना को कहा है। डॉक्टर, नर्स,

पोलिस और बेंक के लोगन का बाहर लड़ने को कहा गया है, बाकी के लोगन का घर के भीतर रहकर लड़ना है। डरो नहीं मेरे साथ आ जाओ, तुम सिरिफ हाँ बोलो, बाकी मैं देख लूँगा।'

सुरजन———'मगर भाई, हम डॉक्टर–नर्स तो नहीं, न पोलिस और न बैंक वाले?'

मनफेर———'नाई तो हैं, नाई और नर्स में कोई फरक नै, बल्कि अपन के दरजा डॉक्टर से बरोब्बर है। हम दोनों के पास छुरा–कैंची होता है। सोचो इत्ता बड़ा सूरत शहर है, लेकिन डॉक्टर और नाई दोनों गायब हैं। बहुत कम दिलेर नाई और डॉक्टर हैं, जो ड्यूटी बजा रहें हैं।'

सुरजन———'भाई, एकु बात माइंड नहीं चढ़बे——— 'लोग सर क्यों मुड़ा रहे हैं, कुछ दिन रुक नहीं सकत? जब बेमारी चली जाए, तब मुंडन कराएं।'

मनफेर———'बहुत भोले हो, अपने पेट पर लात कोई नहीं मार सकता। कल से तुम धंधा बदल दो, ताकि पेट सलामत रहे।'

मनफेर ने हँसते हुए फोन काट दिया था। रतिया नहाकर आ गई थी। साबुन से शक्ल धुल कर साफ हो गई, अब वह पहले से अधिक आकर्षक हो गई थी। यकीनन यह नजर का कमाल है, जो हमें अच्छा लगता है या बुरा लगता है, वह नजर की पसंद है, नासमझ आदमी बेकार में ही बीच में आकर पूरा श्रेय खुद ले लेता है। रतिया पहली बार तो नहीं नहाई होगी, न सुरजन ने प्रथम बार उसे नहाने के बाद देखा होगा। लेकिन तारीफ कब करानी है, यह नजर तय करती है। रतिया को देखकर सुरजन मुस्कुरा उठा था। वह भी मुस्कुराई थी, मगर दोनों मुस्कुराहटों में फर्क था। फर्क भले हो, किंतु प्रेम की भाषा यही है।

'का कह रये थे जीजा जी?'

फोन में हुई बातचीत को सुरजन ने उससे कह सुनाया।

'तो का सोचा?' रतिया ने पूछा।

'अभी मामिला पेंडिंग है, कपड़े बदल लो, फिर मेटिंग करके तय किए लेत हैं।' जेब से बीड़ी निकालता हुआ वह बोला।

'देखो जी! धुआँ–धक्कड़ नै, मुजे खोंखी उठत है।'

'ठीक है, नईं पीबे, फटाफट आ जाओ मेटिंग कर लें।'

'अरे! दो लोगों में मेटिंग? सुने हबै के कम–से–कम एगारा लोग जब

बैठत हैं, तब मेटिंग होबे हैं।' गीले कपड़े शरीर से अलग करती हुई रतिया बोली।

'पगली! ओ पहले होती थी, अब तो देस का परधान मंतरी तक को मेटिंग करन को कोई नहीं मिलि रहा है, उने अकेलइ मेटिंग करन पड़बे है। उनसे ठीक अपन केर पोजीशन हैं। कम से कम दू लोग तो हैं।'

'सो तो है।' बेमन से रतिया ने उसकी बात का समर्थन किया।

आपसी विचार–विमर्श के बाद अंततोगत्वा यह तय हुआ कि सुरजन पहले जाकर काम देख आये। हिम्मत जागने के बाद काम करने का निर्णय ले। अब सारा दारोमदार हिम्मत के ऊपर था। कल जाने पर पता चलेगा कि हिम्मत जागी या सोते–सोते चल बसी। रतिया ने 'जान है तो जहान है' का तर्क भी रखा था जो सुरजन के 'जहान है, तो जान है' के आगे कमजोर विपक्ष के प्रस्ताव की तरह 'टाँय–टाँय फुस्स' हो गया।

रतिया उदास मन से टीवी के नजदीक गई, बिजली का बटन दबाया, टीवी के पर्दे से जंगली सुअर की तरह दो बार घर्र–घुर्र की आवाज आई और बन्द हो गई। सुंदर, बैठा हुआ सब अंदाज रहा था। पत्नी का प्रयास विफल होता देख वह बिजली के बोर्ड तक गया और बोर्ड में एक घूँसा लगाया तो टीवी चालू हो गई और गाना बज उठा——'कभी खुद पे कभी हालात पे रोना आया।'

(पाँच)
पेट और तकदीर

'बहुत भारी तर्क–वितर्क हैं। कुछ लोगों का मत है, तकदीर अनुसार पेट चलता है। तकदीर जैसा चाहे वैसा पेट चलाए। अजी! तकदीर क्या हुई देश की पुलिस हो गई, तानाशाह हिटलर हो गई, जिधर मन करे, जैसा मन करे लाठी घुमाए। बेरोकटोक उथल–पुथल करती रहे——नै–नै, बिल्कुल गलत। मैं इस सोच को सिरे से खारिज करता हूँ। अरे भई! पहले समझो, तकदीर क्या बला है? तकदीर कहते किसे हैं? आई कहाँ से? अएँ! पैले समझो फिर बोलना।

'नहीं मालुम?'

'कोई बात नै, मैं बताता हूँ।'

सेठ खुद ही सवाल करते और खुद ही उत्तर दे लेते।

कोई भी गतिशील पुरुष, मतलब हाथ–पैर चलाने वाला, जिसका पेट ठीक–ठाक चल रहा हो, यदि वह निरुद्देश्य घर में महीने भर टिककर रहे तो उसकी सोच बदल जाती है। जिसका दिमाग चलता है, वह दार्शनिक हो जाता है या पागल हो जाता है। मंदबुद्धि या रिक्तबुद्धि इस जोखिम से बचे रहते हैं। ऐसे लोग ऐसी परिस्थितियों में अक्सर धार्मिक हो जाते हैं। वे टीवी पर परिवार के साथ रामायण और महाभारत सीरियल देखते–देखते उनमें वर्णित पात्रों की तरह हरकतें करने लगते हैं। इतने भर में उनका काम चल जाता है।

सुरजन के मकान मालिक रामगरीब गुप्ता उर्फ आरजी सेठ का कुछ ऐसा ही हाल था। वे व्यापारिक सोच के आदमी थे। महीने भर से दूकान में लगा गोदरेज का ताला, बेचारा चाभी के आरीनुमा मुँह को देखने को तरस गया था। ऐसी स्थिति जाने कब तक बनी रहे, यह अभी निश्चित नहीं था। आये दिन कोरोना के रोगियों की तादाद घटने की बजाय बढ़ ही रही थी। वे अक्सर अकेले में भी बड़बड़ाने लगते थे।

वे कहते———'पेट चलने से एक बहुत शक्तिशाली ऊर्जा उत्पन्न होती है, इससे ही तकदीर का निर्माण होता है। तकदीर पेट का बेस्ट प्रोडक्ट है। पहले इसका नाम भाग्य था, मुगल हुक्मरानों को हिंदी का यह शब्द पच

नहीं पाया। उनका पेट गड़बड़ा गया। तब उन्होंने इसे तकदीर या मुकद्दर नाम दे दिया।'

वे सेठानी को शाम टाइम पास बैठाकर समझाया करते———वे सेठ की बातें जब न समझ पातीं, तब वे झल्लाकर कहतीं———'सीधे–सीधे क्यों नहीं बोला करते हो। तुम्हें क्या हो गया है? बिना सिर–पैर की तुम्हारी बातें मेरे पल्ले नहीं पड़ती हैं।'

तब वे समझाते———'अरे सेठानी! कोई भी बात भूमिका बाँध कर कहनी पड़ती है, तभी वजनदार, असरदार बात बनती है। अच्छी भूमिका से बातों का कूड़ा–करकट भूमिका के परतों में छिप जाता है। बातों को नोंकदार बनाने के लिए भूमिका सदैव पीछे से शुरू करनी चाहिए। मेरी फिक्र यह है, जिस रात से लोक का सिग्नल डाउन हुआ है, तबसे सभी अच्छी आदतें खराब आदतों में गिनी जाने लगी हैं। पहले कहा जाता था———दूरियाँ खत्म करो, फासले खत्म करो, नजदीकियाँ बढ़ाओ, अब कहा जा रहा है, दूरी बनाकर रहो। पहले तीन फिट की दूरी निर्धारित की गयी थी, अब तानकर छः फीट कर दी गई। पता नहीं मुल्क के हुक्मरान क्या चाहते हैं। वैसे भी, खड़े होने के लिए जमीन कम पड़ रही है, थल कम है, जल–जंगल का रकवा अधिक है। किसी तरह से सटकर खड़े होने पर धरती में पाँव छू जाते हैं। पिछले चालीस वर्षों से मनुष्य ने आबादी बढ़ाने में सराहनीय काम किया है। यदि हुक्म मानकर सब लोग छः फीट की दूरियों में खड़े होने लग जाएं तो मेरा अनुमान है, धरती कम पड़ जाएगी। तब कुछ को तालाब, नदी, समुद्र में खड़े होने को बोला जाएगा। बड़े मुश्किल से बच्चों के हाथ घुटने तक लाये गए थे, उम्मीद जगी थी कि धीरे–धीरे पैरों की तरफ बढेंगे। सब मटियामेट कर दिया कमबख्त दूरबीन–दर्शी वायरस ने। जो कुछ इस वायरस से छूट गया, वह नियम–कायदे बनाने वाले पूरा कर दिए।'

वे नाक के नीचे आ गए चश्में को ठीक करते हुए कहते, उन्होंने जरा भी नहीं सोचा कि———

'सर में चम्पी कैसे हो पाएगी?'

'कौन करेगा?'

'चम्पी मास्टर के परिवार का पेट कैसे चलेगा?'

कोई होता नजदीक तो उत्तर देता, सेठानी दूसरे कमरे में जाकर पलंग

में लम्बी हो जाती थीं। सेठ जी की बकवास से उनके पेट से कुछ अकथनीय आवाजें आनी शुरू हो जाती थीं। जो पेट की नाराजगी के संकेत होते थे। सेठ जी, समझते थे कि उनकी धर्मपत्नी गम्भीर मुद्दे पर गौर फरमा रही हैं, वे टेपरिकार्ड की तरह बजते रहते थे।

'ठीक है, हम जटा–जूट बढ़ा कर साधु जैसी शक्ल कर लेंगे, कोई खास परेशानी नहीं। हम दाढ़ी–मूँछ बढ़ाते ही रहते हैं। कोई उज्र नहीं है, निजी फसल है, जब मन होगा बढा लेंगे, जब मन होगा कटवा लेंगे पर उनका क्या होगा, जो चम्पी–चौम्पियन हैं। बेचारे, बेरोजगार हो गये न। दाढ़ी–मूँछ तो पचास में बनती थी। सर ठोंकने के उसे पचास अलग से मिलते थे। किसी को पचास खर्च कर देना कभी नहीं अखरा है। चम्पी ऐसी विशुद्ध देसी दवा है, जो दर्द को सर से दूर रखती है। देख लेना, सेठानी! अब सर दर्द की बीमारी बढ़ेगी। दवा खोजते रह जाएंगे, जनाब! पर ढूंढ़े नहीं मिलेगी।'

इस लोक डाउन से कुश्ती जैसे अंतर्राष्ट्रीय खेल पर बुरा असर पड़ेगा। मुझे दुनिया की चिंता नहीं है। देशी होने के नाते देश की चिंता जरूर है। इसलिए पेरिस–जापान, अमेरिका की बातें नहीं करूँगा, अपने हद में रहकर हिन्दुस्तान की बात करूँगा। वैसे भी क्रिकेट खा गया हमारे सभी खेलों को, ले दे के अब सिर्फ कुश्ती बची थी। इन्हें पहलवानों की जरा भी फिक्र नहीं है। हमारे देश का हर आदमी पहलवान है, सभी को कुश्ती के दांव–पेंच मालुम है, लेकिन पहलवानी में रियाज बहुत जरूरी होता है। ये ऐसा खेल है, जिसमें सुबह का रियाज शाम तक असर देता है और शाम वाला सुबह तक। आदमी के रोजमर्रा की जिंदगी में कुश्ती का बहुत महत्व है। बिना कुश्ती किए एक किलो कद्दू घर नहीं ला सकते। एक बहुत सरल–सा उदाहरण देकर कुश्ती का महत्व बता रहा हूँ, ध्यान से सुनना सेठानी! रेल गाड़ी में यात्रा सभी ने सामान्य कोच में की होगी। जरा सोचो, कितनी पहलवानी करनी पड़ती है, डिब्बे में चढ़ने–उतरने के लिए। संयोग से यदि रात की यात्रा हुई और शौचालय की तलब महसूस हो तब, सारे के सारे पहलवानी के दाँव लगाकर ही वहाँ तक की यात्रा सम्भव हो पाती है। जिसकी पहलवानी कमजोर हो, उसे रेलवे के सामान्य कोच में यात्रा नहीं करनी चाहिये। अब ट्रेन का संचालन बन्द है, कभी चलेगी भी तो किस काम की? पहलवानी सीखने के अवसर चले गए। छः फीट की दूरी से कुश्ती

का रियाज कैसे सम्भव होगा? काबिले फिक्र बात है।

अब अंतिम बात, अंतिम तो नहीं पर अंतिम कहने का चलन जो है, वैसे बात कभी अंतिम नहीं होती। मेरी फिक्र हेल्थ डिपार्टमेंट को लेकर है, दिल जैसी नाजुक चीज को लेकर है। आदमी का दिल संतोषी मिजाज का है। दिल कहता है, आप मेरे लिए एक घण्टे पैर से चलो, मैं आपके लिए तेईस घण्टे दिल लगाकर चलूँगा। बात सरल लगती है, लेकिन सरल नहीं है। सरल होती तो देश की निन्यानबे परसेंट आबादी दिन के दस बजे तक सोई हुई न मिलती। पूरा मुल्क घूमता, किन्तु निद्रा देवी बिस्तर छोड़ने ही नहीं देती।

लेकिन मेरे साथ निद्रा देवी रियायत करती है। लोक डाउन है, फिर भी पृथ्वी माता की तरह मॉर्निंग वॉक कर ही आता हूँ। कहते हैं पृथ्वी घूमती है, सूर्य–चन्द्रमा का चक्कर लगाती है। हो सकता है, घूमती हो, घूमते हुए आज तक देखा तो किसी ने नहीं। यही हाल आजकल मेरा है, घूमता हूँ, लेकिन किसी को पता नहीं, आखिर दिल का मामला है, दिल के साथ दिल्लगी कैसी? परन्तु आज पकड़ लिया गया, सेठानी! रंगे हाथ घूमते हुए।

यह तो गनीमत हुई कि सेठानी लौट आयी थीं। लवणभास्कर चूर्ण फाँकने के बाद पलंग में दो–चार पलटनी खाते ही उन्हें पेट में कुछ राहत लगी। वे सेठ जी का प्रवचन सुनने हरगिज न आती, दूरदर्शन पर महाभारत सीरियल आ रहा था। धांसू सींन था———अर्जुन, गांडीव को उठाकर कमर के पीछे रख दिये थे। वीरासन से वे शवासन की मुद्रा में रथ पर लेट गए थे। भगवान कृष्ण अर्जुन के काले घने बालों में उंगलियों से कंघी करते हुए उन्हें समझा रहे थे———'हे मित्र! हर इंसान के लिए संसार में काम है, उसे करने को वह बाध्य भी है। सभी में कोई न कोई खूबी जरूर होती है, बस जरूरत होती है अपने भीतर छिपी हुई खूबी को पहचाने, तदनुसार कार्य करे।'

सेठानी कृष्ण मुख से ऐसी बात सुनकर अपने भीतर की खूबी समझने में दिमाग लड़ा रही थी कि टीवी बन्द करनी पड़ी। घटना कुछ यूँ घटी———सेठानी के ज्येष्ठ पुत्र संटू के चार वर्षीय ज्येष्ठ पुत्र बिल्लू ने फरमाइश की———'दादी, शेखचिल्ली वाला सीरियल लगाओ।' सेठानी उसे मनाती रहीं, किन्तु वह माना नहीं। अन्तः पलंग में रिमोट पटककर वे सेठ जी का प्रवचन सुनने फिर आ गयी थीं। सेठ जी नाम का टेप रिकार्ड बज रहा था। वे बता रहे थे———

'हादसा कुछ यूं गुजरा——फोकट गंज चौराहे से यू टर्न मारकर घर की दिशा में मुँह फेरे ही थे कि बढ़ते हुए कदम अचानक रुक गए। चौराहे में गिनती के तीन लोग खड़े थे, किंतु छल–बल में वे तीन लोग तीन सौ के बराबर थे। मैं जानबूझकर नहीं रुका, जबरदस्ती रोक दिया गया। मुहल्ले का छटा बदमाश दिलीप जिसे लोग 'दादे' कहते हैं, मुँह में तौलिया बंधे होने के बाद भी मुझे पहचान गया। देखते ही तपाक से 'गुड मॉर्निंग अंकल' बोल दिया। मुझे भी खुद का बचाव तो करना था, इसलिए केवल 'गुड' कहकर काम चला लिया और औपचारिकता निभाते हुए पूछ लिया——'इधर कैसे?'

'अंकल, सीरियस मेटर है।' पिच्च, मुँह में गुटके का सम्पूर्ण अवशेष पृथ्वी माता के चरणों में विसर्जित करता हुआ वह बोला।'

'ओके।'

ओके, बोलकर मैं तेजी से निकल जाने को आतुर बायाँ पैर बढ़ाया ही था कि, मुहल्ले का स्वनामधन्य थानेदार नाराज होकर बोला——'ये गुड और ओक्के से काम नाहीं चलन वाला, अंकल! आपको मालूम है कि सठिआये लोगन के मॉर्निंग बोक पर सरकार ने रोक लगबा दई है, आपने लोक–डउन का रूल तोड़ा। अब पुलीस को बता देबे तो मुहल्ले के बदनामी, न बतूबे तो कानून के साथ धोखा।'

'भई क्या चाहते हो, आप लोग??' सिर में जमी सम्पूर्ण नम्रता को मुँह के जल में घोलकर मैंने पूछा।

'ही–हि–ही–हु अंकल, आप समझदार है।' तीसरा, जिसे मुहल्ले में कल्लू नाम से जानते हैं, वह बोला।

देखने में वह गोरा है, पता नहीं क्यों उसे कल्लू कहते हैं? इसलिए तो नहीं कि उसका बाप काला है। कल्लू कुछ पढ़ा–लिखा भी है, अंग्रेजी भी टूटी–फूटी बोल लेता है। दिन में तो उसे स्कूल जाते हुए किसी ने कभी नहीं देखा, हो सकता है, रात में जाता रहा हो। खैर इन बातों के मुझे कुछ लेना–देना नहीं था, सो मैंने कल्लू से कहा——'तुम्हें धोखा हुआ है, मैं समझदार नहीं हूँ।'

'कोई बात नहीं अंकल, मैं समझाता हूँ, आप समझने की कोशिश करो।'

सेठ जी बोलते–बोलते चुप हो गए थे, जैसे गले में कचरा फँस गया हो, सेठानी ने उनसे पूछ लिया ——'फिर??'

'कल्लू मुझे समझाने लगा, मैं नासमझ छात्र की तरह उसके मुँह से अपनी आँखों का टेम्परेरी कनेक्शन जोड़ दिया। वह पढ़ा रहा था, मैं पढ़ रहा था।'

'अंकल! आप तो जानते है, संसार में महामारी फैली है, इंडिया में भी पाँव पसार रही है, इसलिए सरकार ने लोक डाउन किया। लोक डाउन मतबल ऐभरी थिंग इज टोटल डाउन, नो हिलिंग, नो घूमींग, नो बरकिंग मतबल ऑल टाइप मूवमेंट एबेन दुकान–डलिया ठेला–ठेली, चाट–समोसा, फुल्की–गुल्फी सब कुछ सिट डाउन। ऐसे में बताओ अंकल, मजदूर और छोटे बिजनेस वालों का परिवार क्या खायेगा, भूखा मरेगा कि नहीं?'

'मरेगा।' मैंने हाँ में हाँ मिलाया।

'वही तो, इसलिए अपन तीनों ने अभी–अभी मीटिंग करी। उन गरीबों को मदद पहुँचाने की बात तय हुई है।'

'तुम तीनों ने मीटिंग की?' अचरज से मैंने पूछा।

'जी अंकल, मीटिंग तो अकेले में भी हो जाती है।' थानेदार बोला, इस बार उसकी भाषा शालीन थी।

'हम हर घर से उन गरीबों के लिए मदद लेंगे, रुपये–पैसे अनाज, जो भी मिलेगा सब इकट्ठा करेंगे।' कल्लू ने बताया।

'बहुत नेक विचार है, लेकिन तुम लोगों के दिमाग में नेक आइडिया घुसा कैसे?'

'घुसा कैसे? अरे साहब, अपन माइंड खुला रखते हैं। ज्यादा दूर तो नहीं, पास–पड़ोस और गली–मुहल्ले की फिक्र तो रखते हैं। आप लोग तो घोड़े बेचकर रात में सोते हैं, क्या जाने रात में क्या–क्या होता है? ये तो अपन का फितूर है जो रात भर मुहल्ले का राउंड लगवाता है और मुहल्ले की हर चीज को महफूज रखता है।' बकरेनुमा उगी दाढ़ी पर हाथ फेरता हुआ थानेदार बोला।

माइंड खुला रखने वाली बात मुझे समझ में नहीं आई। मैं आर्ट का स्टूडेंट रहा हूँ। आर्ट वाले स्टूडेंट साइंस वालों से ज्यादा व्यवहारिक होते हैं। उनका देखने–समझने का नजरिया साइंस वालों से जुदा होता है। साइंस के अनुसार माइंड शरीर का भीतरी पार्ट है, जो सिर में फिट होता है। किंतु मैं सहमत नहीं हूँ, मेरी थ्योरी अनुसार यह प्रत्येक आदमी में अलग–अलग भाग में

फिट होता है। घुटना, कमर, पेट–पीठ कहीं पर भी माइंड–निवास हो सकता है। जिनके सर में माइंड होता है, वे बुद्धि वाले होते हैं और जिनके सर छोड़कर शरीर के अन्य हिस्से में फिट होता है, वे बुद्धिहीन माने जाते हैं। यही लोग अक्सर गरीब होते हैं, किंतु मेहनत का काम यही लोग करते हैं। जिसके सिर में माइंड होता है, वे तेज अक्ल के होते हैं, अक्ल चलाकर सब कुछ हासिल कर लेते हैं। ऐसे लोग रोगी और शरीर से कमजोर होते हैं। डरपोक तो नम्बर एक के——अगर घुटने में माइंड रखने वाला व्यक्ति तनकर इनके सामने आ जाए तो इन्हें भागने की दिशा खोजे नहीं मिलती है। मैं कुछ बोलने की सोच रहा था कि पहले ही दादे बोल उठा।

'अंकल, कुछ लोग हमारे मुहल्ले की नाक कटवाने में लगे है।'

'नाक?' मैं चौंक कर नाक टटोलने लगा, दुरुस्त और यथास्थान थी।

'हाँ, अंकल! कल दूसरी पार्टी वाले आकर हमारे मुहल्ले के गरीबों को चुग्गा डाल गए हैं। वे इन्हें चाल में फँसाकर अपने पक्ष में करना चाहते हैं। कल नेता जी आए थे, वे प्लानिंग कर गए हैं। कुछ वे देंगे, कुछ हम मुहल्ले से इकट्ठा करेंगे और उन चालबाजों को इधर टिकने नहीं देंगे। वे साले मुहल्ले की नाक कटवाने में तुले हुए हैं। ऐसा अपन हरगिज नहीं होने देंगे।'

मैं उन लोगों से पीछा छुड़ाना चाहता था, इसलिए बोल दिया कि ठीक है, आ जाना, जब भी मन करे और नाक पकड़े हुए घर तरफ लंबे–लंबे पाँव बढ़ाता हुआ घर आ गया।

'ये कब की बात है?' सेठानी ने पूछा।

'आज सबेरे की।'

'देश–दुनिया की खबरें रखते हो लेकिन खुद की खबर नहीं रखते? पचास मर्तबा बोल चुकी हूँ, लोकडाउन टेम में घूमा–घामी बन्द रखो लेकिन मानते नहीं, आदमी तो निकलता नहीं इस टेम, पागल कुत्ते जरूर कूचे–कूचे टहलते हैं। किसी दिन काट खाऐं तो? दर्जन भर सुई निर्दोष पेट को लगवानी पड़ेगी।'

सुई का नाम सुनकर सेठ जी डर गए, बनियान से बाहर उभर आए पेट को सहलाने लग गए थे। सब कुछ ठीक था, क्योंकि पेट दुरुस्त पाया गया।

(छै)
मूँछ सरकार की

सुरजन, गहरे स्लेटी रंग का जींस का पैंट और उसके ऊपर मिलते–जुलते रंग का टी–सर्ट पहन ली। यह पैंट से उसे खास लगाव था, हो भी क्यों न? रतिया ने चौका–वासन के पैसों से शादी की पिछली साल गिरह पर उसे गिफ्ट की थी। जेब में हमेशा काले रंग का जो पर्स रखता था, वह भी खास था। ससुराल से शादी के समय किसी ने पाँच सौ का नकली नोट भरकर गिफ्ट किया था।

रतिया गुस्सा करती हुई कहती——'ओखरे नाम पता चल जाबे तो जी भर लताड़ देबे, अरे, न करता गिफ्ट, जब देने को असल के पाँच रूपिया तक टेंटे में नै रहो।'

सुरजन उसे समझाता——'नाहक में बरौनी टेढ़ कइ रही हो, ओखरे तो धन्निबाद कर, एक का सिक्का तो असली दओ। बाति का दिमाक लगा के समुझ, वो नकली नोट के आड़ मा बड़ी बात भी बतला गओ, मतबल खोट सिक्का में नै होत, खोट बड़का रुपिया में होत है।'

'हूँ।' नारी की स्वभाव के उलट वह, 'हूँ' बोलकर सुरजन की हर बात में समर्थन का अँगूठा लगा देती थी। जबकि नारी यदि ठान ले तो बहस में उससे कोई नहीं जीत सकता है। नारियां बेहतरीन वकालत करती हैं। अपने लाजवाब तर्कों से बड़े–बड़े वकीलों तक की बोलती बंद कर देती हैं। किसी बेहतरीन शायर ने बेहतरीन शेर कहा है, मुलाहजा हो——'

'मुल्क दरम्यान अगर हुक्म जनानी होती।
तोप–तलवार भुला, जंग जुबानी होती।'

वह अब बारह–वाई–बारह इंच के चौकोर दर्पण को दोनों हाथों में उठाए हुए खुद को पहचानने की कोशिश में लगा था। इन डेढ़ महीनों में लोगों की शक्ल बदल गई थी। हेयर कटिंग सैलून बन्द होने के कारण सिर में बरसाती घास की तरह बेतरतीब बाल हर किसी के सिर में बढ़े हुए थे। सुरजन के साथ ऐसी स्थिति नहीं रही, वह दाढ़ी बना लेता था। बढ़े हुए सर के बालों पर रतिया

ने कैंची फेर दी थी। वह किसी तरह ठीक था। परेशानी उन लोगों को थी, जिन्हें सेविंग करना नहीं आता था। वे बेचारे दाढ़ी खुजलाते हुए सुबह उठते और रात में सो जाते। कई चौकोर चेहरे तिकोनी शक्ल अख्तियार कर चुके थे। कई तो इस डर के बाहर नहीं निकलते थे कि लौटते समय यदि घर वालों ने पहचानने से इंकार कर दिया, तब कहाँ रहेंगे?

अपने चेहरे से संतुष्ट हुआ सुरजन साइकल निकाल कर सड़क में आया, सीट पर दो चार हाथ फेरकर वह सायकल पर एक अश्वरोही की तरह कूदकर चढ़ गया, जैसे वह जंगे–मैदान को रुख्सत हुआ हो। सुरजन ने जो रंग–बिरंगा मास्क चढ़ा रक्खा था, वह बाजार की किसी दूकान में नहीं मिल सकता है। सुई–धागे की मदद से रतिया ने अपने पुराने रुमाल का मास्क सिल दिया था। अब वह साइकिल में सवार हुआ तिराहे पर आ गया। दो सिपाही ड्यूटी में थे। एक तो वही जिसे सुरजन ने बीड़ी का कट्टा गिफ्ट किया था, दूसरा अन्य, डरावनी बड़ी मुच्छ का। वह सुरजन को आता हुआ देखकर दम लगाकर जोर से ललकारा, जैसे उसने कोई आतंकवादी देख लिया हो।

'अबे रुक्क।'

सुरजन रुक गया।

'अबे! मरने को चला है, क्या?' हाथ में डंडा लहराता हुआ वह बोला।

सुरजन जवाब दे पाता कि बीड़ी वाला पुलिस का सिपाही नजदीक आ गया, उसने शायद उसे पहचान लिया था, इसीलिए वह कोमल स्वर में

पूछा———'भई! तगड़ा लॉक डाउन चल रहा है, घर से बाहर निकलने की का जरूरत पड़ गई?'

'तुम जानते हो इसे?' मुच्छ वाले ने पूछा।

'हाँ, सर!'

'ओक्के, वट ये जा किधर को रिया?'

'साब! कुरुक्षेत्र।' हकलाकर सुरजन ने बताया।

'ओ, समझा, वट कौन मर गया?'

'सादू भाई।'

'ओ, वेरी सैड। क्या कोरोना से डेथ हुआ?'

'जी।' घबराहट के मारे वह सही बात नहीं बता पा रहा था।

'गो, वट सम्हल के, उधर को बहुत कतरा है, समजे।'

जाने की अनुमति मिलते ही सुरजन जोर से साइकिल भगाता हुआ दूर चला गया। अब उसने तय कर लिया कि बस्ती–बस्ती फिरता हुआ जाएगा, भले कुछ देर सही, चौराहे पर पुलिसिया से तो बचाव रही। दस–पन्द्रह मिनट तक साइकिल धौंकने के बाद वह सूरत के कुरुक्षेत्र श्मशान क्षेत्र में दाखिल हो गया। गेट से भीतर प्रवेश करते ही उसे भय के विचित्र रूप का अहसास होने लगा। उसके मन में पुलिस और कोरोना दोनों से भय का प्रभाव है, लेकिन उस भय में प्रताड़ना के बाद जीवन की उम्मीद थी और इस भय में सिर्फ और सिर्फ मौत दिख रही थी। हिम्मत जुटाकर उसने साइकिल खड़ी कर दी, जहाँ पर पहले से कुछ दोपहिया और चारपहिया वाहन खड़े थे। वह आगे बढ़ा———आगे का दृश्य बहुत डरावना था। नीली पॉलीथिन से कवर्ड लगभग दस मुर्दे कतार से पड़े थे। वे शायद अंतिम क्रिया के इंतजार में लाइन से लेट गए थे। उसे समझ आया कि जिंदा आदमी से ज्यादा मरा आदमी अनुशासन मानता है। जिंदा व्यक्ति तो हर पल अनुशासन तोड़ने की फिराक में रहता है, उसे भले ही बंदूक की नोंक पर लाइन में खड़ा कर दिया जाए, वह कमर मटकाता रहेगा। पचास की तादाद में सम्पूर्ण शरीर को ढँके हुए और लोग खड़े थे, उनके हिलते हाथ–पाँव से सुरजन ने उनके जीवित होने का अंदाजा लगा लिया, अन्यथा यदि वे भी मृतकों के साथ लेट जाएं तो उनका भी अंतिम संस्कार हो जाना बहुत सम्भव है।

वह उल्टे पाँव भागकर साइकिल तक आ गया। अचानक उसे याद आया उसे कुरुक्षेत्र तालाब पर जाना था, वह गलत जगह पर आ गया है। मनफेर भाई तो वहीं मिलेंगे। साइकिल घसीटता हुआ सुरजन अब तालाब तरफ बढ़ रहा था। उसके मन में श्मशान स्थल का भय अभी सिर तक ही चढ़ा था, नीचे नहीं उतरा था, धड़कनें तेज चल रही थीं, मगर पेट दुरुस्त था। गाँव के बुजुर्गों से उसने सुन रखा था कि भय के समय में पेट इतना डर जाता है कि धोती तक खराब कर देता है। ईश्वर की कृपा से उसका पैंट अभी सूखा था। कंधे में लदी तौलिया को उसने हाथ में लिया और चेहरे में बह आए पसीने को पोंछने लगा।

वह तालाब के मेड़ पर सीधे चढ़ आया था, हालांकि कुछ घूमकर आता तो सड़क मिल जाती। वहाँ का माहौल थोड़ा कम भयानक था, लोगों की आवाजाही बनी हुई थी। तालाब की मेड़ चौड़ी थी, तकरीबन बीस फीट तो होगी

ही। पानी तक जाने के लिए पक्की सीढियां मेड़ से शुरू होती थी। कुछ लोग सिर मुंडाकर तालाब के पानी में नहाने के लिये उतरे हुए थे, कुछ इंतजार में थे। लोगों के बैठने ने निमित्त जगह–जगह चबूतरे बने हुए थे। मेड़ के दूसरे छोर से लगी हुई बस्ती दिख रही थी। उसी बस्ती में मनफेर ने घर बना लिया था।

कुछ दूर पर नाइयों ने अपना कारोबार जमा रखा था। वे सब एक तरह के विशेष यूनिफार्म में थे, वे सर से लेकर पाँव तक खुद को ढँक रखे थे। सिर मुड़ाऐ बैठे हुये लोग अजीब शक्लो–सूरत के लग रहे थे। दूर खड़ा होकर वह मनफेर को तलाश रहा था, लेकिन पहचानना सहज नहीं था। वे सभी यूनिफॉर्म की वजह से एक जैसे दिख रहे थे और अपने काम में व्यस्त थे।

उसे अजीब सी घबराहट होने लगी थी, वह भागने की फिराक में था कि मनफेर ने उसे देख लिया। वह वहीं से बोला———'इधर हूँ, आ जाओ।'

आवाज पहचानकर डरा–सा सुरजन उसके नजदीक गया। मनफेर की सिर्फ आँखें चमक रही थीं। हाथ में उस्तरा लिए वह किसी जल्लाद की तरह लग रहा था। उसने कहा———'तुम्हें घर आना चाहिये था, खैर जब आ ही गये हो तो, यह भी ठीक है। काम भी देख–समझ लो।'

'आज नहीं भाई, कल से तैयार होके औबे।' सुरजन बोला।

'पक्का।' मनफेर बोला।

'पक्का।' उसने डिटो किया।

'डर तो नहीं लग रहा?'

'न–न नहीं।'

'डरने जैसी कोई बात है ही नहीं, परिस्थितियों ने स्वरूप बदल दिया है, शक्लें बदल दी हैं। कल से रेडी होकर आओ, सारी चिंताएं मुझ पर छोड़ो, आने–जाने का पास और यहाँ काम करते समय का यूनिफॉर्म भी दिलवा दूँगा।' मनफेर ने समझाया।

सुरजन कुछ देर सोचता हुआ खड़ा रहा, वह निश्चित नहीं कर पा रहा था कि क्या जवाब दे? मनफेर फिर से ग्राहक के सिर पर उस्तरा चलाने में लग गया था। कुछ पल की खामोशी के बाद सुरजन ने कहा———'चलें भाई?'

'ठीक है, जाओ, किन्तु जरा रुक लेते तो आज ही तुम्हारा आने–जाने का परमिट बन जाता, रास्ता बीच पुलिस से परेशान न होते।'

'आज ही, वो कैसे?' साश्चर्य सुरजन बोला।

'वो मूँछ डाउन किए हुए जो साहब बैठे हैं, वही पास बनाते हैं, उनके पिता जी चल बसे, आज शुद्ध है। पूरा परिवार है, उनका यहाँ, अभी उनका भी सिर मूड़ना है'

'और मुच्छ।' आश्चर्य से सुरजन ने पूछा।

'वो भी, पिता जी स्वर्गीय हुए हैं न।'

सुरजन ने अपनी मूँछ टटोली, यथावत पाकर राहत भरी साँस ली और अगले दिन आने का वादा करते हुए वह लौट चला।

सुरजन साइकिल तक आया। किसी ने साइकिल गिरा दी थी। बड़े प्यार से उसने साइकिल उठाई, जैसे कोई माँ जमीन पर गिरे हुए अपने बच्चे को उठाती है। सीट में मिट्टी लग गई थी, जेब से साफी निकालकर मिट्टी हटाई और बढ़ चला लेकिन साइकिल ने चाल बदल रखी थी। वह समझ गया कि पहिये की हवा निकल गई है। हाथ से टायर दबाकर देखा, बिल्कुल हवा नहीं थी। लॉक डाउन टाइम में पंचर बनना सम्भव नहीं था। वह चिंतित हुआ पुनः मनफेर के पास लौट आया और साइकिल से हवा निकल जाने की बात उसे बताई।

'कोई बात नै, तुम मेरी लेते जाओ।' मनफेर बोला।

दोनों के बीच की बातें सुनकर सिंगल आस्तीन की कमीज पहने हुए एक अजीब शक्ल–ओ–सूरत का आदमी, जिसका चेहरा, सिर और दाढ़ी के बेतरतीब बढ़े स्वेत बालों की वजह से पूरी तरह से ढँका हुआ था, जोर से ठहाका मारकर बोला———'डर गए न बच्चू! इस दुनिया में हम सब साइकिल के पहिए की तरह हैं, जब तक हवा भरी हुई है, तब तक चलेंगे, दौड़ेंगे, फिर एक दिन फुस्स————।' फुस्स–फुस्स की आवाज उसने दो बार मुँह से निकाली।

वह अब चबूतरे से पास जाकर नाच–नाचकर गाने लगा था———'रहना नहीं देस बिराना, साधो!'

'ई कौनि है, भाई।' सुरजन ने पूछा।

'पागल है, ऐसइ घूमता रहता है, कबी कबरिसथान में, कबी इधर, कबी उधर।'

मनफेर की बात उसने सुन ली, अब वह जोर से बोलने लगा था———'अमे। पागल बोला, क्या तू पागल नईं? क्या ये पागल नईं? (उसका

इशारा बड़े साहब की तरफ था) सब साले पागल हो, पूरी दुनिया पागल है। वह फिर नाचकर लय–तर्ज में गाने लगा———

‘दुनिया पागल–खाना साधो!,
दुनिया पागल–खाना है।’

‘हटाओ साले को, माहौल गंदा कर रहा है।’ साहब गरजे, किन्तु यह वो साहबी गर्जना नहीं थी जो दफ्तर की कुर्सी में बैठने पर आती है, इसे बकरे की तरह का मिमियाना कहा जा सकता है।

उस पागल को लोगों के द्वारा मेड़ के नीचे तक खदेड़ दिया गया था। अब शांति आ गई थी। परन्तु यह शांति कुछ लम्हों के लिए रही, वह अखबार की कतरन हाथ में लिए गाता हुआ फिर से चला आ रहा था———‘आज मोरे घर आये न बलमा———’

इसी पंक्ति की पुनरावृत्ति करता हुआ वह साहब के सामने आकर खड़ा होकर गाने लगा। जिन्हें मनफेर, ‘साहब–साहब’ कह रहा था, वे डिप्टी कलेक्टर थे। इनके पिता का देहावसान हो गया था। आज वे शुद्धिकरण के लिए परिवार सहित आये हुए थे।

पागल की हरकत से वे झुँझलाकर अपने बेटे से बोले———‘अरे बिल्लू! पुलिस को फोन मिलाओ, इसे पकड़ ले जाये।’

वह हाथ को झटक–झटक लय और ताल के साथ गाये जा रहा था———‘आज मोरे घर आये न बलमा।’

उस जगह कोई संगीत मर्मज्ञ होता तो कहता पागल उस्ताद ‘राग मालकोश’ में बंदिश गा रहे हैं, लेकिन कौन समझे। यहाँ तो वे लोग इकट्ठे हुए थे जिनके जीवन से संगीत जा चुका था।

बिल्लू ने पुलिस को फोन कर दिया था, थोड़े समय में पुलिस पहुँच गई और उसे पकड़ कर ले गई। उस तथाकथित पागल को बिल्लू बड़े गौर से देख रहा था, जब पुलिस उसे पकड़कर ले जा रही थी। वह पिता के नजदीक आया और कहा———‘पापा! ये कोई साधारण पागल नहीं हैं, संगीत टीचर नेमीचरन कालिया हैं, मैं इन्हें पहचान गया हूँ।’

‘तुम इन्हें कैसे जानते हो?’

‘इनका लड़का ‘वत्सल’ मेरे साथ इंटर तक पढ़ा है, फिर वह आगे की

पढ़ाई करने चीन चला गया था। मैं एक बार उसके घर भी गया हूँ। आप लोग जिन्हें पागल समझ रहे हैं, ये वत्सल के पिता हैं।'

'विचित्र बात है, किंतु ये तो पागल हैं।' साहब दाढ़ी खुजलाते हुये बोले।

'हाँ पापा! सुना है, कोरोना से वत्सल की मौत चीन में हो गई है। ये उसकी बॉडी तक नहीं देख पाए हैं। तभी से इनकी हालत बिगड़ गई होगी।' दुखी मन से बिल्लू ने बताया।

'हे प्रभू! तेरी लीला अपरम्पार।' ऊँची स्वांस छोड़ते हुए साहब इतना ही कहे और सिर झुका लिए।

सुरजन के लिए यहाँ का नजारा किसी यमलोक की तरह लग रहा था, यद्यपि यमलोक के विषय में वह इतना ही सुन रखा था कि वहाँ विचित्र तरह के शक्ल वाले यमदूत होते हैं, जो मरे हुए लोगों को डराते हैं। मनफेर अब तक दो लोगों को टकला कर चुका था तीन–चार और बचे थे। ये सभी साहब की फैमिली से थे। वह तनिक सुस्ताने की गरज से जेब से बीड़ी लेसकर पीने लगा और नियत स्थान से कुछ हटकर साहब की तरफ मुखातिब हुआ, वो इशारा समझ गये और उठकर मुंडन कुर्सी पर आकर विराजमान हो गये। अच्छा मौका समझकर मनफेर ने सुरजन का परिचय उनसे कराया———'साहब! ई मेरा भाई है, साड़ी की दूकान में नौकरी करता था, दूकान अब बन्द है, खाना–खर्च की किल्लत है। मैंने सोचा इसे भी इधर के काम में ले लूँ। आप थोड़ी कृपा कर दें।'

'मैं क्या कर सकता हूँ?'

'सरकार! पुलिस के लोग आने–जाने में दिक्कत करेंगे, आप कागज में लिख देते तो———'

'इसका भी पास चाहिए?' उन्होंने पूछा।

'जी, सरकार।'

'कल के बाद दो दिन तो तुम्हारा काम घर तरफ ही रहेगा, इसे भी बुला लो, याद दिला देना, तत्काल बना देंगे।'

'मेहरबानी सरकार!'

तेजी से हाथ चलाता हुआ मनफेर साहब की खोपड़ी गंजी कर चुका

था, अब दाढ़ी को पानी के फुहारे से सींचने लगा था। दो चार उस्तरा इधर,–उधर फेरने से चेहरा चिकना हो गया, अब बचीं बिल्ली के पूँछ की तरह की दो बड़ी मूँछें। उस्तरे पर हाथों की पकड़ ढीली करते हुए उसने पूछा——'सरकार इन्हें रहने दें?'

'क्यो भई! हम बघेलखण्ड के लोग हैं, पिता की मृत्यु उपरांत मूँछों की सफाई की परम्परा है, इन्हें साफ करो।'

'जी साहब, मगर?'

'अगर–मगर कुच्छ नहीं, जो अपनी परम्परा है, उसका पालन होना चाहिए।'

'बो बात नै साहब! मेरा मतलब कहने का आप सरकारी साहब हैं, आपकी मूँछें सरकार की शान हैं। उन पर एक नाई कैसे हाथ लगाए? न–न साहब ये गलती मोसे न होगी।' मनफेर विनम्रतापूर्वक बोला।

'किस सरकार की बात कर रहे हो मनफेर! सरकार की मूँछें उखड़ी ही समझो। कोई भी प्रदेश ले लो, मध्यप्रदेश, बिहार, राजस्थान, दिल्ली, महाराष्ट्र, हर जगह का यही हाल है। सरकार के ही लोग सरकार की मूँछें अलग–अलग दिशा में तान रहे हैं। अब तुम्हीं बताओ, मूँछें कब तक सलामत रहेंगी?'

'साहब! हम राजनेति नहीं जानते, आप कैंची से अपनी मूँछ कुतर दो, बाकी का काम हम कर देंगे।

मनफेर का कहा मानते हुए साहब ने मूँछों पर कैंची चला दी। सजीव मूँछें दाएँ–बाएँ जमीन पर गिर पड़ीं फिर थोड़ा छटपटाने के बाद निर्जीव होकर शांत हो गईं।

दूर खड़ा हुआ सुरजन कुछ समझ नहीं पा रहा था। वह उदास और डरे मन से मनफेर की साइकिल लेकर धीरे–धीरे, लुकते–छिपते अपने कमरे की तरफ बढ़ चला था। सड़क पर चलते हुए जब भी पुलिस के गश्ती वेन से चेतावनी भरी आवाजें उसके कान तक पहुँचती, वह कानों में उँगली खोंस लेता था और शरीर की पूरी ताकत साइकिल की पैडल पर झोंक देता था।

(सात)
टोपी चोर

पसीने से परिश्रमी देह को तरबतर किए हुए सुरजन जब कमरे तक पहुँचा तीन बजे गए थे, आकाश के विशाल बिस्तर में लेटे हुए सूर्य देव करवट बदल कर पश्चमोत्तर मुँह कर लिए थे। हल्की सी दस्तक से द्वार खुल गया। दो बाल्टी पानी रतिया बाहर निकाल कर रख दी, सुरजन खुद नहाया, साइकिल को भी नहलाया, सभी कपड़े धोए तब भीतर गया। उसका ध्यान सीलिंग तरफ ठहरे हुए पंखे पर गया। पूछने से पहले रतिया ने बता दिया कि 'दस बजे से लैट नईं हबै।'

तब सुरजन ने पूछा——'और घरन पे?'

'का जानूँ।'

'खाना लगा देईं?' रतिया ने पूछा।

'हओ, लगा दो, तुम खाई कि नै?'

'कइसे खाबे, जब पती परमेस्सर भूखा घर से बाहर है।'

'एई ठीक बात नहीं, पेट से हो, कम–से–कम उसका धियान तो रखै चाही।'

सुंदर की नाराजगी जायज थी, यह उसके प्रेम की फिक्र थी, किन्तु रतिया के हिसाब से पति को खिलाने–पिलाने के बाद ही पत्नी को भोजन करना चाहिए। वह भोजन गर्म कर थाली में लगा चुकी थी। रोटी चावल देखते ही सुरजन के पेट में पलने वाले कामगार चिल्ला उठे——'जल्दी करो, जल्दी करो।' किंतु वह मुँह के आदेशानुसार धीरे–धीरे खाने लगा।

भोजन से निवृत होकर सुरजन ने एक बीड़ी सुलगाई और दरवाजे के पास बैठकर पीने लगा। उसके चेहरे के भावों को यदि इस समय पढ़ा जाए तो वह दुनिया का सबसे बड़ा खुशहाल इंसान कहा जाएगा है। चेहरे के पटल पर एक ऐसी इबारत लिखी मिलेगी जो अन्यत्र कहीं नहीं मिल सकती। इस पल में उससे बढ़कर सुखी और प्रसन्न प्राणी और कोई नहीं था। श्रमिक होते ही ऐसे हैं, वर्तमान पर जीते हुये आनन्दित होते हैं। भूतकाल को याद कर पछताते नहीं

और भविष्य की फिक्र में वर्तमान का सुख बर्बाद नहीं करते। दरवाजे के पार खट–पट की आवाज सुनकर वह बाहर को झाँका, वही सिपाही बस्ती में राउंड मार रहा था, जिसे सुरजन ने उस दिन बीड़ी पिलाई थी। उसे देखकर सुरजन खुश हुआ, नजदीक आने पर उसे सलाम किया। वह भी सुरजन को देखकर खुश हुआ और पूछा———'इधर ही रहते हो साथी?'

सिपाही के मुँह से साथी का सम्बोधन पाकर सुरजन का मन प्रफुल्लित हो गया। आज तक किसी सरकारी मुलाजिम ने इतने प्यार से उससे बात नहीं की थी, वह दोनो हाथ जोड़कर बोला———'जी साहब जी।'

'तुम्हारे सादू की मृत्यु के समाचार से दिल दुखी हुआ।'

'परन्तु, साब————'

वह अपनी बात पूरी नहीं कह पाया था कि सिपाही ने दोबारा सवाल कर दिया———'रिचार्ज मिल गया था?'

'जी, बड़ी किरपा आपकी और पुलिस मैडम की, बो बौत नेक लगीं।'

'वो है ही नेक, तभी न कोरोना ने पकड़ लिया।' सिपाही उदास होकर बोला।

'का बोल रहे साब?' सुरजन ने आश्चर्य व्यक्त किया।

'ठीक बता रहा हूँ, मैडम को हॉस्पिटल में आइसोलेटेड कर दिया गया है। इसके अलावा पुलिस के तीन सौ से ऊपर के लोग बीमार हैं, कुछ की हालत नाजुक है, पाँच की डेथ हो गई है।'

सिपाही बहुत उदास हो गया था, उसे अपने साथियों के बीमार पड़ने और मृत्यु को लेकर गहरा दुख था। वह तनिक रुका फिर बोला———'जनता कहती है, पुलिस गुंडा हो गई है, निकलने पर गधे की तरह लात चलाती है, डंडे से पिटाई करती है। सुनकर दुख होता है, पुलिस उन्हीं को मारती है, जो बार–बार समझाने के वावजूद लॉकडाउन के कानून का मजाक उड़ाते हैं। बिना काम के बाहर निकलकर घूमते हैं।'

'बीड़ी पिओगे साब?' चतुराई से काम लेता हुआ सुरजन बोला।

'पिला दो, पहले एक गिलास ठण्डा पानी हो तो देना।'

सिपाही को सुरजन ने तत्काल मटके से निकालकर एक गिलास पानी दिया और बीड़ी पिलाई, उसने तीन–चार कश में ही बीड़ी को कुट्टी करके बूट

के नीचे रखकर मसल दिया। अब वह प्रसन्न लगने लगा था। जाते–जाते वह सुरजन को हिदायत भी दे गया———'साथी! बाहर मत निकलना, जरूरी काम होने पर मुझसे बोलना———तेजाराम नाम है मेरा, तिराहे पर मेरी परमानेंट ड्यूटी है।'

वह चला गया था। सुरजन उसे जाते हुए तब तक देखता रहा जब तक वह दिखाई दिया। वह पुलिस के विषय में सोचने लगा था———'बड़ी अजीबोगरीब दुनिया है, साब! ये पुलिस भी मेर–मेर की है। कुछ अच्छी है, कुछ अच्छी नै है, जइसा समाज ने चाहा बैसी बन गई।'

रतिया की आवाज सुनकर उसके विचारों की कड़ी टूट गई।

वह कह रही थी———'साइकिल भीतर कइके दरवाजा भिड़ा लो।'

सुरजन साइकिल भीतर करने के बाद दरवाजा बन्द कर लिया था। किसी अन्य की साइकिल घर में देखकर रतिया का मन संशय से भर उठा। उसने साइकिल के विषय में पूछा। सुरजन ने बिना किसी बदलाव के सारी बातें आद्योपांत बता दी। भयभीत आदमी की भययुक्त बातें सुनकर कौन सहज रह सकता है। रतिया और सुरजन वैसे भी रीवा जिले के उस ग्रामीण क्षेत्र के थे, जहाँ भूत–प्रेत का निवास गाँव के प्रत्येक पीपल के पेड़ में माना जाता है। जहाँ की मान्यता के अनुसार गाँव का हर मृतक पहले भूत बनता है। बाद में उसको दोबारा से जन्म और योनि मिलती है। लिहाजा, यदि आदमी के साथ सरकार भूतों की भी गणना कराए तो भूत और आदमी का औसत आधा–आधा आयेगा।

वृतांत सुनते–सुनाते हुए दोनों के चेहरों पर भय की बनती–बिगड़ती रेखाएं साफ दिखाई दे रही थीं। बात खत्म होने पर डरी हुई रतिया बोली———'न–न हम न जान देबइ, न चाही हमखा ई तरह के रुपिया, मोखे तुमरे जी से बड़ा कीमती दुनिया के कौनो चीज नै आय। जीजा जी से हमरी बाति करा दो, साफ–साफ बोल देबे———हाँ!'

वह अभी चुप न होती, और बहुत कुछ कहती, बहुत सम्भव था, बोलते–बोलते रो पड़ती। उसके मनोभावों को ताड़कर पहले ही सुरजन ने वहाँ न जाने की कसम खा ली, इस तरह से कहानी का अंत हो गया। सीलिंग फैन घुरघुराकर चल पड़ा था। पंखे से निकलती घुर्र–घुर्र की आवाज से सड़क चलता हुआ आदमी समझ सकता था कि इस तरफ की बस्ती में बिजली है। सुरजन

को आलस्य ने घेर लिया था, वह उसी जगह पर लंबा होकर सो गया। रतिया भी भोजन पश्चात पड़ गई थी। उसकी आँख लगने ही वाली थी कि सुरजन के मुँह से निकली गों–गों की आवाज सुनकर वह उठ गई। वह समझ गई कि ये कोई डरावने सपने की जद में हैं। उसने सुरजन को झिंझोड़कर जगा दिया। वह उठ गया, मुँह हाथ धोया तब वह सचेत हुआ। रतिया के पूछने पर उसने जो भी बताया वह वास्तव में भयभीत करने वाला था। उसके अनुसार कोई बड़े आकार का जीव जिसके अनेक पैर थे, दरवाजा ठेलकर भीतर घुस आया है और हमें निगलने के लिए मुँह खोल रहा है।

उसके हाथ मे पानी का गिलास देती हुई रतिया बोली——'लो पानी पी लो,

'देखो, ई सपना आहीं, ये लबरी (झूठ) होत हैं। हमें लगत है, तुम उते जाके डर गओ है।'

'हाँ, उस तरफ केर माहोल देखि के मन खराब भा है।'

'भूल जाबो, अब उधर जाबे की जरूरत नईं।'

शाम घिर आई थी, सड़क पर लगें सरकारी बल्ब दूधिया रोशनी विखेरने लगे थे। सुरजन को मिला हुआ कमरा कहने को दो था, लेकिन एक ही इस्तेमाल में आता था। दूसरे में सेठ जी का स्टोर और बाजू में कार–गैरेज था लेकिन बाहर की खुली जमीन ऊँची बाउंड्रीवाल से घिरी होने के कारण निस्तार में थी। पेड़–पौधे लगे होने से छाया और फल दोनों मिलते थे। इस समय आम के दो छोटे पेड़ों में फल आए हुए थे। इनकी देख–रेख और पानी देने का काम अक्सर रतिया करती थी। बाहर के गेट पर खटका हुआ, सुरजन डरा हुआ कमरे से बाहर आया और ओट से टोह ली। काले रंग के मास्क से मुँह–नाक बंद होने के कारण वह उसे ठीक से पहचान नहीं पाया, भीतर से ही उसने पूछा——'कौन?'

'अरे खोलो भाई! मैं संटू हूँ।'

आवाज पहचान कर सुरजन ने गेट का ताला खोल दिया। आगंतुक सेठ जी का बड़ा लड़का संटू था। वैसे उसका पूरा नाम संतलाल है। देखने में और स्वभाव से भी वह संत ही है। सेठ जी की एक दूकान यही देखता है।

भीतर आते ही वह नाराजगी जताते हुए बोला——'पापा बोले, कि

तुम्हारा हाल–चाल ले आऊँ, तुम तो उस दिन के बाद घर तरफ आए नहीं।'

'सेठ जी कइसे हैं? कित्ता धियान रखत हैं, मेरा।' सुरजन ने पूछा।

रतिया बैठने के लिए स्टूल ले आई थी। स्टूल रखकर वह भी वहीं खड़ी हो गई।

'ठीक हैं, इस समय उनका ज्ञान जागा हुआ है, दिन भर अम्मा को सुनाते रहते हैं। कल आकर मिल जाओ।' स्टूल में बैठते हुये संटू बोला।

'जी भइया, निस्चित औबे कल। और डॉग कइसा है?'

'क्या बताएं तुम्हें, बहुत परेशान किए है। बे–मतलब भूँकता है, कभी–कभी दो बजे रात भूँककर नींद खराब कर देता है, मुझे उस पर बहुत गुस्सा लगती है।'

'कुत्ता है, भइया जी, बो का जाने कब भोंकना है, कब नहीं भोंकना है।'

'और बताओ, खाने–पीने की तकलीफ़ तो नहीं है।' कान खुजलाते हुये संटू ने पूछा।

'सब ठीकै समझो, भइया जी, कउनो तने पेट चल रहो है। मन जरूर ठीक नहीं लगबे।' सुरजन बोला।

खास बोली–भाषा वाले जब अन्य भाषा–बोली बोलने वालों के सम्पर्क में आ जाते हैं तब उनकी बोली, अन्य लोगों की बोली से शब्द लेकर अपना मूल स्वरूप खोकर नवीन बोली में तब्दील हो जाती है। बहुधा यह अशिक्षित या अल्प शिक्षित लोगों के साथ अधिक होता है। बघेली समझने और बोलने वाले सुरजन और रतिया की भाषा कुछ ऐसे ही बदलाव में थी।

'क्या हुआ मन को?' संटू ने पूछा।

'काहे आपका लगता है? मेरा तो बेलकुल नहीं लगता, काम–धाम चलता था। बहुत से लोग आते–जाते थे। बातचीत–ग्राहकी करते हुए पतय नहीं चलबै कि कब दिन डूबा, कब साँझ भई। अब घर मा बइठा अदमी कब तक खुद केर फोटू देखे।' सुरजन बोला।

'तुम ठीक कह रहे हो, किंतु किया क्या जाए। समूची दुनिया घर के भीतर कैद है। सरकार की पुलिस घर के अंदर रहने को कहती है। कल नहीं सुना, कैसे पुलिस वाला गा रहा था——'घर के भीतर जिंदगी, घर के बाहर मौत।'

हँसकर संटू बोला था। सुरजन भी हँसने में साथ दिया था, कायदा भी यही है, जब कोई बड़ा जैसा करे, छोटों को अनुसरण करना चाहिए, प्रेम बना रहता है। छोटा सेठ हँसा था, इसलिये सुरजन का हँसना जरूरी हो गया था।

न हँसने से प्रेम भाव में कमी लगती, जबकि हँसी आने वाली कोई बात थी ही नहीं। यह हिट फार्मूला है। जिंदगी के हर प्रसंग में काम आता है। इसका उपयोग नेताओं के तलुआ चाटने वाले छुट भइया लोग और नौकरी पेशा वाले ज्यादा करते हैं। वे अपने अफसर के मुँह तरफ आँखें जमाए रखते हैं, ताकि उन्हें पता चलता रहे कि कब हँसना है, कब रोना है, कब नाक में उँगली करनी है। इसी तरह से छुटभैये नेता लोग जब उनके बड़े नेता मंच से भाषण झाड़ते हैं, तब इनकी पलकें उनके तिकोने मुँह के तरफ बिछी–बिछी रहती हैं। यहीं से मेसेज आता है कि कब जनता को ताली बजाने को बोलना है, कब जिंदाबाद कराना है और कब मुर्दाबाद कहलवाना है।

रतिया भी हँसी थी, क्योंकि उसका पति सुरजन हँसा था। हँसते हुए उसने, संटू से एक प्रश्न पूछ लिया, जिसका उत्तर दुनिया के किसी भी संटू–मंटू के पास नहीं था। उसने पूछा———'भइया जी, अपन तो गाँव–देहात के लोग ठहरे, बड़ी चीजन केर अनुमान नहीं हो पाबे। आप पढ़े–लिखे हो, आपको मालुम होगा के लोक कब तक डाउन रहबे?'

'फिर भी उसने पढ़े–लिखे होने के तमगे की सुरक्षा में उत्तर दिया———'देखो, चाहे आदमी हो, बैल हो या कुत्ता हो, या फिर कोरोना का वायरस हो, भगवान ने सबकी आयु तय कर रखी है। मेरे हिसाब से यह साल भर तो जिएगा ही।'

'तो क्या साल भर ऐसे ही कमरे के भीतर छुपकर रहना होगा?' सुरजन ने नया प्रश्न किया।

नए प्रश्न के हमले से संटू सटपटा गया, उस बेचारे को क्या पता था कि प्रधानमंत्री से पूछे जाने वाले प्रश्नों का उत्तर उसे देना पड़ेगा। वह तो सुरजन का हालचाल लेने के लिए यहाँ आया हुआ था। उसे मालुम होता कि उससे पार्लियामेंट्री प्रश्न पूछे जाएंगे, तो वह इधर हरगिज न आता। फिर भी उसने अपनी बुद्धि अनुसार यह उत्तर दिया———'देखो, तुम लोगों को चिंता करने की जरूरत नहीं है, सेठ जी ने तुम लोगों के देख–भाल की जिम्मेदारी

मुझे सौंपी है। मेरी पूरी कोशिश रहेगी कि तुम लोगों को कोई तकलीफ़ न होने पाँवे। मेरा फोन नम्बर नोट कर लो, मुझे किसी भी समय फोन कर सकते हो।'

संटू ने ज्यादा बैठना उचित नहीं समझा, वह अपना मोबाइल नम्बर नोट कराकर चलता बना। उसके जाते ही रतिया ने सुरजन से कहा——'ईखा मतबल लोकडाउन टेम में ही हमखो 'डिलभरी' होगी।'

सुरजन मुस्कुराहट के साथ बोला——'काहे चिंता करती हो, हम हबै न, अपन तो नाम भी अबी से सोच लओ।'

'का सोचे हो? बताबा न।' पेट में हाथ फेरती हुई रतिया निकट होकर बोली।

'लड़का होगा, तो करोना।'

'बस्स करो——' रतिया नाराज हो गई, वह यह कहती हुई भीतर चली गई, कि तुमई नेक नाम तक नहीं सुझबे। बेमारी–अजारी का नाम हमखे संतान के नेमित्त कइसे सोच लिए?'

सुरजन को अपनी गलती का अहसास हो गया था, वह भीतर जाकर उसे मनाने लगा, माफी माँगने लगा, लेकिन रतिया पर कोई प्रभाव नहीं पड़ा,

उसने झिड़की लगा दी——'अरे! नाम रखबे को अबी सास–ससुर जिंदा हैं, जोन उनहीं ठीक लगबे ऊ रखिहीं, तूँ न परेसान हो।'

डाँट खाकर वह कमरे से बाहर आ गया, तभी बाउंड्री के गेट पर खटखट की आवाज आई, उसे लगा संटू भइया फिर आ गए। बढ़कर उसके दरवाजा खोल दिया, सामने सड़क पर सिपाही तेजाराम को हाथ में बोरी लिए हुए खड़े देखकर उसने आश्चर्यचकित होकर पूछा——'साहब जी, आप!'

'हाँ, साथी! सोचा कि मिलता जाऊँ, राम जाने, अब मुलाकात कब होगी? होती भी है या नहीं, ये भी कह नहीं सकता।'

'ये का कह रहे हैं, साहेब? अउर बोरिया में का लाए हैं साहब?'

दोनों की बातचीत सुनकर रतिया कमरे से बाहर निकलकर आ गई, बाहर का बल्व जला दिया। उसकी पीली रोशनी में तेजाराम साफ दिखाई देने लगा। लगभग चालीस की वय, इकहरे किन्तु सुगठित बदन पर खाकी वर्दी के साथ वह आकर्षक था। तेजाराम बता रहा था——'साथी, कुछ देर पहले घर से फोन आया है, मेरी बूढ़ी सास और पत्नी दोनों को हॉस्पिटल ले जाया गया

है। घर में बेटी अकेली है, मैं घर जा रहा हूँ। हम दोनों को दो सप्ताह तक घर मे रहने का आदेश हुआ है।'

सुरजन कहता तो क्या कहता, सुनकर उसे बहुत दुख हुआ। सिपाही तेजाराम को अपना हितेषी मानता था, परस्पर मित्रता के भाव दोनों तरफ थे जबकि सामाजिक संरचना अनुसार फर्क बहुत था, तेजाराम पुलिस का पढ़ा–लिखा सिपाही और सुरजन बिना मजदूरी का मजदूर।

'सब ठीक होइ जैहै, साहेब!' आगे बढ़कर रतिया बोली।

तेजाराम रतिया को पहली बार देख रहा था। उसकी आँखों में उतरते हुए प्रश्न को समझकर सुरजन ने रतिया का परिचय कराया। रतिया ने सर झुकाकर उसे प्रणाम कहा।

'खुश रहो, भगवान तुम्हारी मुरादें पूरी करे। अब मैं चलूँगा, ये बोरी रख लो, इसमें आटा–नमक और कुछ दाल–चावल है। कुछ दिन तो काम चलेगा।'

'अब समझी, आप ही बोरी छोड़ जाते थे।'

तेजाराम कुछ क्षण चुप रहा, फिर बोला——'हाँ, ये सरकार की तरफ से है। तुम्हारे घर का नाम लिस्ट में नहीं है। ये तो मैं वैसे ही तुम्हारे वास्ते ले लेता था।'

'आप इत्ता सब हमरे निता?'

'हाँ, साथी, बस इतना ही तो कर सकता था। मैं चलूँ अब?'

'बीड़ी नहीं पिओगे साहेब, आज?' सुरजन ने पूछा।

'मन तो नहीं, पर तुम्हारी बात नहीं टालता, लाओ लगा ही लूँ, अंतिम कश।'

बीड़ी और माचिस की डिबिया सुरजन ने उसकी तरफ उछाल दिया था। वह बीड़ी जलाकर लंबा कश मारा और हवा में धुआँ छोड़ता हुआ बोला——'साथी, तुम गरीब सही, सच्चे दिल के आदमी हो, सच्चे दोस्त हो, आज की मतलबपरस्त दुनिया में तुमसा मुझे कोई नहीं मिला। कहने को बहुत से दोस्त होने का दम भरते हैं, किन्तु नईं, एक–एक को पहचानता हूँ, सब साले टोपी–चोर हैं। तुम दिलदार हो, ऐसे दिलों में भगवान बसते हैं। तुम दुआ करना, मेरी पत्नी और सास की जिंदगी बच जाए, वे ठीक होकर घर लौटें। मेरा नम्बर तो है न, तुम्हारे पास?'

'आप चिंता न करो साहेब, मैं कुछ देर से नहा के 'दूला देव' से विनती करबे, ऊ बड़े ताकतवर हैं, मोर विनती उन्हें सुनन पड़ी, कुच्छ नाहीं होगा साहेब, जल्द से आपकी सिरीमती अउर सासु ठीक होइके घर अइहीं, साहेब!'

तेजाराम के हाथ अनायास सुरजन के लिए जुड़ गए थे। वह थके हुए कदमों से लौट चला था। कंक्रीट की सड़क पर चलते हुए जूतों के मुँह से निकलने वाली खटपट–खटपट की रौबीली पुलिसिया आवाज आज नदारत थी।

(आठ)
सत्संग (प्रथम अध्याय)

सिपाही तेजाराम चला गया था लेकिन सुरजन के दिल में तीव्र कसक छोड़ गया था। बहुत कम समय में एक बीड़ी ने दोनों को नजदीक ला दिया था। उसकी पत्नी बीमार है, सासु बीमार है। दोनो ही कोरोना की चपेट में है। घर मैं वह और उसकी बेटी दो हफ्ते तक कैद रहेंगे। वह चाहकर भी कुछ नहीं कर पाएगा, कितनी पीड़ा होगी उसे? यह तो वही बता सकता है, जिसके साथ ऐसा वक्त आया होगा। परेशान हुआ सुरजन कमरे के भीतर चक्कर लगाने लगा था। रतिया स्कूल पढ़ने के लिए कभी नहीं गई, लेकिन समझदारी में वह पढ़े–लिखे लोगों से बहुत आगे थी। सुरजन को गोल–गोल घूमते हुये देखकर वह अनुमान लगा चुकी थी कि इनके दिमाक में क्या घूम रहा है। वह बोली———'ऐसइ घुम्बे से कौनो मतबल नहीं निकलबे, अपुन का कई सकत है, जादा? हम फरस धोइके, दिया जलाय देत हैं। बैठि के दूला देव से बिनती कइ लेब, पूरा विसुआस है, ऊ किरपा जरूर करिहीं।'

बिना कुछ बोले सुरजन नहाने चला गया, पानी से फर्स धो पोंछकर रतिया ने दीपक जला दिया, वह नहाकर आया और दीपक के सामने आँख बंद कर बैठ गया। समीप बैठी रतिया कभी कँपकपाती हुई दीपक की लौ को, तो कभी आँख बंद किए हुए बैठे अपने पति को, देखती। सुरजन आधे घण्टे तक इसी मुद्रा में बैठा रहा। फिर वह उठा और कमरे से बाहर आ गया। पीछे–पीछे रतिया भी बाहर आ गई। वह पति के मायूस चेहरे को परखकर

बोली———'काहे उठि गए?'

'का करें, कब तक बिनती करें।'

'हार मान लओ, अरे! ऊ देउता लोग हैं, इतना जल्दी कइसे आमय?'

'मतबल हम पूरी रात दिया के टेम निहारत बइठे रहे?' तल्ख स्वर में सुरजन बोला।

'नै, एक कोशिश अउर मारो, हम फिर से नयी दिया में जादा तेल भरकर लेस देब, तुम नहा के दोबारा से बइठा।'

रतिया के अनुरोध में जग–पीड़ा थी, सपाट चेहरे पर सम्पूर्ण नारी जाति की सहृदयता का लघु आग्रह था। आँखों में यक्ष प्रश्न थे। सुरजन समझ तो नहीं सका, लेकिन रतिया का आग्रह मानकर पुनः नहाने चला गया। तदनु, वह दोबारा से पुनः उसी मुद्रा में आकर बैठ गया। रतिया नई चुनरी ले आई और उसका सिर ढँक दिया। तकरीबन वह बीस–पच्चीस मिनट तक आँखें बंद किए हुए दूल्हा देव का आवाहन करता रहा। कुछ क्षण पश्चात सुरजन का सिर धीरे–धीरे हिलने लगा, फिर जोर से, उसका सम्पूर्ण शरीर कम्पित हुआ और मुँह से एक भारी आवाज निकली, जो सुरजन

की नहीं थी———'बोल, क्यों बुलाया?'

'दूला देउता की जै, हम रतिया, सुरजन केरि वाइफ तुमरे गोड़े गिरेन महराज।'

'कल्याण हो। तुम स्वयं देवि–स्वरूपा हो। मैं तुम्हारी पुकार पर
वायु–शिखर की मीटिंग छोड़कर आया हूँ, बताओ क्या परेशानी है?'

'वायु–शिखर का चीज है, महराज?'

'बेकार के पचड़े में मत पड़ो, काम की बात जल्दी से बताओ, मुझे जल्दी लौटना भी है।'

'दूला देव, अब का बताई तुमसे, कुच्छ छिपा नहीं आय, इनकर पुलिस से दोसती नई–नई बनी है, पुलिस की पतनी अउर सासु कोरोना रोग से पीड़ित है, ओखरे जान बचा लो, महराज।'

कुछ पल खामोशी में बीते, सुरजन ने सिर ऊपर उठाया, ओढ़नी सरककर नीचे गिर गई, उसका चेहरा सामान्य नहीं था। वह लाल–लाल आंखों से कुछ अदृश्य में तलाश रहा था।

'मैं उसकी बूढ़ी सास की मृत्यु देख रहा हूँ, बाकी घर के लोग बीमारी से बच जाएंगे।' सुरजन की काया में सवार दूला देव कुछ पल चुप रहने के बाद बोले।'

'जे अन्निआय हुआ न, बुढ़िया काहे मर जाबे, आप रोको न।'

'बहुत नासमझ हो, वह जिस अस्पताल में भर्ती है, कहने को उसे सरकार चलाती है, लेकिन चलती वह भगवान भरोसे है। उसमें मृत्यु का रिकार्ड अच्छा है, यम देव उस अस्पताल से बहुत खुश हैं।'

'आप कुछ करो न।' रतिया गिड़गिड़ाई।

'हम कुछ करने लायक नहीं रहे, हमारी ताकत कम हो गई है, देवालय बन्द हैं, भक्त लोग जाते नहीं, हवन–पूजन से जो भी मिल जाता था, वह मिलना बन्द है। इसी को लेकर तो मीटिंग चल रही थी कि तुम्हारी पुकार कानों में पड़ी और आ गया।'

'मतबल आप को भूख लगी है?' रतिया ने पूछा।

'आज तो नहीं लगी, मीटिंग से पहले तगड़ा नाश्ता हुआ है।'

'तब ठीक हबै, पै ई बेमारी कब तक रहेगी, महराज।'

'जब तक सृष्टि रहेगी।'

'समझी नै।' रतिया बोली।

'हा हा हा——तुम क्या? बड़े–बड़े वैज्ञानिक तक इस सत्य को नहीं जानते कि बीमारी के जीव हवा में पैदा होते हैं और हवा में ही मर जाते हैं। एक मरता है, दूसरा जन्म लेता है। जन्म और मृत्यु का यह सिलसिला चलता रहेगा। सभी तरह के शरीर का एक तय अवधि के बाद नष्ट होना निश्चित है, किन्तु उसके भीतर रहने वाली हवा जिसे अज्ञानी लोग आत्मा कहते हैं, यह बड़ी चंचल और चतुर है, जल्दी से जो भी शरीर दिखता है उसी में प्रवेश पा लेती है। ये रोगाणु कोई और नहीं मानव समुदाय के पुरखे है। मानव अपनी शानोशौकत के आगे इनका ध्यान नहीं रखता है, इसलिए ये मानव को सताते रहेंगे।'

'कौनो उपाय महराज?'

सुरजन की काया में प्रविष्ट दूला देव ने लम्बी डकार ली, जैसे कहीं से बढ़िया भोजन–प्रसाद ग्रहण करके आये हों और आराम करना चाह रहे हों। वे अंगड़ाई और जम्हाई एक साथ लेते हुए बोले——'बहुत सरल, उपाय——वे सिर्फ इतना चाहते हैं कि मानव, मानवोचित व्यवहार करें, भूलकर भी पशोचित व्यवहार न करे। स्त्री पुरुषोचित और पुरूष स्त्रियोचित व्यवहार कदापि न करे।'

'आप पता नईं कोन बोली–भाखा बोलन लगो, महराज! मोखे कुच्छ समझ नै आ रहो, बस्स इत्ते समझ में आबा के पुलिस की सास मर जेहे, पुलिस की पतनी, बिटिया अउ पुलिस ठीक हो जैहै।'

'ठीक समझी, मैं चलूँ।'

'महराज, पायलागी।' हाथ जोड़कर कर रतिया बोली।

'आयुष्मान भवः, अखंड सौभाग्यवती भवः।'

दूला देव चले गए, सुरजन का शरीर ढीला हो गया, उसने इशारे से एक गिलास पानी माँगकर पिया और वहीं फर्स में लंबा हो गया। रतिया उसके पैर दबाने लगी। अब वह आँखें बंद किये हुए ही हाथ और पाँव फैला लिया था, जितना फैला सकता था। रतिया पैर दबाते हुए अकेली ही बड़बड़ा रही थी———'कुच्छ मतबल नईं निकलो, दूला देव तुहरे ऊपर घण्टे भर चढ़े रहे, जिउ थकै दीन्ह, पै पुलिस के सास का बचामन केर बिनती किहेन ता पूँछ ऊपर उठाय लीन्हिन।'

'अउर का बताएँ?' धीमी आवाज में सुरजन के पूछा।

'मतबल, तुम सुनि सकत हो?' खुश होकर रतिया बोली।

'हओ।'

'दूला देव कहि रये थे, इस्तिरी अउर पुरुष का कैसन, का न करे चाही? समुझ नहीं पाई, पै उनकर कहन का मतबल ई रहा कि इस्तिरी का पुरूष के पैजामा मा गोड़ (पैर) न डारे चाही अउर पुरुष का इस्तिरी के साड़ी नहीं पहिनबे का चाही।'

खीज गया रतिया की बात सुनकर सुरजन, वह उठते हुए बोला———'का कहि रई हो, बन्द कर यार अपन बकबास, तुम पागल कई दोगी।'

रतिया भी तुनगकर बोली—— 'ई लो, मोर बात बकबास लगबे, तुम बोलो तो उपदेश लगबे, ठीक है, कुच्छ नहीं बोलती।'

रतिया रूठ गई थी, सुरजन उसे मनाने लगा था।

पति जब नाराज हो जावे, तब पति को उसकी प्रसन्नता के उपाय करना चाहिए, इसी तरह से पति की नाराजगी पर पत्नी का कर्तव्य बनता है। जिसने इस जीवन दर्शन को जीवन में उतार लिया है, उसका दाम्पत्य जीवन सुखमय व्यतीत होगा। सुरजन ने उठकर नींबू डालकर काली चाय बनाकर रतिया को पिलाई, वह खुश हो गई, गिले–शिकबे दूर हो गये और वह सुरजन के अति निकट हो गई, जहाँ दूरियों का अंकगणितीय मान जीरो हो जाता है।

रात्रि का अंतिम प्रहर, जब वातावरण में शीतलता का आभाष होता है, निशाचरों की आँख में आलस्य उतरता है, उन्हें नींद आने लगती है, वे सोने के ठिकाने तलाशते हैं, तब समय से सोए हुए लोगों से नींद का असर धीरे–धीरे

कम होने लगता है। सुरजन की नींद खुली, खिड़की और रोशनदान के रास्ते बाहर से आते हुए नयनाभिराम प्रकाश में उसने रतिया को देखा, वह सो रही थी। वह बे–आहट उठा और कमरे का दरवाजा खोलकर बाहर चौगान में आ गया। आज वह भोर की बेला में दो महीने बाद कमरे से बाहर आया हुआ था। ऊपर की ओर दोनों हाथ उठाकर उसने जोर से अंगड़ाई ली, फिर निर्मल आकाश को देखा। तारों की संख्या, पहले की अपेक्षा उसे ज्यादा लगी, छोटे–बड़े सभी तरह के तारे धरती को निहारते हुए उसे बहुत अच्छे लगे। मस्जिद से अजान की आवाज आई———'अल्लाहु अकबर अस अन्ना मोहमदर रसूलुल्लाह....' पल बीते मन्दिर से भी भजन की सुमधुर संगीतमय स्वरलहरी गूँज उठी———'अब न बनी तो फिर न बनेगी, नर तन बार–बार नहीं मिलता।'

यद्यपि मन्दिर–मस्जिद आम लोगों के लिए सरकार ने बन्द करा दिए थे, तथापि दोनों जगहों के पुजेरी औपचारिकता निभा दिया करते थे। मुल्ला जी खुदा को अजान सुनाकर जगाते थे, पण्डित जी भजन प्ले करके भगवान को सुनाते थे। वैसे पुजेरी जी मस्जिद की अजान से पहले ही कैसेट बजा दिया करते थे, आज न मालुम कैसे उन्हें विलंब हुआ। सुरजन ने सोचा, मन्दिर की दीवाल घड़ी का सेल चुक गया होगा। तभी उसे कुरुक्षेत्र तालाब की मेड़ पर से उस पागल का कथन याद आया———'जिंदगी साइकिल के पहिये की तरह है, जब तक हवा भरी है, तब तक दौड़ेगी। जिस दिन हवा फुस्स से निकल गई तब———।' ठीक ऐसे ही घड़ी है सेल चुकते ही 'स्टॉप'...टिक–टिक बन्द, समय बताना बन्द।

तभी बाहर सड़क पर किसी के दौड़ने की आवाज सुनाई दी, खटपट–खटपट, सुरजन समझ गया, यह पुलिस के पैरों की दौड़ है परंतु इतनी सुबह पुलिस क्यों दौड़ेगी। कुछ खास वजह होगी। वैसे दो महीने की मशक्कत की ड्यूटी में पुलिस दौड़ना भूल गई है, खड़े–खड़े ललकारती भर है। हो सकता है, सुबह–सुबह दौड़ने की प्रैक्टिस कराई जा रही हो। उसने बाहर का गेट खोलकर बाहर झाँका किंतु बिजली के खम्भों में जल रहे बल्ब की रोशनी में किसी आदमी की शक्ल नहीं दिखाई दी, अलबत्ता सड़क के किनारे रात में विश्राम लिए हुए गाय–बैल खड़े होकर गोबर देने लगे थे। वह गेट बन्दकर भीतर आ गया। घड़ी की तरफ देखा, उसके कांटे दो पखवारे से किसी दुःखी आदमी

के मूँछ की तरह सात बजकर पैंतीस मिनट पर रुके हुए थे। उसने मन–ही–मन कहा——'कल सेल का जोगाड़ करिबे, घड़ी का टिकटिकाना जरूरी है।'

उसकी निगाह रतिया पर गई, वह करवट बदलकर सो रही थी। सुरजन ने एक बीड़ी जलाई और चौगान पर घूम–घूमकर पीने लगा। उसे आज अपने गाँव–घर की याद आ रही थी, उसे अपने गाँव के पशु–पंछी, पेड़ पहाड़ सब याद आ रहे थे। उसे अपने माँ–बाप की याद आ रही थी, छोटे भाई–बहन की याद आ रही थी। फोन पर तो 'दादा' (वह अपने पिता को दादा तथा माँ को दिदी कहता था) झूठ कह जात हैं———अरे सुरुज, मोर चिंता नहीं करना, इतै सब ठीक है, तुम आपन अउर बहुरिया का धियान रखना, लोकडाउन खुलतइ घर चले आना, तुम्हार दिदी नए मेहमान के सोगत में बउरान हबै, कहती है, हम बरहों करबे, चाहे बिटिया काहे न होय, उराव करन में कौनिउ कमी नै होई।'

सूरत में यह उसका दूसरा साल है। जब समय अनुकूल होता है तब किसी की याद नहीं आती, सब भूला रहता है। प्रतिकूल होते ही सर्वप्रथम अपना घर याद आता है, खून से जुड़े रिश्ते याद आते हैं। सुरजन का मन कर रहा था कि रतिया को पीठ में बैठाकर गाँव के लिए उड़ जाए। लेकिन यह सम्भव नहीं है, मन सूक्ष्म है, अदृश्य है, तेज चाल से बे–रोकटोक अकेले कहीं भी आ–जा सकता है, परन्तु शरीर के साथ बहुत असुविधा है, उसे लगेज की तरह ढोना होता है, घसीटना होता है, तब गंतव्य तक पहुँच पाता है।

सुखद विचारों के आगमन से खुशी मिश्रित मुस्कुराहटों ने लबों को जरूर छुआ होगा, किन्तु सुरजन को किंचित मालुम नहीं हुआ। उँगलियों के मध्य फँसी हुई बीड़ी बुझ गई थी। दिन का उजाला बढ़ने लगा था, बीड़ी को दूर फेंककर वह कमरे में लौट आया। रतिया अभी भी सो रही थी। उसे जगाना उचित नहीं समझा और बाल्टी उठाकर सड़क के मोड़ तरफ हैंड पम्प से पानी निकालने चला गया। हफ्ते भर से नल में पानी नहीं आ रहा है, कहीं से पाइप फूटा होगा, किसी को देखने की फुर्सत नहीं थी।

रतिया उठ गई थी, खुला द्वार देखकर वह समझ गई कि वो पानी लेने को गये है। बिस्तर दुरुस्त कर वह बाहर निकल आई, हाथ जोड़कर सूर्यदेव को प्रणाम किया फिर सिर को झटक दिया, श्याम–वर्ण खुले हुए गेसूओं से मुख ढँक गया। दोनों हाथों से उन्हें पीछे हटाया और बड़ी–बड़ी आँखों से फल से

लदे आम्र वृक्ष को निहारने लगी। कहने को यह सहज और सामान्य घटना हुई, किंतु नहीं———नारी का सौंदर्य रात्रि के सुखद शयन के पश्चात प्रात–बेला में दर्शनीय होता है। यह सौंदर्य वस्त्राभूषण अलंकरण और प्रेम प्रदर्शन से सर्वथा अलग तरह का होता है। सुबह उठकर जब वह झुककर धरती माँ का चरणस्पर्श करती है या सुबह की रवि निकरों को आँखों में तिरोहित करती है या अपनी औलाद और पति पर दिवस का प्रथम दृष्टिपात करती है, वह नूतन होता है, सुबह की प्रत्येक क्रिया उसकी नवीन होती है, किन्तु वह अपने इस विलक्षण और अलौकिक सौंदर्य से स्वयं अपरिचित होती है, दृष्टा भी अनजान रहता है। यह तो किसी–किसी दृष्टिपर ईश्वर की नेमत होती है, कि वह देखता है, समझता है, महसूसता है और नारी को परम श्रद्धा से नमन करता है।

बहुत सी ऐसी चीजें हैं, जो सिर्फ नारी में होती हैं, और कहीं नहीं, उनके संस्कार, मर्यादा, नजाकत, बाँकपन, लज्जा, शीलता, सादगी, भोलापन, आशाएं, भावनाएं, उनकी अनकही पीड़ाएँ और दिल के कोमल परतों के बीच छिपे आँसुओं को सहृदय व्यक्ति देख सकता है, कुछ सीमा तक महसूस भी कर सकता है, लेकिन उसके सदृश होने की कूबत किसी में न कभी थी, न आज है और न कभी होगी।

सुरजन दोनों हाथों में पानी का वजनी डिब्बा उठाए हुए आ गया था। रतिया ने उसे बताया कि रात का बचा हुआ दो डिब्बा रखा है, आज के निस्तार के लिए हो जाएगा। अब पानी भरने के लिए नहीं जाना है।

(नौ)
सत्संग(द्वितीय अध्याय)

'मैं भी चलूँ?' सुरजन को तैयार होते देख रतिया ने पूछा।

'चलो, संटू भइया बोल के भी गओ हैं, सेठानी से मिल लेना।' बालों में कंघी उलझाए सुरजन बोला।

दो महीने में सिर के बाल बढ़कर कान को ढँक लिए थे, सुरजन उन्हें उँगलियों की मदद के पीछे हटाता रहता था, परन्तु बाल कम जिद्दी नहीं थे, उँगली हटाते ही कान को ढँकने आ जाते थे। आज वह सोच रहा था कि कैंची लेकर कुतर डाले, किंतु रतिया ने यह कहकर रोक दिया था।

'मोखे अच्छे लगते हैं, टीबी में देखा नै, पुरानी फिलम कै हीरो लोग कित्ते बड्डे–बड्डे बाल रखत रहा, बड़ा मजा आता है जब वह हीरोइन के पिच्छे–पिच्छे दौड़त थे, लगत रहबे के मूड़े मा बिना डंडी के काली छतरी लगाए भाग रहो है।'

'अरे ऊ हीरो है, कुच्छ भी करै, रोटी चाहे नाक से खैबे, चाहे मुँह से, सब फेसन माना जेहे। हम लोगन का उनखर नकल न करबे चाही, पर मानत कोन है——अब किरकेट खेलाड़ी लोगन का देख लो, का नाम है ऊखे? कोहली और जौंन गेंद लैके जोर से दौड़त है? हाथ टूटा–सा लगत है? अरे नाम भूल गओ, बताओ न।'

'मोखे का पता, किरकिट–उरकिट का चीज होता है, बो तुम जानो, मोखे तो दिया अउर बत्ती बाला सीरियल पसंद हबै।'

'याद आया 'जसप्रीत बुमराह' इनखे हेयर स्टाइल देखी हो, समुझ नहीं आबे, मोखे तो घोड़ा कटिंग लगत है। अउर इतै के नए टोरबा लोगन का नकल चाही, देखा–देखी बो भी घोड़ा कट बाल कटामन लगे।'

'मनफेर जीजू से तो बनत होई?'

'तुमरे जीजू से का नहीं बनबे, घोड़ा कटिंग, बंदर कटिंग चीनी कटिंग, अमरीकन कटिंग, जापानी–फरेंच सब कई लेत हैं, ओस्ताज अदमी हैं ऊ।'

'हाँ, उनकी ओस्ताजी में कमी नै।' समर्थन में रतिया बोली।

सुरजन ने अचानक बालों पर से हाथ हटाकर गाल में जड़ दिया, चटाक—— रतिया हैरान होकर बोली——'खुद को तमाचा काहे लगा रहे हो?'

'मच्छड़ गाल चूम रहा था।'

'तुम मार दओ।'

'तो का करत, बो खून चूस रिया था।'

'बो तुमें पियार कइ रहा था, तुमने ओखी जान ले ली।' मंद हँसी के साथ रतिया बोली और साड़ी बदलने लगी।

सेठ जी के घर तरफ दोनों निकल पड़े थे। आज बहुत दिनों के बाद रतिया घर से बाहर निकली थी, उसे अपनी गली की सड़कें, आकाश तक मुँह उठाए भवन अपरिचित लग रहे थे। वह इधर–उधर ताक–झाँक करती हुई चल रही थी। समय कुछ अधिक नहीं हुआ था, लगभग सुबह के आठ बजे थे, किन्तु मई महीने की गर्मी अभी से जी बेहाल किए हुए थी। लोग घर के भीतर थे, सड़क में सिर्फ यत्र–तत्र गाय–बैल इधर–उधर डोल–डगमगा रहे थे। अजीब सा सन्नाटा पसरा था। सुरजन तेजी से चल रहा था। वह चाहता था मोटा भाई से बचकर निकल चले। परन्तु यह कैसे सम्भव हो सकता था। मोटा भाई वह मगर था जो दिन–रात तालाब की मेड़ में बैठकर पहरा देता है। वह द्वार पर बैठा मिल गया, सुरजन को देखते ही वह पतली आवाज में बोला——'अरे भई, लाल सलाम, किधर को चल पड़े, सुब्बे–सुब्बे।'

'लाल सलाम, मोटा भाई, सेठ जी बलबाये रहे, सोचा मिलि आमय।' अनमने भाव से उसने उत्तर दिया।

'बात तो ठीक है, जाना उचित बनता है लेकिन हम कुछ बोलब तो बोलोगे मोटा भाई बोलता है, क्या किया जाए अपन आदमी हो तो बताना पड़ रहा है, तिराहे में पोलिस है। नाहक में बेज्जती खराब करेगी और आगे नहीं बढ़ने देगी।'

'तब का हो?' सुरजन ने चिंता व्यक्त की।

'साथ में तुम्हारी घर वाली है?' बात का रुख बदलकर उसने पूछा।

'जी, मोटा भाई, सेठानी ईखे बलबायीं रही।'

'भई, तकदीर वाले हो जो इस समय कोई सहारा देने वाला साथ में

है।'

मोटा भाई आज उदास लग रहा था। उदासी के चिन्ह आँखों की पुतलियों में स्पष्ट थे।

'आप इदर अकेले हो, मोटा भाई?'सुरजन ने पूछा।

'बिल्कुल अकेल्ले, एक कुत्ता तक साथ में नहीं।' उसने लंबी साँस छोड़ी, फिर पिछले दिनों को याद करते हुए बोला——'कभी वो टेम था जब लोग मोटा भाई से मिलने को टेम माँगते थे। ऑफिस में साँस लेना मुश्किल किये थे, मोटा भाई, ये करा दो, मोटा भाई, वो करा दो। ये कुर्ता देख रहे हो न, इसकी जेब कम पड़ जाती थी, बिना कहे जबरदस्ती लोग नोट ठूँस देते थे।'

'आपकी पतनी साथ में नहीं रहबे है?' रतिया ने पूछा।

वह और उदास होकर बोला——'वाइफ को होली से पहले घर छोड़ आया, बच्चा होने वाला था। मैं इधर को फँस गया।' मोटा भाई के आँखों में आँसू उतरा आये थे, वह पीछे घूमकर कुर्ते की आस्तीन से उन्हें पोंछने लगा।

'का हुआ मोटा भाई?'

'क्या बताएँ, बोलूँगा तो बोलोगे कि बोलता है मगर बोले बिना रहा नहीं जा रहा। मेरी वाइफ उधर बीमार है, बाबू जी इलाज करा रहे हैं, लेकिन कोई फायदा नहीं लग रहा है, बहुत चिंता होती है, उसकी।'

'सब ठीक हो जैहै, फिकिर ना कीजिए।'

मोटा भाई स्वयं को संयत कर रहा था कि सामने से शेरखान आ गया। उसने मोटा भाई को 'सलाम अलैकुम' कहा, उसने भी 'अस्लाम अलैकुम' कहकर उसका उत्तर दिया। शेरखान रुका नहीं, वह घर तरफ बढ़ गया था। रतिया के लिए इस किस्म का सलाम करना नया था, उसने पहले कभी नहीं सुना था। वह मद्धिम आवाज में इसका मतलब सुरजन से पूछी। वह खुद नहीं जानता था, वह उसे क्या बताता? हिम्मत करके उसने मोटा भाई से पूछा——मोटा भाई हल्का हँसा, फिर बताया——'भई ये मुसलमानों का नमस्कार करने का अपना लहजा है, मतलब 'अल्लाह तुम्हें सलामत रखे।'

'ठीक है, जाओ लेकिन पुलिस से बहस मत करना, वापस को बोले तो लौट आना।'

सुरजन पशोपेश में था, आगे तिराहे पर पुलिस है। पुलिस तो रोज

रहेगी, उसने सोचा——चलो देखते हैं, न जाने देंगे तो लौट आएंगे। वह मोटा भाई से इजाजत लेकर आगे को चल पड़ा। किस्मत से उसे तिराहा खाली मिला, कोई नही था, लंबे पैर बढ़ाकर सेठ जी के घर वाली गली में मुड़ गया।

सेठ जी ने बाहर की बाउन्ड्री के गेट पर ताला लगा रखा था। अंदर कुत्ता बँधा हुआ था, वह इन लोगों की आहट पाते ही जोर–जोर से भौंकने लगा। रतिया डर कर सुरजन के पीछे हो गई। डर सुरजन भी रहा था, किंतु पत्नी के सामने डर का प्रदर्शन कैसे करे? अकेला गया होता तो अब तक भागकर तिराहे में खड़ा होता। आहट पर बंटू बाहर निकला और कुत्ते को डाँट कर बोला——'अंदर आ जाओ सुरजन भैया, अब यह आपको देखकर नहीं भौंकेगा।'

'नहीं बंटू, इसे दूसरी तरफ बाँध ऐबे, तब गेट खोलना।'

समझाने के बावजूद भी सुरजन भीतर दाखिल होने को तैयार नहीं हुआ तब बंटू उसे आँगन तरफ बाँध आया और गेट से ताला खोल दिया। उन लोगों को अंदर ले जाने के पहले उसने दवाई स्प्रे की। जिसकी गंध रतिया को अच्छी नहीं लगी, उसने साड़ी के आँचल से नाक बंद कर लिया। रतिया भीतर चली गई थी, जहाँ पर सेठानी बड़ी बहू के साथ सोफे में अधलेटी हुई टीवी देख रहीं थी। सुरजन बाहर के बरामदे में रुक गया, जहाँ पर सेठ जी तख्ते पर बुत की तरह निर्विकार बैठे हुये थे।

'जय श्री राम सेठ जी।' सुरजन जोर से बोला।

सेठ जी की तन्द्रा भंग हुई, वे सुरजन को एकटक देखने लगे, जैसे उसे पहली बार देख रहे हों।

'सुरजन।' वह उसे पहचानते हुए धीमी आवाज में बोले।

'जी, मैं सुरजन हूँ।'

'ओम शांति, ओम शांति, ओम शांति——स्टूल खींचकर जरा फासला लेकर बैठ जाओ।'

वह स्टूल खींचकर बैठ गया, तब सेठ जी ने पूछा——'बताओ, कैसे आना हुआ?'

'आपय, परसों संटू भइया से बोलबाये रहे।'

'ठीक—ठीक, याद आ गया। क्या बताएं, मेमोरी बहुत कमजोर हो

गई है। मन अपनी दुनिया से हटकर दूसरी दुनिया में भटकता रहता है। और सुनाओ क्या हाल–चाल है?'

'ठीकय है।' औपचारिकता निभाते हुए सुरजन बोला।

इतना पूछकर वे मौन हो गए, बैठकासन बदलकर तख्त पर उकड़ूँ होकर बैठ गए थे, वह देखने में दुबले और कमजोर लग रहे थे, सिर और मुँह के आस–पास के क्षेत्रफल में बालों के जंगल ने विस्तार बढ़ा लिया था। पहचान बदल गई थी, कड़कदार भारी आवाज का वॉल्यूम धीमा हो गया था।

सुरजन का नासमझ दिल सोचने लगा, 'इस वैश्विक महामारी ने हर किसी को अपनी औकात बता दी है, मंत्री से लेकर संतरी तक, साहब से लेकर चौकीदार तक हर कोई डरा–सहमा हुआ घर के भीतर जान लुकाये हुए बैठा हुआ है। कहने को दो जीवित लोग कमरे में मौजूद हैं, लेकिन कोई किसी से बोल नहीं रहा है, दूर बैठे होने की वजह से एक दूसरे की साँस चलने की आहट भी कानों तक नहीं पहुँच पा रहीं है।'

सुरजन सेठ जी को देख रहा था और सेठ जी, शुतुरमुर्ग की तरह गर्दन ऊँची किए हुए छत में लगे पंखे की चाल गिनने में लिप्त थे। भीतर से टीवी पर किसी सीरियल के चलने की आवाज आ रही थी। तभी आँगन में हुआ बँधा कुत्ता जोर से भोंक उठा। इस घर मे संटू के दो बच्चों को मिलाकर सात सदस्य हैं, किन्तु खामोशी ने सबकी उपस्थिति को नकार दिया था।

सुरजन का दिल फिर वाचाल हुआ, 'घोर ताज्जुब की बात है, मशीनें अनाप–शनाप बोलें जा रही हैं और आदमी सुन रहा है, कुत्ता भोंके जा रहा है, जवाब में आदमी खाँसता तक नहीं रहा। गली–सड़क से ताल ठोंक–ठोककर बाहर निकलने को कोरोना ललकार रहा है और सवा पाँच सेर देशी घी हफ्ते भर में डकार जाने वाले दुनिया के सारे पहलवान लँगोटी को दाँत में दबाए हुए चुपचाप पूँछ दबाए बैठे हैं। कहाँ गए तूफानों से होड़ लगाने वाले पतंगबाज? कहाँ गए मंगल ग्रह में परचम लहराने वाले वैज्ञानिक? कहाँ गए दिल–ओ–दिमाग को फूँक मारकर पल भर में बदल देने का दावा करने वाले औघड़–गुनिया? कोई तो हाथ में इल्म की लाठी लेकर मुकाबले के लिए घर से बाहर निकलो, भाई!'

सुंदर के दिल से निकली महीन आवाज को शायद कुत्ते ने सुन लिया था। अब वह लगातार भौंकने लगा था। उसकी आवाज से सेठ जी सचेत होकर

बैठ गये। और बंटू को आवाज लगाकर बोले———'अरे! देखो जरा जानू काहे को गला फाड़ रहा है?'

अब वे कुत्ते को गरियाने लगे थे, 'बड़ा मुश्किल है, एक तो ध्यान लगता नहीं, जब लग गया तो कुछ देर तक लगाए रहना इस कुत्ते को पसंद नहीं। नालायक, बेवकूफ। अरे! तुम क्या समझो ध्यान क्या चीज है? कितनी कोशिश के बाद ध्यान लगा पाया था कि भौंक कर खलल डाल दिया।'

सेठ जी का ध्यान अब सुरजन की तरफ लग गया, वे अचंभित होकर बोले———'अरे तुम कब आये?'

'आधे घण्टे हुए, आपसे जय श्री राम किए रये, आप बैठन को भी कहे।'

'ओह, याद आ गया। सुरजन, भूलने की बीमारी मुझे शुरू से है, सब भूल जाता है, दूकान में तुम मुझे याद दिलाते रहते थे। अब कोई याद कराने वाला इस घर में नहीं है। तुम्हारी मालकिन, टीवी से चिपकी होगी, बड़ी बहू मोबाइल से चिपकी होगी, संटू खिड़की खोले सूनी सड़क को निहार रहा होगा और बंटू———वह अभी नासमझ है।'

सेठ जी तख्त से उठकर अब हालनुमा कमरे में टहलने लगे थे, इस क्रिया में उनकी लुंगी छूट गई, अब वे सिर्फ चड्डी और बनियान पहने हुए गोल–गोल चक्कर मार रहे थे। सुरजन ने नौकर होने के दायित्व का निर्वाह किया, उठाकर लुंगी उन्हें दे दी। वे कमर में लपेटने के बजाय सिर में ओढ़ लिए

और अचानक सुरजन से वे वह सवाल पूछ बैठे, जिसका उसे कतई इल्म नहीं था———'मुरारी बापू को जानते हो?'

'नहीं।'

'क्यों?'

'सेठ जी मैं आपका नौकर हूँ, मैं आपके अलावा किसी और को नहीं जानता?'

'अच्छा उत्तर, हम खुश हुए, लेकिन कई और लोगों के भी नाम याद रखने चाहिए, कभी–कभी अपने को साबित करने के लिए इन नामों का उल्लेख करना जरूरी पड़ जाता है। जहाँ चार फुरसतिये बैठे हों, उनके बीच में यही नाम खुद को बड़ा करते हैं। दो–चार रामायण की चौपाई, गीता के श्लोक, अंग्रेजी के दो–चार वाक्य किसी को भी विद्वान साबित कर देते हैं।

चलो ठीक है, नहीं जानते। कोई बात नहीं, तुम्हें जानने की जरूरत भी नहीं है। चलो छोड़ो इनको, मेरा भी इन लोगों में अब खास रुचि नहीं है। ये अब इस जुग में किसी काम के नहीं रहे, अच्छा यह बताओ नरेंद मोदी को जानते हो?'

'बई, जो गाँव में, घर–घर सोचालय बनबाये?'

'वही।'

'हाँ उने कोन नहीं जनबे—— ऊ बड़े सेठ है, देश के परधान मन्तिरी हैं, दिल्ली में रहते हैं। उनके पास बहुत खेत हैं, बहुत गाय, बैल हैं। पुलिस फौज–फक्कड़ सब हैं। वे बौत दयालु टाइप के हैं, मुफत में राशन बंटवाते हैं। लेकिन एक बात मोको जमी नाँय, गुस्सा करते हैं। अपनी पुलिस के कहके लाठी चलवाते हैं।'

'देखो बात शुद्ध हिंदी में करो, गांव ही बोली में बड़ी बातें नहीं की जाती हैं।'

'जी, सेठ जी।'

'पुलिस लाठी नहीं चलाएगी तो क्या तोप चलाएगी? तुमने गाँव में चरवाहे तो देखे होंगे?'

'देखा है।' सुरजन ने हामी भरी।

'हाथ में लाठी रखता है?'

'जी, रखता है।'

'तो ऐसे समझो इस मसले को, जिस परकार (जीभ की तकनीकी खराबी के कारण सेठ जी प्र का उच्चारण नहीं कर पाते हैं, वे प्रकार को परकार और प्रभात को परभात बोलते हैं) से चरवाहा लाठी का डर दिखाकर गाय–भैंस को नियंत्रित रखता है, ठीक उसी परकार से लाठी का भय दिखाकर पुलिस जनता को नियंत्रित करती है।'

'आपके कहने का मतबल पुलिस चरवाहा और देश की जनता पशु हुई।'

'गुड, वेरी गुड, शाबास, बढ़िया समझ रहे हो।'

शाबासी देने के बाद सेठ जी चुप हो गये थे, सुरजन खुश हुआ कि चलो अब सेठ जी के सत्संग से छुट्टी मिलेगी, लेकिन चुप्पी की वजह और थी।

वह आगे–पीछे, दाएं–बाएं कुछ तलाशते हुए प्रतीत हुये। सुरजन भी समझ नहीं पा रहा था कि सेठ जी को क्या चाहिए? उसने पूछ लिया———'कुछ चाहिए?'

'पानी की बोतल नहीं दिख रही।'

बोतल कुर्सी के नीचे रखी थी, जिसमें सेठ जी बैठे थे, छै फीट दूरी से वह बोतल सुरजन को दिखाई दे रही थी। उसने बता दिया, वे बोतल पाकर खुश लगे और उठाकर टेबल के ऊपर सामने रख लिए।

'पानी पी लीजिए।' सुरजन ने कहा।

'प्यास नहीं लगी है। बस आदत है बोतल सामने रखने की, सामने पानी होने से बात पानीदार होती है।' टेढ़ी हँसी हँसते हुए सेठ जी बोले।

उन्हें तीन साल पहले लकवा लगा था, जिसकी वजह से वे टेढ़ा हँसते हैं। बाकी के काम जैसे बोलना और खाना–पीना सीधा करते हैं।

सेठानी आ गई थीं, उठकर सुरजन ने उनके दूर से ही अभाषी चरण छुए। वे खाली कुर्सी में बैठ गईं, सेठ जी सेठानी को देखते ही कमर में लुंगी लपेटकर तख्तनशीं हो गए। सेठानी ने बात शुरू की———'तुम्हें हम लोग इसलिए बुलाए हैं कि तुम्हारी घरवाली पेट से है। दिन भर कोईरी में घुसे–घुसे मन हलाकान होता होगा। तुम दोनों यहीं आकर रहो, हमारे मायके तरफ के हो इसलिए तुम लोगों की देख–रेख की जिम्मेवारी अपनी बनती है।'

'सुरजन चुपचाप सुनता रहा, कुछ कहा नहीं, तब सेठ जी बोले———'तुम्हारा कमरा भी अलग रहेगा। वहीं अपने निस्तार जमा लेना।'

'रतिया क्या बोलती है?' सुरजन बोला।

'आज तुम लोग आपस में राय–मश्विरा कर समझ लेना। कल से आ जाना, वैसे यह हमारा सुझाव है, परिस्थितियों के मद्देनजर कह रहा हूँ, कोई जोर जबरदस्ती नहीं है।'

'सेठ जी बहुत अहसान आपके हमारे ऊपर हैं, आपके आगे कुछ बोलने की मेरी हिम्मत नहीं है।' दोनों हाथ जोड़कर सुरजन बोला।

'कोई किसी के ऊपर अहसान नहीं करता, मुझे मालुम है, साड़ी की दूसरी दूकान तुम्हारे व्यवहार–कौशल पर चल रही है। संटू तो संतलाल हैं, सभी को पता है। अब दूकान बन्द है, आमदनी का जरिया बन्द है। अतः मेरा फर्ज बनता है कि तुम्हारे श्रम का कुछ मूल्य चुका दूँ।'

सुरजन का इरादा हुआ कि वह आगे बढ़कर सेठ जी के चरण स्पर्श कर ले किन्तु 'शोशल डिस्टेंसिंग' नियम का ख्याल आते ही ठहर गया। अब दोनो सेठ जी के घर से निकलकर अपने कमरे की तरफ बढ़ चले थे, लौटती दफा भी तिराहे में पुलिस नहीं थी।

(दस)
दे दाता के नाम

सुरजन और रतिया ने आपस में तय कर लिया कि चलकर सेठ जी के घर में रहना चाहिए। वे नौकरानी का काम छुड़ा दिए हैं, बड़ा घर है, सेठ और सेठानी सयाने हुए, बंटू कुत्ते को नहला दे, यही बहुत है। संटू और उसकी घरवाली पर बहुत काम है। हम लोग भी रहेंगे तो जो हो सकेगा किया करेंगे। घर का काम हल्का हो जाएगा।

आज सुबह सुरजन जाकर कमरे की सफाई कर आया था। बगीचे तरफ खुलने वाला बड़ा रूम और उसी के बगल से टॉयलेट, घर से अलग–थलग। सम्भवतः यह कमरा नौकर को देने के लिहाज से ही सेठ जी ने बनवाया था। दो खेफ सामान साइकिल में लादकर सुंदर रख आया था। अब ले जाने के लिए दो बोरिया बची थी। एक तो वही जो सिपाही तेजाराम दे गया था और दूसरी रतिया ने घरेलू सामान भरकर तैयार की थी। चलने की तैयारी चल ही रही थी कि बाउन्ड्री वाल के गेट पर दस्तक के साथ स्त्री–पुरुष स्वर मिश्रित एक अपरिचित आवाज सुनाई दी——'खोलो जी, कुछ दो न——'

आगे बढ़कर सुरजन ने गेट खोल दिया, आगंतुक किन्नर थी। वह सुरजन को देखते ही खरखराती हुई आवाज में ताली बजाकर बोली——'कुछ दो न।'

'का दें तुमे, बड़े–बड़े घर–बंगले छोड़कर एक मजदूर के कमरे में आई हो माँगने। बताओ यहाँ गरीबी से सिवा क्या मिल सकता है?'

'क्या बात करते हो, तुम बड़े दिल के मालिक हो, इसलिए तुमसे बड़ा कोई नहीं।' किन्नर ताली बजाकर बोली।

सुंदर समझ गया कि यह मानने वाली नहीं है। हिजड़े जिद्दी होते हैं, यह उसने सुना था, वह सच आज सामने था। वह फिर से बोली——'कुछ भी दो, मगर दो, हमारे समुदाय के लोगों को खाली हाथ नहीं लौटना चाहिए जी।'

कमरे में बैठी हुई रतिया दोनों के बीच की बातें सुनकर बाहर निकल आई, वह उसे नजदीक से देखना चाहती थी। उसने सुना था कि किन्नर होते

हैं, जिन्हें लोग हिजड़ा या छक्का भी कहते हैं, किंतु देखी कभी नहीं थी। उसने उसे बाउन्ड्री के भीतर बुला लिया, बैठने को स्टूल दिया, वह बैठ गई।

सूरजन मन–ही–मन नाराज हो रहा था कि यह जाने के समय में कहाँ से टपक पड़ी? उसके प्रति रतिया का बर्ताव देखकर और जोर से गुस्सा आ रहा था।

वह मन की नाराजगी छिपाकर किन्नर से बोला——'देखो, हम मजदूर हैं, सरकारी मदद से किसी तरह से हमार पेट चलत है, अपने पास अइसा कुच्छ नै है जो तुम्हें देन जावे।'

'कोई बात नहीं, बहुचरा माँ तुम्हें बरकत दे, एक गिलास पानी पिला दो, चली जाऊँगी।'

सुरजन पशोपेश में पड़ गया, पानी घर में नहीं था, कुछ देर पहले बचे पानी को वह आम के पेड़ में उड़ेल आया था। बोरी खोलकर उसने लोटा निकाला और हैंड पम्प से पानी भरने चला गया। उस किन्नर ने रतिया को गौर से देखा और पूछा——'पेट से हो?'

'हाँ।' रतिया ने संक्षित उत्तर दिया।

'जय हो।' ताली बजाकर वह बोली।

रतिया ने सुन रखा था कि बच्चे के जन्म के समय किन्नरों के आशीर्वाद मिलने से संतान दीर्घायु होती है और घर में भगवान की कृपा आती है, सो उसने कहा——'जनम के टेम आसिरबाद देने आओगी?'

'पहली है?' उसने पूछा।

'हाँ।'

'कौन–सा महीना चढ़ा है?

'चउथा। हम सेठ जी के घर में रहबे, बड़े अदमी है, उनखा घर तो मिल जैहै न?'

'घर मिल जाएगा, हम लोग घर ढूंढ़ लेते हैं।'

'तो आओगी न।'

'वादा नहीं करते, अगर जिंदा रही तो जरूर आऊँगी।'

'काहे, बेमार हो?'

उसके जवाब देने से पहले सुरजन पानी लेकर आ गया था। उसने

लोटे को मुँह से दूर करके नए तरीके से पानी पिया और लम्बी डकार लेकर आशीर्वाद देती हुई बोली——'माई, तुम्हें खुशी दे, तुम्हारे हिस्से की दुख तकलीफ़ हमारे नाम लिख दे।'

'तुमाई तबियत ठीक नै?' रतिया ने फिर से पूछा।

'कैसे तबियत ठीक रहेगी, घर के सामान बेचकर मकान का किराया भरा। अब आगे का किराया चुकाने की हिम्मत नहीं रही, तो पहाड़ियों पर जाकर झुग्गियाँ तान कर रहने लगे हैं। अब पेट चलाना मुश्किल पड़ रहा है। हमारा धंधा बन्द है। घरों में बच्चे होते हैं, हम लोग बधाई देने को उनके घर जाते हैं, तो कोई अंदर घुसने नहीं देता है। हमें देखते ही लोग बाहर से ही डाँटकर भगा देते हैं। रेल बन्द है, बस अड्डे सुनसान है, हम कहाँ जाएं?'

'सरकार काहे मदद नहीं कय रही?' सुरजन ने पूछा।

'कुछ नहीं।'

'क्यों अइसा?' सुरजन ने पूछा।

'राशनकार्ड नहीं है, अपने पास।' उसने बताया।

वह थोड़ा रुकी, फिर अफसोस भरी साँस लेकर बोली——

'हमारे गुरुओं ने कुछ मदद जरूर की है, लेकिन वे भी कब तक करते। उनकी आमदनी के जरिया तो हमी लोग होते हैं, आज दो दिन बाद घर से निकली हूँ, किसी ने कुछ नहीं दिया। मुझे मालुम था कि इधर को तुम गरीब लोग रहता है, खुद परेशानी में होगा। फिर भी आ गई, गलती की माफी देना।'

'नै–नै, कोई गलत नहीं किया, तुम लोग जौंन खाना सरकार बँटबाती है, वो ले लिया करो।' सुरजन ने सुझाव दिया।

वह ताली बजाकर हँसी, इस हँसी में बहुत सी तकलीफ़ शामिल थी जिसे देखने वाली आँखें और समझने वाला दिल आज की तारीख में किसी के पास नहीं था। उसने सरकार द्वारा खाना देने की बात को ताली की ध्वनि में समाहित कर लिया था। किंतु ऐसा भी नहीं है, गरीब की बोली गरीब जरूर समझता है, बोरी की तरफ हाथ से संकेत करके सुरजन ने किन्नर से

कहा——'ये बोरी ले लो।'

'क्या है?'

'इसमें आटा, दाल–चावल, मसाला, हल्दी, नमक और भी कई चीजें

हैं। ये सरकार देबे है, पुलिस का एक हमरा दोस्त है, दई गयो है। हम सेठ के घर रहेंगे, उधर खाये–पीबे की चिंता नै। तुम इसे ले जाओ।'

वह थोड़ी नानुकुर के बाद बोरी लेने को राजी हो गई, ढेर सारा आशीर्वाद रतिया और सुरजन को दिया। इस पर सुरजन ने कहा———'तुम आसिरबाद उस पुलिस को दो, जो इतै रख गओ है, उसकी पतनी अउर सासु बौत बीमार हैं। उनके लिए दुआ करो।'

उसने आशीर्वाद का खजाना खोल दिया, वह जाने क्या–क्या आशीर्वाद में दे डाली। यह भूखे पेट से निकली हुई सच्ची दुआ थी, जो पुलिस सिपाही तेजाराम और उसके बीमार परिवार तक पहुँच गई होगी।

दुआ ऐसी दौलत है, जिसे जितना चाहे बाँटो, भंडार खाली नहीं होगा। कुछ लोग तो इस मामले में ऑलराउंडर होते हैं, दुआ और बद्दुआ एक साथ दे डालते हैं। ज्योंही एक तरफ मुँह से निकला 'लम्बी उमर मिले' वहीं साथ में बद्दुआ निकली 'मर जा साले'————ऐसा काम उचित नहीं, न दुआ का असर, न बद्दुआ का असर। दोनों ऊर्जा आपस में टकराकर कट–मर गईं।

खाद्यान से भरी बोरी सिर में उठाकर वह चलने को उद्यत हुई तभी रतिया ने उससे कहा———'कल टीवी में सूचना दी गई है कि जल्दी से टरेन चलेगी, वह मजूरन का उनखे घर तक पहुँचाबेगी। तुम भी लौट जइबे उनके साथ।'

रतिया की बात पर वह जोर से हँसी, ताली बजानी थी इसलिए सिर में लदी बोरी नीचे रख दी फिर बजाकर बोली———'अपने लोगों का कोई घर नहीं है, अपना घर अपने समुदाय के लोगों के बीच में है, और कहीं नहीं।'

'कइसी बात करत हो, गाँव घर होबे, लड़िका–बच्चा होबे? तुमये कित्ते बच्चे हैं?'

रतिया की बात सुनकर सुरजन भी अपनी हँसी नहीं रोक पाया। वह भी हँसते हुए दोबारा से सिर में बोरी लादकर यह कहते हुए चल पड़ी थी———'बहुत भोली हो, मगर साफ दिल की हो, कभी माई की कृपा बनेगी तो दुबारा मुलाकात होगी, तब खूब बातें होंगी, तुम्हारे सारे सवालों के जवाब भी दूँगी।'

'आज खाई का हो?' रतिया ने किन्नर से जाते हुए पूछा।

वह पुनः ठहर गई, और ओंठों में मुस्कुराहट लाकर बोली———'गालियाँ, पुलिस की लट्ठ, आज यही खाने को मिला, बस पेट भर गया।'

उसकी इस मुस्कुराहट के पीछे बहुत पीड़ा छिपी थी। कभी–कभी इंसान पीड़ा के क्षण में हँसता–मुस्कुराता है और खुशी के क्षण रोता–चिल्लाता है। अजीब किस्म का दो–पाया जीव होता है, इंसान। इसके स्वभाव को इसे बनाने वाला भी न समझता होगा किंतु उसकी छिपी तकलीफ़ को रतिया समझकर बोली———'देखो, हम लोग सेठ के घर जाबे को तैयार रहबे, घर पर कुछ बनाया नहीं। खैबे लायक कुछ हबै भी नै, जो तुमाई खिला देबे, तुम आइसा करो, कुछ रुपिया ले लो मोसे, बजार में कुच्छ खा–पी लेना।'

'न–न–न, हम नहीं ले सकते, बहुचरा माई गुस्सा करेगी। तुम गरीब लोग हो। बहुत दिया है, तुमने, इतना तो देश का प्रधानमंत्री भी नहीं देगा।' वह दोनों कान पकड़कर बोली।

'हमने कुछ नहीं दिया, बोरी भर राशन इनखर दोस्त पुलिस दे गओ है।'

'तुम लोगों से मिली मुहब्बत की कीमत मैं नहीं बता सकती।' किन्नर बोली।

सिर में बोरी रखे वह धीरे–धीरे कदम बढ़ाती हुई चल पड़ी थी। रतिया बहुत दुखी हुई, सेठ जी के घर जाना था, इसलिये कुछ बनाई नहीं थी। थोड़ी सी नमकीन बची थी, उसे ही चबाकर दोनों पानी पी लिए थे। अनाम किन्नर नजरों से दूर चली गई थी, जिसका इस संसार में कोई नहीं था, कोई कहीं अगर था भी, तो उसका किन्नर समुदाय, उसकी गुरुमाई तथा सभी के देवी–देवताओं की तरह किन्नरों की आराध्या बहुचरा देवी और पूज्य अरावन देव। (किन्नरों की दुनिया का सच जानने के लिए, लेखक का सद्य प्रकाशित उपन्यास 'मंगला' का पठन करें)

बहुत सारे अनुत्तरित प्रश्नों की गठरी सिर में लादे हुए तिजिया सेठ जी के घर तरफ सुरजन के पीछे–पीछे चल पड़ी थी। रास्ते में सुरजन ने इतना ही बताया था कि हिजड़ों के जननांग नहीं होते है। इसीलिए इनकी गिनती न पुरुष वर्ग में होती है, न स्त्री वर्ग में होती है। ये घर समाज से अलग रहकर जिंदगी बिताते हैं। सुरजन को इतना ही मालुम था।

सेठानी का जानू जोर से भौंकते हुये दौड़ा, सुरजन नहीं डरा, यह सोचकर कि 'अब इससे क्या डरना? अब तो इसके साथै रहन पड़ी।' रतिया डर से सहमकर सुरजन के पीछे खड़ी हो गई थी। कुत्ते के भौंकने की आवाज सुनकर बंटू फौरन बाहर आया और कुत्ते को पुचकार कर कहा——'न–न प्रिंस, ये सुरजन भैया और रतिया भाभी हैं, इन्हें नहीं भौंकने का।'

यह कुत्ता सेठानी का जानू था, तो बंटू का प्रिंस था। समझकर कुत्ते ने झबरीली दुम हिलाकर बंटू की अपील मंजूरी कर ली। वह रतिया और सुरजन के नजदीक आकर दोनों के पैर सूंघा और दुम हिलाता हुआ बंटू के पास आकर खड़ा हो गया।

रतिया दूसरी दफे सेठ जी के घर आयी थी। लेकिन उसे पता नहीं था कि जो कमरा उन लोगों को दिया है, उसका द्वार बाहर तरफ से है। वह दनदनाती हुई भीतर चली गई। बैठका में सेठ जी शीर्षासन में थे, उन्हें देखकर उसकी चीख निकल गई——चीख सुनकर घर के सभी लोग बैठका में पहुँचने लगे, सेठ जी तब तक सीधे हो चुके थे। वस्तुस्थिति समझने पर सबकी हँसी छूट गई। कमरे में पहुँचकर सुरजन ने रतिया से पूछा——'तुम इतनी जोरन से काहे चिल्लाई?'

'मोखे लगे कि सेठ जी फाँसी लगा लओ।'

'धत्त तेरे की, बो इस तरह का जोगा करत हैं। तुमने तो आज उनखे भी डरा दओ।'

'सेठ जी गुस्सा होबे?' भोलेपन से रतिया ने पूछा।

'नै–नै, सेठ सब समझत हैं।'

यह बड़ा कमरा था। दो आलमारी और सामान रखने के लिए दीवाल पर ताक, साथ में रसोई घर और टॉयलेट। चौबीसों घण्टे प्रकाश–पानी की सुविधा, ऐसा कमरा तो सूरत जैसे व्यवसायिक नगर में पाँच हजार महीना किराया देने पर भी न मिलता। सुरजन इस बात को अच्छी तरह से जानता–समझता था। उसने रतिया से कहा——'सेठ जी बड़ा उपकार करबे हैं, अब हम भी सोचें हैं, उनके घर का सब काम–धाम देखबे। दुकनिया खुलन केर अबे जल्दी चांस नहीं लगबे।'

'मैं भी शाम टेम मालकिन से सब पूछ लेबे।' रतिया ने कहा।

'तुम अबी रिस्ट कइ लो, तब तक हम सामान जमाए देत हैं।'

झाड़ू–पोंछा–वाशन से लेकर भोजन बनाने तक का काम फूलन (संटू की पत्नी) करती थी, अकेले के लिए बहुत काम होता था। रतिया के आ जाने से सबसे अधिक प्रसन्नता उसे ही हुई थी। रतिया, शाम से ही घर का काम सम्हाल ली थी।

रात्रि के दस बजे के लगभग सोने के लिए वे कमरे में आ गए थे। रात्रि के एकांत में दोनों के बीच कुछ इस तरह से बातें हुई———

सुरजन———'तुम जादा जी न थकाना, हम सब काम चौचक कर देबे। अरे, खाना–पीना के अलावा अउर काम अबी तो है नै।'

रतिया———'अरे काम–धाम कुच्छ नै, हमें सेठ जी से डर लग रओ।'

सुरजन———'काहे?'

रतिया———'उनखे जोगा से, किसी दिन परान आँखिन से निकल जैहै, तब?'

सुरजन———'अरे पागल, जोगा से शरीर मजबूत होबे है। टीवी में रामदेव को देखी हो न, कितना जोगा करता है, कइसा हट्टा–कट्टा धरा है।'

रतिया———'ठीक है, सेठ मानेंगे थोड़ी, अपन का कइ सकत हैं, खुद अपनी उमर का धियान कइके उलटा न होंन चाही, मोखे ता कुछ अउर लगत है।'

सुरजन———'का लगत है?'

रतिया———'ई कोनो करूना भगामन के तरकीब होई, सेठ जी, बिना फायदे का कौनिउ काम नहीं करत्ते।'

सुरजन———'टेंशन मत ले यार, पूरी दुनिया मोगरासन (शीर्षासन) में हबै, सबके हित अलग–अलग होबेगें। हम केसे–केसे पूछत घूमी।'

रतिया———'कल पुलिस को नया ठिकाना बता देना, बिचारा कित्ता भला अदमी है, भगमान ओखरे भला करे।'

सुरजन———'ठीक है, बता देबे, कल सुब्बे पहिल जेही काम।' जम्हाई लेता हुआ सुरजन बोला, उसे नींद आ रही थी, जबकि नई जगह होने के कारण रतिया की आँखों से नींद अभी दूर थी।

(ग्यारह)
कोरोना दहिजार

लॉक डाउन का तीसरी माह चल रहा था। अब होटल, क्लब, सिनेमाघर, स्कूल–कालेज और हेयर सैलून छोड़कर दिन के लिये बाजार खोल दिए गए थे। शाम के सात बजते ही दूकानों के प्रवेश द्वार बंद कर दिए जाते थे। शायद अदृश्य कोरोना ने मुल्क के अदृश्य नेताओं से निवेदन किया होगा कि 'साहब! दिन का टाइम आप ले लो, रात वाला हमें दे दो। आपके मुल्क में बहुत कड़ी धूप होती है, छोटी जान का जीवजन्तु हूँ, मुझ पर रहम करें।'

हम दयालु प्रवृत्ति के हैं। गाँधी का यह मुल्क है, एक गाल में कोई थप्पड़ मारे तो दूसरा गाल फ्री कर देते हैं। उसकी अपील निश्चित ही स्वीकार कर ली गई होगी।

कोरोना निशाचर विरादरी का लगता है, वह रंगीन मिजाज तबियत का भी है, सूरज से बचता है, चाँदनी से मिलता है। उसके इच्छानुसार लॉक डाउन सट्टे की तरह सरकार ओपन–क्लोज कर रही है। प्रदेश के और देश के विभिन्न हिस्सों में अलग–अलग की ढील दी जा रही है। ये इसलिए नहीं कि वायरस का जोर कम हो गया है, ऐसी बात बिल्कुल नहीं, यह तो सुरसा देवी के मुँह की तरह बढ़ता ही जा रहा है, दिन दूनी रात चौगुनी तरक्की कर रहा है। मई के अंतिम सप्ताह चल रहा था। गर्मी विकराल रूप धारण कर चुकी थी। दोपहर सूर्य देव ऐसे तपते थे की धूप में तवा चढ़ाकर रोटी सेंक ली जाए। वैज्ञानिकों ने अनुमान लगाया था कि तापमान बढ़ने से वायरस का प्रकोप स्वतः खत्म हो जाएगा। परन्तु ऐसा कुछ हुआ नहीं। नेताओं और कोरोना के बीच हुए करार ने वैज्ञानिकों के अनुमान को झुठला दिया। उन्हें नाहक में शर्मिंदगी उठानी पड़ी होगी, बेचारे!

महीने भर बीत चले थे, सुरजन को सेठ जी के घर में रहते हुए। कुत्ते ने भी इन्हें घर में रहने की अनुमति दे दी थी। अब वह देखकर भौंकता नहीं था, पूँछ हिलाकर दोस्ती का सिग्नल देता था।

सुबह का वक्त, नए दिन की शुरुआत होती है। हर कोई दिन की

शुरुआत अपनी तरह से करता है। कोई उठते ही शीशे के सामने खड़े होकर खुद से मिलता है, कोई भगवान को जीवन में एक और दिन देने का धन्यवाद करता है, कोई बीड़ी–तम्बाकू–सिगरेट, कोई लोटा–गिलास खोजता है।

सुरजन जम्हाई लेकर उठा, पेट पर हाथ फेरा, सही जगह पेट पाकर भगवान का धन्यवाद किया। उसकी सोयी हुई रतिया को देखा, उसके खुले हुये पेट पर नजर जाकर ठहर गई। पेट आकर में विस्तार ले रहा था। उसने उँगली से गिनकर हिसाब लगाया, पाँचवाँ महीना प्रगति में था। उसकी फिक्र में रत्ती भर का इजाफा हुआ, आगे बढ़कर सुरजन ने रतिया के पेट पर प्यार से हाथ फेरा और चादर से ढँक दिया। कमरे से बाहर निकलकर बीड़ी सुलगाई और जोरदार दम मारा, गनीमत रही पकड़ मजबूत रही अन्यथा उँगलियों के गिरफ्त से बीड़ी छूटकर सीधे पेट में घुस जाती। तभी बाहर के गेट साइड में एक ऑटो आकर रुका, उसकी बेसुरी धड़धड़ाहट से सुरजन का ध्यान सड़क तरफ चला गया।

ऑटो चालक ने पूरे चेहरे को सफेद तौलिए से ढँक रखा था। कभी डाकू लोग इसी तरह से मुँह छिपाते थे, फिर लड़कियों ने डाकू की तरह चेहरा छिपाया, कालांतर में महिलाओं ने इसे फैशन के रूप में अपनाया, अब इस फैशन को मजबूरन ही सही, सभी को स्वीकार करना पड़ा है। मास्क और सेनेटाइजर का धन्धा जोरदार चला।

ऑटो चालक ने सड़क से ही आवाज लगाई———'भइया जी, भइया जी!'

सुरजन को यह आवाज जानी–पहचानी, वह गेट तरफ बढ़ा। ऑटो चालक सुरजन को पहचान कर जोर से बोला———'राम जोहार 'विधायक'

अरे दिल्ले, तुम? राम जोहार–राम जोहार, यार, तुम तो गाँव गया था न?'

दिल्ले, बिहार के मुजफ्फरपुर का रहने वाला था, सूरत में रहकर ऑटो खींचता था। सेठ जी के दूकान का सामान इधर से उधर यही पहुँचाया करता था, यह उनका विश्वासपात्र सेवक था। वह सुरजन को विधायक और सुरजन उसे दिल्ले कहता था। क्योंकि सूरत से पहले वह दिल्ली में ऑटो चलाता था।

'नहीं जा पाया भाई, अब जाने की सोचा है।'

'कैसे जाएगा, उत्ती दूर?'

'ऑटो चलाकर।'

'गजब।'

'मजबूरी है, घर की बहुत याद आबे है, इधर लगता है, भूखन मर जाबे।'

'ऑटो से तो कुछ मिलत होबे?'

'डीजल का पैसा नहीं निकलता। रेल बंद है, बस बन्द है। कोई जाए भी तो कहाँ जाए, भइया, एकव सवारी नहीं निकलती। कल चारि बजे तक चोराहे में सवारी देखत रहे, कोई नहीं पूछा।'

'बहुत तेज बीमारी फेली है, पता है?' सुरजन ने कहा।

'फैलन दो, मुझे बीमारी से उतना डर नहीं लगता, जितना भूखे पेट मरने से लगता है। बीमारी की तकलीफ़ सहन जोग्य होती है, कुछ तो दवा इलाज से कम होबेगी। बीमारी से ऊ डरय, जिसकी टंकी फुल भरा हो। मुझे भूख से छटपटाकर मरने से बहुत डर लगता है, भाई!' दिल्ले बोला।

वह कुछ देर तक यूँ ही खड़ा इधर–उधर देखता रहा फिर बोला———'विधायक! अपनी सुनाओ।'

'का सुनामय भइया, ठीकय मानो, सेठ जी की किरपा भई तो पेट चलन लगे, नाहीं अब तक हमारव गिनती होइ जाती।'

'हमरा भी थोड़ा काम है, संटू भइया से, तनिक बुलवा दो न।'

सुरजन, हाँ कहकर संटू को बुलाने के निमित्त भीतर चला गया। दिल्ले को आया हुआ जानकर संटू शीघ्रता से बाहर निकल आया। तब तक मुँह में लपेटा हुआ गमछा वह चेहरे से अलग कर चुका था। चेहरे पर उगा बालों का जंगल हर किसी की पहचान बदल दिया था। संटू को आते देखकर वह दोनों हाथ जोड़कर और सिर झुकाकर जोर से बोला———'राम जोहार भइया।'

'सुरजन ने मुझे बताया, तुम घर जा रहे हो? दो छोटे बच्चे और पत्नी को साथ लेकर उतनी दूर का सफर ऑटो से कैसे कर पाओगे?' संटू ने कहा।

'पहुँच जैबे, धीरे–धीरे, चार–पाँच दिनन में। आप मोरी मदद कए दो, पाँच हजार की, बस्स। गली बीच का–कैसी जरूरत पड़ जाबे।'

संटू दुविधा में पड़ गया था, वह सेठ जी की अनुमति के बिना एक पाई नहीं दे सकता था। दूकान की बात अलग थी, वह खुद मालिक था, अब

ये घर का मामला ठहरा। उसे यह भी मालुम नहीं था कि घर में इतनी रकम होगी भी। सेठ जी योगासन कर रहे थे। संटू को दुविधा में देखकर उसने जेब से कागज की पुड़िया निकाली, उसमें मंगलसूत्र छिपाकर लाया था। उसे संटू को दिखाकर बोला——'भइया ई चीज लाया हूँ, अमानत बतौर आप रख लो। जिंदा रहा तो लौटकर रुपया लौटा दूँगा, न लौटा तो भइया इसी में से———'

वह अपनी बात पूरी नहीं कह पाया था कि सेठ जी कमर में गमछा लपेटे हुए बाहर निकल पड़े। सम्भवतः वे कमरे में बैठे दोनों की बातें सुन रहे थे। व्यायाम कक्ष में अभी गये ही नहीं थे।

वे दिल्ले को सुनाकर जोर से बोले——'तुम लोग आरजी सेठ को क्या समझ रखे हो? अएँ, कैसे सोच लिया, सुहाग के चिन्ह गिरवी रखकर पैसा दे देंगे? अएँ, भागो इधर से, ये काम मुझसे न होगा।'

अप्रत्याशित डाँट मिलने से दिल्ले, बिल्ले हो गया। उसे सेठ जी से इस तरह की मुलाकात होने की जरा भी उम्मीद नहीं थी। वह उनके कड़क मिजाज के परिचित था। सौ भाड़ा माँगने पर पचास का नोट पकड़ाने वाले सेठ जी को वह अच्छी तरह से जानता था। वह तो मजबूरी में उदार हृदय संटू से सुबह–सुबह का मौका निकालकर मदद माँगने चला आया था। वह गिड़गिड़ाकर बोला, 'गलती भई! सेठ जी माफी कर दीजियेगा।'

'माफी कई दीजियेगा, हुँह।'

दिल्ले निराश हुआ, सर झुकाए लौटने को पलटा ही था कि सेठ जी की भारी आवाज पुनः गूँजी——'ठहरो।'

तेजी के साथ सेठ जी भीतर गये और उसी तेजी से हाथ में रुपया लेकर बाहर भी आये, रुपया दूर ही रख दिया और उसी तेज लहजे में बोले——'पूरे पाँच हजार हैं, रख लो, और घर जाने का विचार छोड़ दो। दो हजार किलोमीटर की दूरी परिवार के साथ जाना आत्महत्या करने जैसा होगा। तुम्हें जिस दिन मंगल सूत्र बेचने की नौबत आ पड़े, उस दिन हमारे पास चले आना। आरजी सेठ अभी रामगरीब नहीं हुआ है, समझे।'

रुपये लेकर दिल्ले ऑटो बैक करने लगा था, जाते–जाते संटू ने उसे घर न जाने को कहा। सेठ जी भीतर आकर तख्त में बैठ गए थे। नित्य क्रिया से निवृत होकर सेठानी, कमरे में आईं और गर्म–गर्म तले पकोड़े वाला प्रवचन शुरू

कर दीं———'ऐसे ही लुटाते रहिए, जो भी माँगे देते रहिये। आप को भविष्य की चिंता नहीं है। दूकान से बिक्री बन्द है। संटू बता रहा था, कल दिन भर एक भी खरीददार नहीं आया। आमदनी का जरिया बंद है और आप लगे हैं, घर की जमा पूँजी लुटाने में, ऐसे ही हाल रहा तो रामगरीब होने में देर नहीं लगेगी।'

'क्या यार सेठानी, क्या रामायण का सीरियल देखती हो। उसी में तो लिखा है———'परहित सरिस धरम नहीं भाई। पर पीड़ा सम नहीं अघ माई।' मैंने तो अभी तक ऐसा कुछ किया नहीं है। आज का वक्त तो ऐसा हुआ है कि घर में यदि चोर भी घुसे तो उसे रोको नहीं, चोरी करने दो, शोर मचाकर उसके काम में खलल मत डालो। दिल्ले आज दस साल से दूकान का सामान ढो रहा है। भाड़ा उसका जब सौ रुपिया बना तब मैंने पचास ही दिया है। मैं उसका कर्जदार हूँ, वह मेरा कर्जदार नहीं है। आज मैंने उस कर्ज की पहली किस्त चुकाई है।'

'आप क्या समझते हैं, वह घर नहीं जाएगा?' तनिक ठंडी होकर सेठानी बोलीं।

'जाएगा, जरूर जाएगा। वह मानेगा नहीं।'

'फिर लौटकर आएगा, दूकान की साड़ियाँ ढोएगा?' सेठानी ने फिर कहा।

सेठ जी मुँह खोलकर लम्बी हवा उत्सर्जित किये, जैसे जीव जगत को ऑक्सीजन दे रहे हों, फिर दोनो हाथ ऊपर उठाकर बोले———'सेठानी, मैं बहुत बुरा होते हुए देख रहा हूँ, साईंनाथ, दिल्ले के घर परिवार को सलामत रखना।'

सेठानी मजाक के मूड में आ गईं। वे इसी साल सठियाई हैं, सेठ जी पाँच साल पहले यह सम्मान प्राप्त कर चुके थे। वे सेठ जी ने नजदीक बैठकर उनके आँखों की तरफ झाँककर बोलीं———'चश्मा कहाँ गया?'

'क्यों? होगा कहीं।' तख्त में दाएं–बाएं टटोलकर सेठ जी बोले।

'वो इसलिए कि आपको अचानक से बहुत दूर का दिखने लगा है, इसमें चश्में का करामात है या कोई नया रोग तो नहीं?'

'कोई रोग नहीं सेठानी, भगवान ने सभी को वो नजर दी है, जो आँख बंद होने के वावजूद भी दूर के दृश्य साफ–साफ दिखाती है। मैं बहुत साफ देख रहा हूँ, हर बड़े शहर से करोड़ों की तादाद में श्रमिक अपने–अपने घरों

को पैदल लौट चले हैं। जत्थे के जत्थे निकल रहे हैं। उनके हाथ में झोले हैं, सर में गठरी है, साथ में बच्चे हैं, औरतें हैं। हे साईं नाथ! इनकी रक्षा करो।'

सेठ जी मुख मुद्रा देखकर सेठानी अजरज में पड़ गईं। सेठ जी के स्वभाव परिवर्तन पर शक तो उन्हें उसी दिन से हुआ था, जब संटू से कहकर सुरजन को घर बुलवा लिए थे, फिर आज ऑटो वाले को नकद पाँच हजार गिन दिए, और अब इनको घर बैठे क्या–क्या दिखाई देने लगा है। महाभारत सीरियल देखकर उन्होंने संजय के बारे में जाना था कि उसे बहुत दूर का दिखाई देता था। हस्तिनापुर में बैठे धृतराष्ट्र को कुरुक्षेत्र की लाइव रिपोर्ट देता था। दोनों जगहों के बीच की दूरी नापा तो किसी ने नहीं, मगर अंदाजन डेढ़ हजार किलोमीटर तो जरूर होगी। तो क्या संजय की दृष्टि सेठ जी को मिल गई है?

'किस सोच में पड़ गईं सेठानी?' उन्हें विचार मग्न देखकर सेठ जी ने पूछा।

'सोच के साथ सलाह भी है, आप बेकार की बातें दिमाक में मत लाया करो।'

सेठ जी कुछ कहते कि सुरजन आकर नाश्ते के लिए पूछा। सेठानी ने ही उसे कहा कि लगवा दो, आज वैसे भी देरी हुई है। फिर वह सेठ जी से पूछी, 'योगा तो नहीं करोगे?'

'हो गया योगी–योगा, नाश्ता लगवाओ अब।'

नाश्ते की टेबल सुरजन ने सजा दी थी, नमक–मिर्ची की छिद्रदार डिब्बी हमेशा रखी होती थी। भले ही खाली हो, सलाद के ऊपर डिब्बी हिला देने भर से काम चल जाता था। आज हफ्ते भर से डिब्बी में नमक नहीं था, लेकिन किसी ने कहा नहीं, सभी खीरा, प्याज के कटे छिलकों के बीच हिला–डुलाकर नमक का स्वाद अनुभव कर लेते थे। नाश्ते में संटू और सेठानी ही सेठ जी के साथ बैठते थे, बाकी के लोग पता नहीं नाश्ता करते भी थे, या नहीं।

'आज मैंने सोचा है——!' सेठ जी इतना ही सोच पाए थे कि उन्हें खाँसी आ गई। संटू ने पानी का गिलास उनके सामने कर दिया। एक घूँट पानी पीते ही गले की खराश ठीक हो गई, दोबारा बोलने को मुँह खोले ही थे कि सेठानी उन्हें रोककर बोलीं——'संटू इन्हें समझाओ, तुम्हारे बाबू जी, आजकल बहुत सोचने लगे हैं। रात में ये सोते कम हैं, सोचते अधिक हैं। कहीं यह सोचने

की प्रवृत्ति बीमारी का रूप न ले ले।'

'मत सोचा करो बाबू जी, आखिर सोचने वाली कौन सी बात है?'

'ठीक कहते हो, हमें सोचने की कोई जरूरत नहीं थी। सोचने के लिए नेता हैं, मंत्री, अफसर हैं, भगवान हैं, वे सोचें, हम क्यों सोचें? लेकिन चिंता की बात यह है, जिन्हें सोचने की जिम्मेदारी मिली हुई थी, वे सोचना बंद कर चुके हैं। आलीशान कोइी में बन्द होकर कहते हैं——'मैं कोरोना पॉजिटिव आया, डॉक्टरों ने कहा तो अस्पताल में अपुन कोरण्टाइन हो गया, मुझे जितने भी लोगों ने देखा है, छुआ है, सूँघा है, नहलाया है, चड्डी धोया है, वो भी कोरण्टाइन हो ले।' भगवान तो और निःसोच निकले, मंदिरों में ताला जड़वाकर मन्दिर के अंदर ही आराम फरमा रहे हैं। एक हमीं चूतिये बचे हैं, जो सोचने का काम कर रहे हैं।'

'चाय ठंडी हो रही बाबू जी।' संटू ने याद दिलाया।

'अच्छा, अच्छा, पीता हूँ।'

सेठ जी सोचना बंद कर चाय का कप ओंठों से लगा लिए थे। बाहर बँधा हुआ जानू भौंकने लगा था। सेठ जी को उसका भौंकना अच्छा नहीं लगा। बंटू से उन्होंने पूछा———'उसे नहलाया नहीं?'

'नहलाया, पापा!'

'नाश्ता दिया।'

'दिया, पापा!'

'तब क्यों गला फाड़ रहा है?' सेठ जी ने पूछा।

'आजकल ये टाइम–बेटाइम भौंकने लगा है। दिन में दो–तीन बार और रात में एक बजे के बाद शुरू हो जाता है।' बंटू ने बताया।

'पहले तो ऐसा नहीं करता था?' सेठानी ने चिंता जाहिर की।

'सेठानी, जब देश के लीडर, अफसर कोरण्टाइन हो जाएंगे, मुँह में मास्क चढ़ाकर लुक–छिप जाएंगे, तब जानवरों की विरादरी मुँह खोलेगी, पत्थर बोलेगा, पानी बोलेगा, हवा–आग–मिट्टी बोलेगी, आखिर किसी–न–किसी को तो इस महामारी को ललकारते रहना होगा, समझ लो, जानू वही काम कर रहा है।'

सेठ जी की बात सुनकर सुरजन को हँसी उठी, लेकिन उसने पेट में दबा लिया। उसे इस कला में महारथ हासिल था। वह जाने क्या–क्या पेट में दबा लेता है। पेट थोड़ा हिला–डुला फिर शांत। हमारे देश के मजदूरों का

बहुत अच्छा हाजमा है, रोटी की तो औकात ही नहीं कि न पचे, ये मार, गाली, अपमान सब पचा लेते हैं। चिकित्साशास्त्रियों के लिए मजदूर–गरीब लोगों का पेट रिसर्च का विषय हो सकता है।

'पापा, कोरोना अच्छे स्वभाव वाला है। अमीर–गरीब, छोटे–बड़े किसी में भेद नहीं करता है।' अक्सर चुप रहने वाला बंटू बोला।

बंटू, सेठ जी की तीसरी संतान है। बड़ा संटू, फिर एक लड़की अंतू, जिसका विवाह हो चुका है। सबसे छोटा बंटू। इस साल दो विषय की परीक्षा दिए बिना ही इंटर पास कर लिया है। बीस साल का है, सेठ जी नजर में वेवकूफ है, सेठानी की नजर में अभी बच्चा है, उसके खेलने–खाने के दिन हैं। क्रिकेट अच्छा खेलता है, चौम्पियन है। सेठ जी कह रहे थे, पढ़ाई–लिखाई में पौने आठ है, इसे क्रिकेट की कोचिंग दिलवा देंगे। क्या पता इसकी तकदीर चमक जाए। रणजी में भी चुन लिया गया और दो चार चौका–छक्का पीट दिया तो समझो रातों–रात स्टार बन जायेगा। उनकी बात पर सेठानी बहुत खुश होतीं और बंटू का माथा चूमकर कहतीं———'मेरे लाल! छक्का जरूर लगाना, ताकि रात में ही सही स्टार बन जाओ।'

फिर वे सेठ जी से बड़े भोलेपन से पूँछती———'दिन में स्टार नहीं बनते क्या?'

सेठ जी, नाक तरफ चश्मा सरकाकर जवाब देते———'नहीं, स्टार तो रात में ही बना जाता है। दिन के उजाले में बड़े काम नहीं हो सकते।'

सेठानी न समझते हुये भी आगे की तरफ सिर हिला देती थीं। परन्तु विचारतीं, 'इस नालायक कोरोना ने सबको बर्बाद कर दिया, सारी योजनाएं फेल कर दीं। सत्यानाश हो दहिजार का।' वे रीवा की बोली में उसे गरियाकर मन का मलाल निकाल देतीं।

(बारह)
दिल्लगी

मौसम विज्ञानियों के वर्षा के अनुमानों की तरह सेठानी के अनुमान को फेल करता हुआ दिल्ले प्रकट हो गया। जहाँ सूखे का अनुमान लगाया गया था, वहाँ तेज आँधी के साथ पानी बरस गया। ताज्जुब है, इस साल जब सभी पढ़ने वालों को अनुमान लगाकर पास किया गया तो अन्य क्षेत्रों के 'अनुमान' को संविधान के तहत मान्यता क्यों नहीं दी गई? उसे भी मान्यता मिलनी चाहिए थी। यह पक्षपात हुआ। जरूरत तो यह थी कि कम से कम इस साल अनुमान लगाने की आजादी मिलनी चाहिए थी, अनुमान लगाने को प्रत्येक नागरिक स्वतंत्र होता। लगाया गया अनुमान बिना किसी जद्दोजहद के सवा सौ परसेंट सही माना जाता। आलोचना या बहस करने वालों को कोरोना संक्रमित लोगों के बगल में सोने की सजा दी जाती। किन्तु ऐसा नहीं हुआ, अनुमान की आलोचना हर तरफ हो रही है। आलोचना का अनुमान कोई नहीं लगा रहा है।

दिल्ली, आते ही चिल्लाया——'ओ विधायक, ओ विधायक!'

आवाज पहचानकर सुरजन बाहर निकल आया। दिल्ले की वेशभूषा बदली हुई थी, चेहरे पर तौलिया की जगह रंगीन सुअर की थूथुन जैसा मास्क था, दाढ़ी चिकनी थी और कंधे तक झूलते हुए बालों का जंगल अब व्यवस्थित होकर कानों के ऊपर तक था। उसके बदले हुए स्वरूप में देखकर सुरजन कुछ पल के बोलना भूल गया। अभी पन्द्रह दिन पहले ही तो सेठ जी पैसा लेकर यह गया था। और अब? यह तो हुलिया बदले है, ऐसा अचानक क्या हुआ? फिर दिखावे के लिए खुशी जाहिर करता हुआ राम जोहार किया। बदले में उसने भी राम जोहार किया।

'सुंदर दिखते हो भाई।' सुरजन बोला।

'थैंन चू——थैंन चू।'

'भाई, एंग्लिस कब से।'

'इंटर फेल हूँ, विधायक!'

'बौत पढ़े–लिखे हो भाई, बिहार का इंटर फेल अउर जगह के एम्मे

पास के बरोबर होत है।'

'थैंन चू।' तारीफ सुनकर वह खुश हुआ।

सुरजन के मुँह से अपने राज्य की तारीफ सुनकर वह गदगद होकर बोला———'कुछ मत पूछो, विधायक! हर कुत्ते के दिन बदलते हैं, जब साला पेट चलता है, तो जिंदगी दौड़ती है। जब जिंदगी दौड़ती है तब सुअर भी सुंदर दिखता है, अपन तो आदमी हैं।'

'तुम्हारी बातें हमरी समझ में नै आबै।'

'समझ रहे हो, देखो बनो मत, सेठ से मिलवा दो न।'

'थोड़ी ठहरन पड़ी, बो इस टेम जोगा करते हैं। जोगा खतम होते ही मोलाकात करा देबे, तब तक तुम हमरे कमरे तरफ बैठ लो।'

वह अपने तरफ दिल्ले को ले आया था। इस तरफ शांति थी, पेड़–पौधे थे, पेड़ों पर कुछ पक्षी बैठे हुए अपनी बोली में बात–चीत कर रहे थे। सुबह से ही रतिया भीतर काम करने चली जाती थी। यह उसका नित्य का नियम था। सुरजन नहा–धोकर नाश्ते के समय उधर जाकर नाश्ता लगाता, फिर खुद करता। तकरीबन दस बजे संटू के साथ मोटरसाइकिल में बैठकर दूकान चला जाता था। सेठ जी नहीं जाते थे, संटू उन्हें घर से निकलने नहीं देता था, उसका तर्क था, 'देश के प्रधानमंत्री ने सठियाये हुए लोगों से बाहर न निकलने की प्रार्थना की है।' प्रार्थना को सम्मान देते हुए सेठ जी दूकान नहीं जाते थे। सुरजन और संटू दोनों दूकानों को तीन–तीन दिन की पारी से खोलते थे। आज रविवार का दिन था। आज के दिन व्यापारिक प्रतिष्ठान बन्द रखने के निर्देश शासन के तरफ से थे।

'इधर तो भाई बड़ी शांति है।' इधर–उधर नजरें घुमाने के बाद दिल्ले बोला।

उसने कोई जवाब नहीं दिया, बल्कि पूछ लिया———'आजकल का काम करत हो?'

'काम?' दिल्ले मुस्कुराया, मुस्कुराहट के रहस्य को अल्प शिक्षित सुरजन कैसे समझता? अतः उसे समझाने के लिए नजदीक बैठा लिया और कहा ———'देख अपन की दोस्ती है, इसलिए पेट दे रहा हूँ, किसी कीमत पर मोटा भाई को पता नहीं लगता चाहिए।'

'तेरी बातें अबूझ पहेली जइसन हैं?' सुरजन अरुचि से बोला।

'सुन ध्यान से, उस दिन सेठ जी ने पैसा दिया और कहा कि घर जाने का इरादा छोड़ दो, किंतु मन में घर जाना तय कर चुका था। हर हाल में घर निकलना ही था, पर तकदीर का लिखा होकर रहता है। जैसे ही ऑटो लेकर मोटा भाई के घर के सामने से गुजरा, वह मुझे रोक लिया।'

'वह सड़क में खड़ा क्या कर रहा था?' सुरजन ने पूछा।

'हाथ में टोपी लिए हुए सर खुजला रहा था।'

'तुमाई पहचान है उससे?'

'इल्लो! बीसों बार ऑटो से उसे घर छोड़बे किए हैं, पै एक्क बात है, अदमी राजा है, दस की जगह बीस फेंकता है।'

'तो रोककर का पूछा?'

'बई सब, कहाँ गए थे, केसे पेट चल रहा आजकल, तूम विधायक! मुझे जानते हो दोस्तों से कुछ छिपाता नहीं, सगरी बातें उसे बता दिया। यह भी बता दिया कि सेठ जी से पैसे लेकर घर लौट जाने की सोची है। तब उसने मेरे जमीर को ललकार दिया, हाथों में जोश जगा दिया, ये समझो मुझ मरे हुए आदमी में प्राण फूँक दिया, उसने।'

'अरे! मोटा भाई जादू जानता है?' आश्चर्य से सुरजन ने पूछा।

'पता नहीं, पर मैहर वाली शारदा माता की किरपा उस पर जरूर है। जानते हो वह क्या बोला?'

'बताओ न।'

'उसने मूँछें ऊपर उठा ली, सिर में टोपी लगा ली और बैल की तरह दहक कर बोला——'धत्त तेरे की दिल्ले! तुमने बिहारियों की मूँछ कटा दी, बिहारियों की मूँछें अब होती भी हैं कि नहीं यह तो मालुम नहीं, कोई बात नहीं, मूँछों में अब क्या धरा है?'

मैंने मिमियाकर कहा——'का करूँ मोटा भाई! कुछ समझ नहीं आ रहा, कुछ जुगत भिड़ाओ न?'

तब उसने मुझे समझाया——'देख, कुछ खर्चा लगेगा, मैं जोगाड़ करा दूँगा।'

'और उसने करबा दिया?' सुरजन ने पूछा।

'करा दिया, पक्की नौकरी करा दिया।'

सुरजन को उसकी बात पर भरोसा नहीं हो रहा था। वह समझ नहीं पा रहा था कि कंगाल ऑटो चालक की तकदीर रातों–रात कैसे बदल गई? क्या इसकी लाटरी लग गई है? या सट्टा का रन खुल गबा है? उसने दिल्ले से पूछा———'देख सच्ची बोलना, कहीं गलत–सलत काम तो नहीं करिबे लगे?'

'बिल्कुल नहीं, वो 'दरिया भाई चुख्खन मल' नाम की प्राइवेट लिमिटेड कम्पनी है, मकान और पुल के काम में आने वाली लोहे की सरिया बनाती है, उसमें बाबूगीरी मिल गई है। बैठे–बैठे कम्पूटर से बिल काटना होता है। ट्रेक पे लोड होके सरिया जाता है। मैं सरिया चेककर बिल काट दिया बस्स।'

'कम्पूटर चलाबे आता है?'

सुरजन को यकीन नहीं हो रहा था। इसलिए वह उसकी हर तरह से परीक्षा ले रहा था।

'मुजफ्फरपुर में सीखा था, थोड़ा बौत।'

'तनखा कित्ती है?'

'पन्द्रह हज्जार महीना, और दू टेम की गरमागरम चाय, दो समोसे के साथ फिरी।'

'बधाई हो, भाई, तुमाई नोकरी समझ के तबियत हरी हो गइल।' सुरजन आगे बढ़ा और शोशल डिस्टेंसिंग भूलकर उसकी पीठ ठोंक दी। हल्की भद्द की शुभ आवाज सुनकर विही के पेड़ में बैठी हुई चिड़िया पंख खोलकर उड़ गई।

'भाई विधायक, उधर इज्जत भी बौत है, दिल्ले उधर कोई नहीं बोल सकता। तुम हमरा दोस्त है, सेठ जी बाप बरोबर है, दिल्ले–पिल्ले कुछ भी बोलो, सब चलेगा।'

'काहे नाम भी बदल गओ?'

'नईं जी! पहले से ही दलीप कुमार, मेरी मार्कशीट में लिखा है। मैनेजर मुझे दिलीप जी बोलता है और उधर का चोकीदार हो गया, ट्रेक डाइवर हो गया 'साहब' या 'सर बोलता है।'

'खुश रओ, मत्त रओ, तुमय आज तबियत हरियर कै दी।' हर्ष से सुरजन ने उसे आशीर्वाद दे डाला।

'पैली तनखा जैसे ही मिली, सेठ जी का पैसा लौटाने चला आया। सेठ जी भगमान हैं, हमरा लिए, उनका आशिर्वाद भी लेन का है।' दिल्ले ने बताया।

'तुम इतई रुको, सेठ को देखकर आता हूँ।'

आरजी सेठ योगासन से फुर्सत होकर अखबार पढ़ रहे थे। मुखाकृति से स्पष्ट था कि अखबार भी उन्हें पढ़ रहा है, यानी दोनों एकदूसरे को पढ़–समझ रहे थे। सुरजन को आया समझकर कर अखबार से नजरें हटाकर

पूछे——'कोई काम?'

'दिल्ले आपसे मिलने आया है।'

'क्या?' दिल्ले आया है, मतलब मेरा और सेठानी का अनुमान गलत हुआ।'

सेठ जी फौरन बाहर निकले, पीछे–सेठानी और सुरजन। उन्हें देखते ही दिल्ले चार कदम आगे बढ़ा और उन्हें दंडवत प्रणाम करने के लिए कटे पेड़ की तरह भरभरा कर गिर पड़ा। सेठ जी इस सम्मान के लिए तैयार नहीं थे, वे फुर्ती से दो कदम पीछे हटे तो सेठानी से टकरा गए, वह भी सयानी उमर की ठहरी, धक्का बर्दास्त कर सकीं और बिना समय गंवाए चारपाई की तरह उल्टी फर्स में बिछ गईं। उधर दिल्ले का सिर जमीन से टकराया। गनीमत रही किसी को चोट नहीं आई।

सेठ जी तुरंत सम्हले और झुँझलाकर बोले———'कमबख्त यह सोशल डिस्टेंसिंग सब नियम कायदों को खाक में मिलाने को उतारू है, जिंदगी दिल्लगी बनकर रह गई।'

इस क्षणिक एक्शन से बंटू को बहुत मजा आया, उसने अपना तजुर्बा बताया———'पापा! क्रिकेट में रन आउट से बचने के लिए कभी–कभी ऐसे भी एक्शन करने पड़ते हैं।'

दिल्ले ने सारी कहानी सेठ जी को सुना दी, सेठ जी अतिशय प्रसन्न हुए। सेठानी बड़बड़ाती और कमर सहलाती हुई अंदर चली गईं———'ये जोगा का सीख लए, पीछे भी जम्प मारन लगे, अरे! आपको भगवान मानकर उसने दंडवत किया था। अच्छा हुआ भगवान न हुए नहीं तो किसी भक्त के ऐसे प्रणाम करने पर आप मन्दिर की दीवाल तोड़ कर भाग जाते।'

सेठ जी की उधारी चुकता कर, दिल्ले वापसी को मुड़ा, उसे छोड़ने के

लिए सुरजन बाहर आया हुआ था। उचित अवसर जानकर दिल्ले उसके कान में फुसफुसाया——'भाई! यह बात अपने तक ही अभी रखना कि मोटा भाई की सिफारिश से मुझे नौकरी मिली है। मोटा भाई ने मना कर रखा है।'

'ठीक है, किसी से नहीं कहबे, तुम भी ई बात का धियान रखना।' सुरजन ने उसे आश्वस्त किया।

राम जोहार करने के बाद वह साइकिल दौड़ाता हुआ आँखों से ओझल हो गया था।

(तेरह)
महासत्संग

'यूँ तो सत्संग के व्यापक अर्थ हैं, सामान्यतः जहाँ पर आत्मा–परमात्मा की चर्चा हो। प्रायः लोग ऐसी जगहों में जाना, बैठना, सुनना और उठकर घर चले आने को भी सत्संग समझ लिए हैं। मतलब जैसे गये थे, वैसे ही आरती गाकर और मुट्ठी में प्रसाद लेकर आ गए। यह सत्संग नहीं हुआ, समय की बर्बादी हुई। उल्टा उस भीड़ को भी प्रदूषित किए जिसका वे हिस्सा रहे।

आजकल जो धार्मिक कथाएं होती हैं, उन्हें भी सत्संग कहते हैं, किन्तु मेरी फिक्र अनुसार यह सत्संग नहीं है, सिर्फ धोखा है। अब की धार्मिक कथाओं में अज्ञान, कुप्रथाएं, अपरम्पाराएं, मिथ्या ज्ञान की बातें बताई जाती हैं। श्रोताओं को धार्मिक पुस्तकों, वेदादि का ज्ञान नहीं होता है, इसलिए वे चालाक कथावाचकों की बातों को सत्य मान लेते हैं। अच्छा व्यवसाय चल निकला है सत्संग का। धर्माचार्य, कथावाचक, भगवान से भी बड़े धनाढ्य हो गए हैं। अब ज्ञान की आड़ में अज्ञान का झूठा प्रकाश है। अज्ञान का दीपक प्रज्वलित है, ज्ञान उस दीपक की परिक्रमा लगा रहा है।

मेरी समझ और अध्ययन के अनुसार जो सत्संग यक्ष और युधिष्ठिर के मध्य, कुंभकर्ण और रावण के मध्य, रावण और लक्ष्मण के मध्य, भीष्म और पांडवों के मध्य, उद्धव और गोपियों के मध्य हुआ, वही असली सत्संग है। श्रीकृष्ण और अर्जुन के मध्य तो महासत्संग हुआ है। इन्हें स्वाध्याय से जरिए घर में बैठकर जाना जा सकता है। फिर सत्संग के लिए कहीं भटकना नहीं पड़ेगा। हाँ, तमाशाई होने का मन है तो जाइये, कोई नहीं रोकेगा।

यह अच्छी सोच सरकार की मानी जायेगी जो सत्संग में रोक लगा दी है, वरना कोरोना के मरीज समूह में मिलते।'

यह साड़ी व्यवसायी रामगरीब गुप्ता उर्फ आरजी सेठ का अपने तरीके का सत्संग था। आजकल वह कभी–कभी अकेले में ही सत्संग कर लेते थे। वे जब बोलना शुरू करते थे, तब यह भी नहीं देखते थे कि कोई बैठा सुन भी रहा है या नहीं।

संटू उन्हें दूकान जाने नहीं देता था। दूकान में बैठते तो उन्हें सत्संग करने की जरूरत नहीं पड़ती। लॉक डाउन में ढील मिली तो लोग छुट्टा बैल की तरह, जैसे वह चारा चरने के लिए मैदान की तरफ दौड़ता है, वैसे ही दौड़ पड़े, सब्जी मंडी की तरफ लौकी–मिर्ची खरीदने। हरी गोली लौकी के साथ कोरोना भी घर लेकर आये। मरीजों की तादाद में इजाफा होते ही सरकार ने हफ्ते भर का सख्त लॉक डाउन पुनः ठोंक दिया।

सेठ जी के हृदय में लॉक डाउन काल का सदुपयोग करने का विचार आया और घर में ही महासत्संग करने की घोषणा कर दिए। नियम भी बना दिये गए, प्रतिदिन शाम को चार से छः बजे तक सत्संग चलेगा, घर में मौजूद सभी लोगों की उपस्थिति अनिवार्य रहेगी। टीवी, मोबाइल और एसी स्विच ऑफ रहेंगे, सिर्फ हाल के दोनों पंखे चलेंगे। सेठानी को छूट दी गई थी, क्योंकि वे भोजनोपरांत निद्रा रोग से ग्रसित होकर बेहोश हो जाती थीं। बंटू को कुत्ता साथ लेकर बैठने की अनुमति मिली हुई थी। इस सत्संग की एक खासियत यह थी कि किसी विषय पर कोई भी बोल सकता है, प्रश्न कर सकता है, और अपनी अक्ल अनुसार उत्तर भी दे सकता है। किसी के प्रश्न–उत्तर को गलत नहीं ठहराया जाएगा। सत्संग का प्रथम दिन, सेठ जी और सुरजन के बीच महा–संवाद–

सुरजन———'जानवरों को कोरोना काहे नहीं हुआ?'

सेठ जी———'हुआ होगा, लेकिन कौन पता लगाए। वे अपने से तो अस्पताल जा नहीं सकते। विटनरी वाले उनसे पूछते भी नहीं।'

सुरजन———'आप ठीक कहते हैं, जानवरों को भी हुआ होगा, क्योंकि वे भी वही सब काम करते हैं, जी आदमी करता है।'

सेठ जी———'तुम्हारी खोपड़ी चक्कर मार रही है, तुम उल्टा बोल रहे हो, आदमी, जानवर वाला काम करता है, जानवर, आदमी वाला काम नहीं करता है, ऐसा बोलो। अब बताओ जानवर क्या पाजामा पहनता है?'

सुरजन———'नहीं।'

सेठ जी———'सूट–बूट पहनता है, टोपी, घड़ी, चश्मा, कार, मोटरसाइकिल की जरूरत रखता है, क्या? नहीं न।'

सुरजन———'जी, सच कह रहे हैं।'

सेठ जी———'पागल जरूर होते हैं, जानवर और आदमी भी। लेकिन

आदमी स्वयं को पागल नहीं मानता, जबकि जानवर पागल होने पर काटता है, भौंकता है, हिनहिनाता है, मिमियाता है, रिरियाता–सिसियाता है, पूँछ उठाकर दौड़ता है। वह अपना पागलपन छिपाता नहीं है और आदमी अपना पागलपन छिपा लेता है। कभी–कभी पागलपन के दौरान आदमी बड़ी तरक्की भी कर जाता है और ठीक–ठाक आदमी को पागल कर देता है। ताजा उदाहरण राजनीति में देख लो, पागल, नेता बन गए और नेता पागल हो गये।'

सुरजन———'जी।'

सेठ जी———'क्या जी? कुछ दिमाग में चढ़ता भी है कि नहीं।'

सुरजन———'धीरे–धीरे चढ़ रहा है।'

सेठ जी———अच्छी बात है।'

जानू, भौंक उठा था, क्योंकि उसके जाति–विरादरी की बात पर बहस चली थी, इसलिये उसका भौंकना जरूरी हो गया था। बंटू ने उसे रोका———'नहीं, नहीं, प्रिंस गंदी बात, बातचीत के दौरान भौंकना नहीं चाहिए।'

सेठ जी ने उसे टोका, 'क्यों रोकते हो, प्रिंस भौंकेगें नहीं तो क्या कवित्त गायेंगे। अपनी बोली में अपनी बात रखने का अधिकार संविधान में सबको मिला हुआ है। किसी को बोलने से रोकना उसके अधिकारों का हनन माना जाएगा, यह हमारी अज्ञानता है, जो उनकी बोली का तर्जुमा नहीं कर पा रहे हैं।'

जानू का भौंकना जारी रहा, सत्संग में खलल पड़ते जान, बंटू उसे लेकर बाहर चला गया। नवीन बात कहने के लिए सेठ जी मुँह खोले ही थे एक नींद मारकर सेठानी जी आ धमकीं। सेठ जी कुछ बोलते कि उनके बोलने के पहले ही सेठानी बोल गईं———'बड़ी धांसू चीज आज महाभारत में देखने को मिली।'

'तुम तो सो रही थी, न?' सेठ पूछे।

'हाँ, सोते हुए महाभारत देख ली।'

'सपने में महाभारत?'

'बिल्कुल, सपना ही तो था।'

सुरजन, सुनते–सुनते ऊब गया था, सेठानी के आ जाने से उसे राहत महसूस हुई, वह चुपके से उठा और बाहर निकलकर बीड़ी सुलगाकर फूँकने लग गया। सेठ जी की बातें अभी मंजिल के रास्ते में थीं कि सेठानी बीच में टपक

पड़ी थीं। उन्हें उन पर गुस्सा तो बहुत आया पर क्या कर सकते थे, धर्म पत्नी थीं। वे मन मसोसकर रह गए और दाढ़ी के बाल नोंचते हुए बोले——'अब बता भी डालो, क्या धांसू चीज सपने में देख आयीं।'

सेठानी खुश होकर बोली———'मैंने देखा, अपने गाँव वाले घर में सभी लोगों के साथ, आप और मैं टीवी में महाभारत सीरियल आने का इंतजार कर रहे हैं, लेकिन वह आने का नाम ही नहीं ले रहा है। नहाने के साबुन का प्रचार 'साबुन लगाकर कैसे नहाएं' 'मच्छर जहाँ–जहाँ, मलेरिया वहाँ–वहाँ' फिर एक गीत बजा——'खटमल धीरे से आना खटियन में।'

'बन्द करो बकवास सेठानी, जल्दी से बताओ महाभारत में क्या देखा?' झुँझलाकर सेठ जी बोले।

'वई तो बताने जा रही, खटमल–गीत के तुरंत बाद विदुर दिखाई दिए, पांचों पांडव उन्हें घेरे हुए खड़े हैं। युधिष्ठिर कहने लगे———'चाचू! सम्पूर्ण तीर्थों की यात्रा करने के पश्चात् आप सकुशल लौट आये है, आपने हम सब का पालन पोषण किया है और समय–समय पर हमारी प्राणरक्षा करके आपत्तियों से बचाया है। अपने उपदेशों से हमें सन्मार्ग दिखाया है। अब आप हमें अपने तीर्थयात्रा का वृतान्त कहिये। अपनी इस यात्रा में आप द्वारिका भी अवश्य गये होंगे, कृपा करके हमारे आराध्य कृष्ण का हाल–चाल भी बताइये।'

युधिष्ठिर के इन वचनों को सुन कर विदुर जी ने उन्हें सभी तीर्थों का वर्णन सुनाने लगे।' 'अरे! ये तो साधारण सी बात हुई, खास क्या है?' उकताकर सेठ जी बोले।

'सुनो तो आगे, विदुर जी तीर्थो का प्रसंग सुना ही रहे थे कि सहदेव की नजर उनके नंगे पाँवों की तरफ पड़ी, उन्होंने पूछा——'चाचा जी, आपके जूते कहाँ गए?'

तब विदुर जी ने बताया, 'मथुरा में कोई जरूरत मंद पहन गया। मन्दिर से होकर आया तो जूता नहीं दिखाई दिया, इधर–उधर बहुत तलाशा, नहीं मिला।'

युधिष्ठिर को गुस्सा आ गया, वे नकुल से बोले——'उस जूता चोर का पता लगाओ, मेरे सामने उसे जिंदा पकड़ कर लाया जाए, मैं भी उस दुस्साहसी चोर को देखना चाहता हूँ, जिसे भीम की गदा का डर नहीं है, अर्जुन की ताकत

का अंदाजा नहीं है।'

'रोचक प्रसंग, ये तो महा भारत में कहीं नहीं है। खैर, उस चोर का पता चला?'

सेठानी ने बताया——'सहदेव ने ज्योतिष की किताब छान मारी लेकिन न जूते का पता चला, न जूता चोर का। विदुर जी ने उन्हें समझाया, द्वापर समाप्त होने जा रहा है, कलयुग के आने का अब समय है। जूता तो मामूली चीज है, घर–द्वार खजाने सब चोरी होंगे, कभी किसी वस्तु का पता नहीं चलेगा।'

बड़े ध्यान से बिल्लू कथा सुन रहा था, सेठानी के चुप होते ही वह बोला———'दादी मुझे पता है, बिदुल के जूते चौलाहे में बोर्ड में टँगे हैं, उछके नीचे लिखा है, 'हम हैं तो दम है।'

बिल्लू की तोतली खोजपरक बातों ने सबको हँसा दिया, सत्संग में आनन्द का समावेश हो गया था। सुरजन लौट आया था। कुत्ते को बाहर बाँधकर बंटू भी लौट आया। दीवाल का सहारा छोड़कर रतिया तनकर बैठ गई थी। उसी ने सत्संग को आगे बढ़ाया।

'सेठ जी, हमरा ई समझ नाहीं आबा के सब को बिठाकर सत्संग काहे करते हैं?' उसने ने पूछा।

'बहुत बढ़िया प्रश्न, बोलो कौन जवाब देगा? सुरजन तुम, संटू–बंटू सेठानी, आप कोई नहीं? मैं भी नहीं, अब तुम्हीं बताओ।' सभी के चेहरे पढ़कर सेठ जी बोले।

'मुझे लगता है, आपको मालकिन के साथ, संटू भइया को फूलन भाभी के साथ, हमीं इनखे (सुरजन) साथ सत्संग करिबे चाही।'

'वाह, वाह, वाह, क्या जवाब दिया है। तुम्हारी समझ को दाद देनी पड़ेगी। अब चूँकि, इस समय पूरी दुनिया महामारी से जूझ रही है, इसलिए संकट की इस घड़ी में कुत्ते, बिल्ली, खरगोश, शेर, लोमड़ी, रीछ, बंदर आदि सभी विद्वानों को मिल बैठ कर सत्संग करने की जरूरत है।' सेठ जी ताली बजाकर बोले।

'पापा, क्रिकेट की प्रैक्टिस नहीं हो पा रही है?' बंटू ने बताया।

'मेली भी दद्दू, मोबाइल ते पलाई नहीं समझ आ लही।' चार साल तीन महीने की वय का बिल्लू बोला।

'क्यों?'

'पता नईं, मेडम कभी खाली मुँह तलाती हैं, साउंड नईं कलतीं, कभी साउंड कलतीं हैं, तो मुँह नहीं तलाती हैं। (गौरतलब है कि पिछले हफ्ते से ऑन लाइन क्लासेज शुरू किए गए थे)

विकट स्थिति निर्मित हुई थी, सेठ जी के सामने। बंटू, क्रिकेट की प्रैक्टिस नहीं कर पा रहा था और बिल्लू पढ़ नहीं पा रहा था। वे गंजी खोपड़ी में हाथ फिराने लगे, फिर भी हल नहीं मिला, वे सेठानी की तरफ देखे, जो दीवाल से टिकी हुई झपकियाँ ले रही थी। फिर रतिया की तरफ नजर गई, वह बढ़े हुए पेट को पल्लू से ढँकने की कोशिश में लगी थी। फिर नजर कुत्ते तरफ गई, वह दुम हिला रहा था।

सेठ जी परेशान होकर सोचने लगे, 'बड़ा विकट सवाल है, यह अंतर्राष्टीय स्तर का प्रश्न है। कैसे उत्तर निकले? हल तो निकालना चाहिए। ऐसे सवाल प्रधानमंत्री के सामने आने पर पढ़े–लिखे घाघ अफसरों से राय–मश्विरा करके बोल जाते हैं, जिसे न तो देश की अपढ़ जनता समझती है, न वे खुद समझते हैं। मैं क्या करूँ? यहाँ पर देश की बात नहीं है, देश में सब चल जाता है, यहाँ नहीं चलेगा, यह आरजी सेठ का घर है, यहाँ लफ्फाजी की अनुमति नहीं है।'

अन्तः खोपड़ी में एक बार फिर खुजली उठी, यह अच्छे संकेत थे। सेठजी का दाहिना हाथ खोपड़ी खुजलाने लगा, उन्हें तरकीब मिल गई, वे गला साफकर बोले——'बंटू तुम क्रिक्रेट की प्रैक्टिस कर सकते हो।'

'कैसे पापा?'

'बिल्लू स्पिन बॉलिंग कर देगा।'

'बॉल वापस कौन देगा।' बंटू थोड़ा उत्साहित लगा।

'जानू, मुँह में दबाकर ले आएगा।'

'गुड आयडिया पापा! आप जीनियस हो।'

'जीनियस तो बहुत हूँ, किन्तु तुम्हारी माँ माने तब न।'

'एक बात का ध्यान रखना, वो क्या है कि कोरोना फैला हुआ है, इसलिए केवल पिच पर टिकने की प्रैक्टिस करना। एलबीडब्ल्यू न होने की और क्लीन बोल्ड न होने की प्रैक्टिस करना इस समय उचित है। छक्का बिल्कुल

मत लगाना, भले ही बिल्लू कैसी भी बॉलिंग करे।'

'ऐसा क्यों पापा?'

'बताया न, कोरोना फैला है, क्या पता कब कहाँ से, वह बॉल में चिपककर हमारे घर आ जाए और हम सब क्लीन बोल्ड हो जाए।'

'कोलोना, कोई बला किलाड़ी है?' बिल्लू ने पूछा।

'बहुत बड़ा।'

'सचिन से भी बला।'

'बहुत–बहुत बड़ा, सचिन, भज्जी, विराट क्या लगते हैं, उसके आगे। ये समझो दुनिया की क्रिकेट टीम एक तरफ और वह अकेला एक तरफ, सब पे भारी पड़ेगा।'

'मुझे देखना है, इत्ते बले किरकेटर को?' तोतली वाणी में बिल्लू बोला।

'वो दिखाई नहीं देता, कैसे देखोगे?'

'नईं दद्दू, मुझे देखने है, उछे।' बिल्लू मचल गया।

'ठीक है, दिखला देंगे, अभी तुम जाकर बॉलिंग कर देना, बंटू की प्रैक्टिस हो जाएगी। फिर वो तुम्हें पढ़ायेगा। फिर वो बंटू की तरफ देखकर बोले, इसे पढ़ाने की जिम्मेदारी अब तुम्हारी। स्कूल को बताए दे रहे हैं, वे आन लाइन पढ़ाने का नाटक बन्द करें।'

आज के सत्संग के समापन से सबको खुशी मिली। सेठानी चुटकी बजाती हुई उठ गईं, फूलन ने पल्लू ठीक किया, रतिया ने आँचल। बंटू ने हवा में बल्ला घुमाकर छक्का मारने का स्वांग किया। बिल्लू ने सेठ जी के कुर्ते से नाक साफ कर ली। तभी सेठ जी ने नई घोषणा कर दी, 'आज पहला दिन था, बहुत अच्छा सत्संग चला। अब सब लोग नीचे को सिर झुकाकर खड़े हो जाएं। तीस हजार से अधिक लोग कोरोना से अब तक मर गए हैं। उनकी आत्मा की शांति के लिए दो मिनट का मौन धरना है।'

सभी ने दो मिनट का मौन रखा, इसके साथ ही आज का सत्संग समाप्त हो गया, सभी हिलने–डुलने लगे। तभी बंटू ने नया प्रश्न पूछ लिया——'मौन रहने से किसी की आत्मा को शांति कैसे मिलती होगी।'

सेठ जी ने उत्तर दिया——'देखो, मिले या न मिले, इससे ज्यादा कुछ नहीं किया जा सकता। यह परंपरा है, परम्परा कुछ अच्छी सोच लेकर जन्मती है। फिर धीरे–धीरे सोच मर जाती है, लेकिन परम्परा जीवित रहती है।

(चौदह)
मोटा भाई का इंटरव्यू

जनवरी २०२० में कोरोना का पहला केस केरल में चीन के वुहान शहर से चलकर विश्व के अनेक देशों को बीमार करता हुआ भारत आया। केरल की एक स्टूडेंट वुहान शहर में मेडिकल की पढ़ाई कर रही थी। जो सेमिएस्टर खत्म होने पर स्वदेश लौटी थी। फिर धीरे–धीरे यह वायरस उन लोगो तक गया जो नितांत शहरी लोग थे, भक्ष–अभक्ष खाने वाले थे।

वे बीमार क्या हुए? पूरे देश को डरा दिए, उनके डर ने पूरा देश को 'थम' कर दिया। भाषा विज्ञानियों ने इसे लॉक डाउन कहा। रण नीतिकारों की फिक्र रही कि जब शत्रु अदृश्य हो, तब अदृश्य होकर उससे लड़ाई लड़ी जाए। ऐसी ही नीति पूरे दुनिया में अपनाई गयी। लॉक डाउन की अवधि बहुत लंबी रही। २५ मार्च से शुरू होकर ३० जून तक देश में हॉस्पिटल, बैंक, डाक सेवा, किराना, मेडिकल जैसी अत्यावश्यक सेवाओं को छोड़कर सामाजिक, राजनीतिक, मनोरंजन, शैक्षणिक, सांस्कृतिक और धार्मिक जैसी गैर जरूरी गतिविधियाँ को बन्द रखा गया।

लॉक डाउन अवधि में 'शोशल डिस्टेंसिंग' और 'एम्युनिटी ग्रोथ' जैसे अंग्रेजी शब्दों को खूब प्रचारित किया गया, जिसे देश की निरक्षर जनता समझ नहीं सकी और डर गई। यह डर इतना खतरनाक रहा कि आपसी रिश्ते टूट गए। आपस में बोलचाल बंद हो गया, मिलना–जुलना बंद हो गया। लोग एक दूसरे का हाल–चाल पूछना तक भूल गये। इसी कैफियत पर आज मोटा भाई का इंटरव्यू लेने दैनिक अखबार और टीवी के रिपोर्टर घर आने वाले थे। मोटा भाई, मैहर वाली शारदा माता का इसे चमत्कार मान रहे हैं। माता ने ही इन पगलाए खबरचियों का दिमाग घुमाया है, वरना सूरत जैसे महानगर में बड़े–बड़े राजनीति के चौम्पियन जब कैमरे का मुँह देखने को तरस रहे हों तब मोटा भाई जैसे मजदूर संगठन के 'लाल सलाम' वाले नेता को कौन पूछता है? रिपोर्टर, सुबह के आठ बजे आने को बोले थे। वे रात में ही कमरा दुरुस्त कर गोल मेज के इर्द–गिर्द चार कुर्सियाँ लगा चुके थे। वैसे आने वाले दो ही लोग थे, तीसरे

खुद मोटा भाई, परन्तु उनकी सोच यह थी कि चौथा यदि कोई आ ही गया तो कहाँ बैठाएँगे?

बड़े सुबह पुनः कमरे के कोनों से ताक–झाँककर, मुआयना कर कुर्सियों को दाएं–बाएं खिसकाकर पक्की जगह दे दी गई थी। मकान मालिक का लड़का जिसे घर में सब मोनू कहते थे, वह इंजीनियरिंग की पढ़ाई पूरी करके निठल्ला घर में बैठा हुआ था, उसे चाय पानी देने को बुला लिया था। शेरू के यहाँ से काजू–किसमिस मिली नमकीन और ड्राई फ्रूट आ चुका था। बस अब उनके आने का इंतजार था। टेबल पर रखने के लिए हिंदी, अंग्रेजी, गुजराती और मराठी भाषा के अखबार भी खरीदे जा चुके थे।

वे लोग नौ बजे आये। टीवी वाले नहीं आए, उनकी जगह रेडियो और अखबार के रिपोर्टर आये। इधर–उधर की औपचारिक बातों के साथ ही मोटा भाई का इंटरव्यू शुरू हो गया। रेडियो से आये हुए व्यक्ति ने कैमरा हाथ में उठा लिया और अखबार के रिपोर्टर ने बातचीत शुरू की।

रिपोर्टर———'मोटा भाई! आपकी नजर में कोरोना वायरस कितना खतरनाक हैं?'

मोटा भाई———'प्रथम तो स्वागत बंदन, अक्षत चंदन, मोटा भाई के गरीब खाने में तशरीफ लाने का आप दोनों का तहे दिल से बेहद शुक्रिया। मैं बहुत खुशनसीब हूँ, अखबार और रेडियो, दोनों एक साथ इस गरीबखाने का उद्धार करने आये हुए हैं। मैं आप लोगों की बेपनाह मुहब्बतों का किन लफ्जों में शुक्रिया करूँ?'

'इसकी जरूरत नहीं मोटा भाई, पहले कुछ चाय–साय हो जाए फिर रिकॉर्डिंग का काम शुरू करते हैं, वो क्या है जी! चलती गाड़ी में ब्रेक मारने की आदत अपन की नहीं है।' कैमरे को टेबल में रखता हुआ रिपोर्टर बोला।

'हें–हें–हें–हें, आपकी साफगोई की कोई मिसाल नहीं, मेरी भी यही इच्छा थी।

मोटा भाई की इच्छा का सम्मान करते हुए मोनू ने टेबल पर नाश्ता जमा दिया। कड़क काफी के तीन कप भी आ गए। ब्रेकफास्ट के बाद मोटा भाई ने सिगरेट पीने की पेशकश की, जो सधन्यवाद स्वीकार हो गई। धुआँ–धक्कड़ के बाद पुनः इंटरव्यू शुरू हुआ।

रिपोर्टर———'हाँ, तो मैं कह रहा था, कोरोना वायरस कितना खतरनाक है?'

फिर लंबी साँस खींचते हुए मोटा भाई, जैसे किसी अदृश्य वस्तु से वे बोलने की अनुमति ले रहे हों।

वे एक मजे हुए नेता की तरफ गला साफकर बोले———'देखिए, खतरनाक हर वायरस होता है, फायदेमंद कोई नहीं होता। और उससे भी खतरनाक होता है, डर जाना। डरने से मुकाबले की ताकत खत्म हो जाती है। दुनिया की सरकारों ने अब तक डराने का ही काम किया है। हमारी सरकार ने भी वही किया जो दुनिया की सरकारों ने किया। उन्हीं की तर्ज पर लॉक डाउन लगाया गया। ये कुछ हद तक ठीक माना जा सकता है। किंतु डराने के

तौर–तरीके जो अपनाए जा रहे हैं उसे मैं ठीक नहीं मानता हूँ। हर तरफ जिसे देखिए, शोर उठाता हुआ फिर रहा है। हर तरफ एक ही डरावनी आवाज———'खबरदार, होशियार, हम बहुत नाजुक दौर से गुजर रहे हैं। हम आपको जगाने आए है, जागिए, आँखें खोलकर देखिए आपने इर्द–गिर्द बहुत खौफनाक मंजर है। मुकाबला इस बार अदृश्य दुश्मन से है। इसलिए घर के भीतर रहिए, बाहर मत निकलिए।'

रिपोर्टर———'आपकी राय में लॉक डाउन लगाना ठीक नहीं था।'

मोटा भाई———'ऐसा तो नहीं कहाँ मैंने, लॉक डाउन के तरीकों पर मेरी आपत्ति है, पुलिस की ज्यादती पर आपत्ति है, डराने की बात पर आपत्ति है।'

रिपोर्टर———'लोग मान नहीं रहे थे, इसलिए पुलिस को सख्ती दिखानी पड़ी, सोशल डिस्टेंसिंग पर भी कुछ राय दीजिए।'

'मोटा भाई———'हँसते हुए, हा–हा–ही–ही, यह नियम अपने यहाँ नहीं लागू हो सकता है। सभी यदि तीन–तीन गज की दूरी बनाकर खड़े होने लगेंगे तो डेढ़ अरब की आबादी वाले मुल्क के निवासियों को समुद्र और पहाड़ में खड़े होना पड़ सकता है।'

रिपोर्टर———'मतलब, सोशल डिस्टेंसिंग की जरूरत नहीं थी?'

मोटा भाई———भाई, हर बात में मुझे क्यों घसीटते हो? मैंने यह कहा 'सोशल डिस्टेंसिंग फॉलो करना इस देश में असम्भव है।' दूसरी बात डर दिखाकर घर के भीतर रहने की थी, ठीक है, बाहर नहीं निकलेंगे, लेकिन

डर का असर हम क्यों लें? क्या यह प्रथम अवसर है, जब बीमारी फैली?? बीमारी–अजारी से अपना पुराना नाता रहा है। हर बीमारी से अपनी जंग ठनी है, चाहे हैजा, प्लेग, मलेरिया, चेचक, डेंगू कुछ रहा हो, सभी को पटखनी दी है। ललकार कर यह बात किसी ओ कहनी थी न, किन्तु किसी ने हौसलाअफजाई नहीं की।'

रिपोर्टर———'जायज बात है, किन्तु यह काम करे कौन?'

मोटा भाई———'मीडिया, और कौन? इलेक्ट्रॉनिक और प्रिंट मीडिया दोनों का यह काम है।'

दोनों रिपोर्टर बगलें झाँकने लगे, उन्हें मोटा भाई से ऐसी खरी–खरी की उम्मीद नहीं थी। मोटा भाई भी अपनी त्रुटि समझ गए थे, इसलिए सर्वसम्मति से इस जवाब को हटा दिया गया और एक–एक गिलास पानी पीकर एक–एक सिंगरेट पुनः सुलगा ली गई। सम्पूर्ण त्रुटि को साथ समेटकर खुली खिड़की के रास्ते धुआँ बाहर निकल गया। तदनु, प्रश्नोत्तर शुरू हुआ।

रिपोर्टर———'आप सरकार से क्या उम्मीद रखते हैं?'

मोटा भाई———'सिर्फ सरकार से क्यों, देश के हर समझदार, ईमानदार, निडर आदमी से मेरी अपेक्षा है कि वह हौसला बढ़ाने वाली बात करे, हौसला तोड़ने की बात बिल्कुल न करे। जब भी ऐसा समय आये, कोई समझदार आगे आकर हमारी हिम्मत को जगाए। लेकिन यह उम्मीद किनसे करें? डरे हुए लोगों से या उनसे, जो मानवीय चेहरे को लगाए हुए आचरणहीन हैं, मर्यादाविहीन हैं, पाषाण हृदय हैं, या उनसे जो कहने मात्र को जीवित हैं, मालुम नहीं वे किस अधिकार से स्वयं को जीवित घोषित किये हुए जनसंख्या के रजिस्टर में जगह लेकर बैठे हुये हैं।

यह मुश्किल का समय है, इसलिए यह बहुत जरूरी है, उन डरे हुए लोंगो को, जिन्हें हालात ने मार डाला है उन्हें जीवित किया जाए, वे जरा सा हौसला पाकर पुनर्जीवित हो सकते हैं, लेकिन करे कौन? वैश्विक महामारी के दौर में सब अपने–अपने पेट को बचाने की पुरजोर कोशिश में हैं, दूसरे के पेट का ख्याल किसी को नहीं है।'

रिपोर्टर———'आपके कहने का मतलब घरों को पलायन करते हुए मजदूरों को रोका जाना चाहिए?'

मोटा भाई———'जी बिल्कुल, हम सबका पुनीत कर्तव्य है, उन्हें हर कीमत पर रोकें। वे दो हजार की दूरी तय करके घर नहीं पहुँच सकते, वे रास्ते में ही मर जाएंगे। वे अकेले नहीं हैं उनके साथ बाल–बच्चे हैं, उनका पूरा परिवार है। आज देश में खाने–पीने की कोई कमी नहीं है। हम सब उनके पेट का ख्याल रखेंगे, आपके अखबार और रेडियो के माध्यम से मेरी आवाज उन मजदूरों तक पहुचाई जाए, 'आप कहीं मत जाइए, मोटा भाई टोपीवाला अभी जिंदा है।' अपने पेट पर वह पत्थर बाँधकर आपके पेट की हिफाजत करेगा।'

रिपोर्टर———'आप यह बात स्वयं जाकर उनसे क्यों नहीं कहते?'

मोटा भाई———'जी, बहुत प्रयास करता हूँ, कि उन तक पहुँचें, मगर सम्भव नहीं हो पाता है। सूरत बहुत बड़ा शहर है, अलग–अलग जगहों पर मजदूर रहते हैं। सब तक नहीं पहुँचा जा सकता है। मेरे पास बाइक भी नहीं है। फिर भी जितना पैदल चल सकता हूँ, रोज चलता हूँ, जो भी मिलते हैं, उन्हें समझाता हूँ, लेकिन मुझे लगता है, आज कोई भी मेरी बात सुनने को तैयार नहीं है। सब एक ही रट लगाए हुए हैं———'मुझे अपने गाँव जाना है।'

रिपोर्टर———'आपको लगता है, इनके बीच दहशत फैलाई गई है, कि यहाँ रहोगे तो भूखे मर जाओगे या महामारी से मर जाओगे। फैक्ट्रियां जल्दी नहीं खुलने वाली हैं। तब तक क्या खाओगे? मकान का भाड़ा कहाँ से चुकाओगे? इत्यादि—इत्यादि।'

मोटा भाई, आवाज में तल्खी लाते हुए———'आप मेरा नाम क्यों लगाते हैं? क्या आपको ऐसा नहीं लगता?'

स्वयं के प्रश्न को स्वयं पर लौटते हुए देखकर रिपोर्टर हड़बड़ा गया। तुरंत बात बदलकर पूछा———'कौन लोग हो सकते हैं?'

मोटा भाई———'जो भी हों, लेकिन मनुष्य नहीं हैं।'

रिपोर्टर———'आप किससे उम्मीद करते हैं कि वह ऐसी स्थिति में उन्हें समझाने या उनकी मदद को आगे आएगा।'

मोटा भाई———'किसी के खास मदद की जरूरत नहीं है। उनके दिमाग में जो डर घुस गया है, सिर्फ उसे बाहर निकालने की जरूरत है। प्रत्येक व्यक्ति स्वयं में एक दुनिया है। वह अपनी दुनिया बिगड़ने नहीं देगा। अपनी दुनिया को बचाने में वह सारी ताकत झोंक देगा। उसकी घर जाने की जिद

यही साबित करती है। उसे लगता है, यहाँ रहने से मृत्यु निश्चित है, चाहे वह बीमारी से हो या भूख से हो। उसकी दुनिया घर पहुँचने पर ही बच पाएगी। दुनिया बचाने की कोशिश में उसने यह सोचना छोड़ दिया है कि, घर तक कैसे पहुँचेंगे?'

प्रश्नोत्तरी लम्बी खिंच गई थी थी, खिंचे भी क्यों न, समूचे विश्व का मामला था। सम्पूर्ण मानव जाति के अस्तित्व से सम्बंधित प्रश्न थे। बहुत ऊर्जा का विनाश हुआ था। इसलिए ब्रेक लेना जरूरी हो गया था। इनकी बातचीत से ऊबा हुआ मोनू दूर बैठकर मोबाइल में गेम खेलने लगा था। मोटा भाई का आदेश मिलते ही वह फल ले आया, जो पहले से ही काट–छीलकर प्लेट में सजाए हुए था। फलाहार के बाद खर्च हुई ऊर्जा पुनः संचित हो गई। कैमरा मैन ने कैमरे को टेबल में रख दिया। रिपोर्टर, बाथरूम जाकर बेकार की चीजें बहा आया, मोटा भाई ने सिगरेट सुलगा ली। उन लोगों ने सिगरेट लेने से मना कर दिया। इस बार धुआँ कम उठा था। फिर भी रिपोर्टर महोदय को हल्की खाँसी आ गई, वे खाँसते हुए बोले———'मोटा भाई, मजा आ गया, मुझे उम्मीद नहीं थी कि इतने बेहतरीन उत्तर सुनने को मिलेंगे। आप तो छुपे हुए रुस्तम निकले। आप जैसे देशभक्तों को पार्टी को चुनाव लड़ाने की सोचना चाहिए।'

अपनी तारीफ सुनकर मोटा भाई गदगद हो गए। वे उनका धन्यवाद करते हुए बोले———'मुझे हँसी आती है, जब कोई रटा–रटाया वाक्य बोलता है, जिसका मतलब उसे खुद मालुम नहीं होता।'

रिपोर्टर———'जैसे?'

मोटा भाई———'इम्युनिटी बढ़ाओ, शोशल डिस्टेंसिंग फॉलो करो, मास्क लगाओ। ये दोनों वाक्य सुनकर मुझे ऐसा लगता है कि यह किसी आदमी की आवाज नहीं है। कोई कीड़ा–मकोड़ा बोल रहा है।'

रिपोर्टर———'समझ में नहीं आया, मोटा भाई, विस्तार से कहें।'

मोटा भाई———'हम इम्युनिटी की बात करते हैं। इम्युनिटी का मतलब क्या है? इसे सरल भाषा में बताने की जरूरत है। इम्युनिटी से मतलब ताकत या ऊर्जा से है। जिसका हमारे पास प्राचीनकाल से अकूत भंडार है। हम और बढ़ा लेंगे तो रखेंगे कहाँ? इम्युनिटी चीन और अमेरिका वाले बढ़ाएं।'

रिपोर्टर———'मतलब हमारे पास इतनी इम्युनिटी है कि हम विदेशों

को निर्यात भी कर सकते हैं।'

मोटा भाई———'अरे भाई, यह आयात–निर्यात की चीज नहीं है।'

रिपोर्टर———'तब तो हमें डरने की बिल्कुल जरूरत नहीं है।'

मोटा भाई जोश से भरे, टेबल पर जोर से पंजा पटकते हुए———'यही तो घण्टे भर से कहे जा रहा हूँ। हमें किसी नियम कायदे की जरूरत नहीं है। हम अपनी लड़ाई खुद लड़कर जीत लेंगे। बस जरूरत है, जो डर की हवा भर दी गई है, उसे निकाल कर हवा में उड़ा दें। हमारे सोये हुये जोश को जगा दे। इत्ता सा काम है।'

रिपोर्टर———'ताज्जुब है, आज पता चला कि जोश भी सोता है।'

मोटा भाई———'यार, कुछ पुरानी किताबें पढ़ा करो, जोश के सोने के प्रमाण उनमें लिखे गए हैं।'

रिपोर्टर———'कुछ बताएं आप! आज तक आप जैसे विद्वान का इंटरव्यू लेने का सौभाग्य नहीं मिला।'

मोटा भाई अति प्रसन्न हुए वे चितकबरी मूँछों को मरोड़कर घड़ी की सुइयों की आकृति दस बजकर दस मिनट बना लिए और जोश भरकर बोले———'हम आपको रामायण युग में लिए चलते हैं। लंका जाकर सीता माता का पता लगाने का प्रसंग है, राम की सेना में रीछ, वानर, भालुओं के मध्य गहन मन्त्रणा, सामने विशाल समुद्र, लंका कौन जाए? कैसे जाए? जामवंत जी अक्ल से बहुत सयाने थे, उन्होंने हनुमान से कहा, किन्तु उनके द्वारा उत्तर न मिलने पर वे समझ गए कि महाबली का जोश सो रहा है, प्रथम उसे जगाना चाहिए ये देखिए,———

'कहइ रीछपति सुनु हनुमाना।
का चुप साधि रहा बलवाना।।
पवन तनय बल पवन समाना।
बुधि विवेक विज्ञान निधाना।।'
(रामचरितमानस)

रीछपति जामवंत बड़े विद्वान थे, वे मामला ताड़ गए थे, हनुमान की सोयी बहादुरी को ललकार दिये। परिणामस्वरूप हनुमान एक जम्प में समुद्र लांघ कर लंका पहुँच गये। सैरन्ध्री (द्रोपदी) यदि वृहन्नला (अर्जुन) के सोए हुए

जोश को न ललकारती तो वे क्या विराट पुत्र उत्तर का रथ दौड़ाते? क्या राजा विराट की गायें बचतीं, हरगिज नहीं, दुर्योधन की फौज उन्हें हाँककर पहाड़ ने नीचे उतार देती।'

'जोश देने वाले को जोशीला, विद्वान और समय पारखी होना जरूरी है। देश के वर्तमान प्रधानमंत्री में यह गुण मौजूद है, देश ने उनके निर्देशन में ताली–थाली बजाई थी। ये कोई मामूली आवाज नहीं थी। यह हिंदुस्तानी जोश की ललकार थी। यह बहुत शक्तिशाली ध्वनि थी। इस ध्वनि से अज्ञात दुश्मन के खेमे में डर जरूर पहुँचा होगा। परन्तु सावधान, दुश्मन डरा होगा, यह अपनी समझ है, धोखे में मत रहिए, अपनी–अपनी औकात की गठरी खोले रखिये, क्या पता वह कब हल्ला बोल दे, तब ताली–थाली काम नहीं देगी। पेट की तंदुरुस्ती काम आएगी। पेट तंदुरुस्त रहेगा तो औकात और जज्बे में कमी नहीं आएगी और जंग में जीत भी मिलेगी।'

'तब जिम्मेदारी खुद की बनती है कि दुनिया को बता दें, हम बहादुर लोग हैं, कोई माने या न माने, यह उनका काम है। चिंता का सबब सिर्फ यह है कि हमारी बहादुरी पुराने जमाने के राजाओं की तरह आराम–तलब है। आराम के पीरियड में वह अपनी असीमित क्षमताओं को सुलाए रहती है। बस उसे एक ललकार की दरकार होती है। कोई समझदार व्यक्ति हमारी सोई हुई बहादुरी को जगा भर दे, बस्स। लेकिन कोई नहीं आने वाला है आपकी वीरता को बताने वाला। मेरी राय है, जैसे कोई पहलवान अपनी सारी ताकत लँगोट में छिपा रखता है। लँगोट पहनने पर ही पहलवान, पहलवान होता है। बिना लँगोट के वह पहलवान नहीं रहता है, कोई भी दो–चार लात लगाकर उसे धरासाई कर सकता है। ठीक उसी तरह सभी को अपनी–अपनी वीरता और औकात को गठरी में बाँधकर आसान जगह पर रखना चाहिए, ताकि सनद रहै और वक्त पर काम आवै।'

दोनों रिपोर्टर——'जीवन धन्य हो गया मोटा भाई! आप से मिलकर। अब कुछ व्यक्तिगत प्रश्न करने की अनुमति दीजिए।'

मोटा भाई——'शर्मिंदा मत कीजिए, दिल खोल कर पूछिए।'

रिपोर्टर——'मोटा भाई, टोपीवाला, नाम तो यहाँ के श्रमिक संगठन ने दिया है, वैसे आपका वास्तविक नाम क्या है?'

मोटा भाई नाम बताने से हिचकिचाए, उनकी परेशानी समझकर कान खुजलाता हुआ रिपोर्टर बोला——'भूल गया हो तो रहने दीजिए, इतने में ही काम चल जाएगा। वैसे दस्तखत किस नाम से करते हैं।'

मोटा भाई—— 'मेरे दस्तखत में दस्त और खत दोनों एक दूसरे से दूध और पानी की तरह आपस में मिले हुए होते हैं कि दस्त और खत की पहचान करना मुश्किल होता है, नाम पढ़ना तो असम्भव है।'

रिपोर्टर——'मतलब आप सिग्नेचर मारते हैं?'

मोटा भाई——प्रसन्न होते हुए, 'बिल्कुल सही कहा आपने, सिग्नेचर मारता हूँ।'

रिपोर्टर——'अपनी शिक्षा पर प्रकाश डालिये।'

मोटा भाई——'यही तो काम कर रहा हूँ, रोज प्रकाश डालता हूँ, कभी बजबजाती नाली पर, कभी पड़ोसी में रहने वाली काम वाली पर, कभी रश्मि और शेफाली पर कभी सावन की हरियाली पर कभी देश की दलाली पर हर जगह प्रकाश डालता हूँ। लेकिन आज तक अपनी शिक्षा की तरफ प्रकाश डालने का अवसर नहीं मिला। यह समझ लीजिए अपनी शिक्षा अंधेरे में अतृप्त प्रेतात्मा की तरह भटक रही है।'

रिपोर्टर——'स्कूल पढ़ने तो गए होंगे?'

मोटा भाई——'क्या बात करते हैं, साहब! एचपी.आईपी. हूँ। मैथ और इंग्लिश दोनों से।'

रिपोर्टर, अचरज से——'शायद कोई टेक्निकल डिग्री है?'

मोटा भाई——'राजनीति की नई डिग्री है, जो इंटर में दाखिला लेने पर बिना पढ़े–लिखे मिलती है।

मोटा भाई का इंटरव्यू खत्म हुआ, रिपोर्टर लोग, मोटा भाई से मिले प्रसाद को पर्स में सहेज चुके थे। जम्हाई लेता हुआ मोनू उठकर खड़ा हो गया था। सभी चेहरे प्रसन्न थे, सिवा मोनू के।

(पन्द्रह)
मजदूर एकता जिंदाबाद

इंटरव्यू देने या लेने बाद किसी का जोश जागा हो या नहीं, किंतु मोटा भाई का जोश जबरदस्त रूप से जाग गया। शरीर मन के नियंत्रण से बाहर हो चला। मुँह में बोल बाहर निकलने को छटपटा रहे थे। उनका मन हो रहा था कि कमरे के दरवाजे–खिड़कियों को ही सम्बोधित करना शुरू कर दें———'बहनों एवं भाइयों! सूरत छोड़कर कहीं मत जाओ, हालात जल्द ही बदलेंगे। तब तुम्हारी जरूरत फिर पड़ेगी। तुम्हारे बिना हीरे और साड़ियों का शहर सूरत, बदसूरत और वीरान हो जाएगा। रंग–बिरंगी साड़ियाँ कौन बनाएगा? आज आपका शहर विपत्तियों से जूझ रहा है आज उसे आपकी सख्त जरूरत है।' पाँव दौड़ने–भागने के लिए बेताब थे। आलमारी में कैद तिकोनी टोपियों तक मोटा भाई के पतले हाथ बिन प्रयास पहुँचने लगे थे। रंग–विरंगे खादी–सिल्क के कुर्ते अपने–आप आलमारी खोलकर फर्स में आकर बिछने लगे थे।

बड़े पशोपेश की स्थिति मोटा भाई के सामने थी। किसको पहने, किसको न पहने। काश! इस समय पत्नी साथ होती तो हक से बोलती ये वाला कुर्ता–पाजामा पहनो, ये झालरदार टोपी लगाओ, इसके ऊपर मखमली सदरी जमकर जमेगी। आखिर एक उपाय सूझ गया। टोपियां और कुर्ते निकाल कर लाइन से टेबल में सजा दिए। अब करना यह था कि पत्नी का नाम लेकर, आँखें बन्दकर कुर्ते–टोपियों में उँगली रखनी थी। जिसमें भी पहले उँगली रख जाए, वह कुर्ता पहनना था, वही टोपी लगानी थी। इस उपाय से कुर्ता फाइनल हो गया। पाजामों में सलेक्शन जैसी कोई बात नहीं थी, सभी सफेद थे। सफेद के बीच कोई मुकाबला होता भी नहीं, सफेदी शांतिप्रिय होती है, चाहे कीचड़ पोंछो, आँसू पोंछो या सिंदूर पोंछो, कभी किसी पर गुस्सा नहीं करती है, फिर पाजामा, उस बेचारे की तकदीर में कमर के नीचे इस्तेमाल होने को लिखा है, उसे मालुम है वह टोपी की जगह कभी नहीं ले सकता है, चाहे कोई कितनी भी क्रांति की बात करे, परिवर्तन लाने का उद्देश्य लिये हुए गली–गली भटके, कुछ भी नहीं होने वाला है। लकालक कुर्ता पजामा, सदरी, टोपी से पतले शरीर को अलंकृत

कर मोटा भाई बस्ती की तरफ निकल पड़े, दृढ़ संकल्प लेकर, आज जो भी मजदूर उन्हें मिलेगा, उसे समझाएंगे, मनाएंगे, घर जाने से रोकेंगे। वे जैसे ही चौराहे तक पहुँचे, बलजीत खड़ा मिल गया। बलजीत, मोटा भाई का परम भक्त है। सारी सेटिंग यही जुगाड़ता था। उसे देखते ही मोटा भाई की बाँछें खिल गईं, जो इस समय टोपी के नीचे गंजी खोपड़ी पर सुस्ता रही थीं।

वे जोर से चिल्लाए———'ओए बलजित्ते!'

मोटा भाई की आवाज सुनकर बलजीत दौड़ा चला आया, आते हुए उसने दूर से ही मोटा भाई को 'लाल सलाम' कहा।

'लाल सलाम मर्दे! बड़ी लम्बी उमर तेरी, मन ही मन तुम्हें ही याद कर रहा था।'

'अच्छा?'

'सच में, गऊ कसम।'

'दादा, मैं भी आपको ही तलाश रहा था। कुछ मदद करो न, बहुत कड़की चल रही है।' नजदीक आता हुआ बलजीत बोला।

मोटा भाई, बिना किसी ना–नुकुर के कुर्ता के ऊपरी जेब से पर्स निकाले और बलजीत के हाथ में पाँच सौ के तीन नोट रखते हुए बोले———'अभी इत्ते से काम चला, अगर चाल कामयाब रही तो तेरी–मेरी दोनों की कड़की दूर हो जाएगी।'

'अभी एक काम करो, बलजीत——कहीं से लाउडस्पीकर का जुगाड़ करो। बस स्टैंड तक चलना है।'

बलजीत की समझ में कुछ नहीं आया, वह उसका मुँह ताकता हुआ खड़ा रहा, तब मोटा भाई पुनः बोले————'मुँह क्या ताक रहा मर्दे, बस स्टैंड के पास हामिद की दूकान है, वहीं से लाउडस्पीकर का जुगाड़ कर न, उसके पास रिक्सा भी है।'

'ओ तो हो जाएगा दादा! मगर लाउडस्पीकर की जरूरत क्या आ पड़ी?'

'अरे! कुछ तो अकल चला बबुआ, बस स्टैंड में जहाँ मजदूर इकट्ठे हुए हैं, मैं वहाँ जाकर जोशीला भाषण दूँगा और उनसे घर न जाने की जोरदार अपील करूँगा।'

'ऐसा क्यों कर रहे दो दादा, इधर तो भूखे मर जायेंगे।'

'अरे बबुआ, जोर लगा दिमाग पर मेरी बात कौन सुनने वाला है। मैं भी नहीं चाहता कि कोई यहाँ रुके, जाएं, मरे साले, चाहे इधर मरें चाहे उधर मरें।

'समझ नहीं आया, दादा!'

'अरे यार, हमारे भाषण को कोई तो कवर करेगा। मान लो, किसी न्यूज चैनल में मेरा चौखटा फिट हो गया तो, पार्टी हमें बड़ा नेता मान लेगी। फिर ऊपर से फोन आएगा, शाबासी मिलेगी। फिर मैं उन्हें बताऊँगा———'सर! तीन हजार मजदूरों का सवाल है, फंड भेजिए।'

'फिर??' बलजीत ने उत्सुकतावश पूछा।

'फिर क्या? फण्ड आ जाएगा, और अपनी बल्ले, बल्ले।'

'मान गए दादा, आपका भी जवाब नहीं।' खुश होता हुआ बलजीत बोला।

'देख बबुआ अपनी योजना गोपनीय रहनी चाहिए।' मोटा भाई ने उसे समझाया।

बलजीत ने हाँ के संकेत में सिर हिला दिया। मोटा भाई के जेब से सिगरेट निकल कर ओंठों में दब चुकी थी। हाथ लाइटर तलाशने में लग गए थे।

कोरोना वायरस ने भारत समेत समूची दुनिया को अपनी गिरफ्त में ले चुका था। देशव्यापी लॉकडाउन के चलते लाखों श्रमिकों की रोजी–रोटी छिन गई। वे एक रात में ही बेसहारा हो गए। उन्हें मृत्यु सन्निकट दिख रही थी। इसलिए वे हरहाल में अपने–अपने घर जाना चाहते थे। सरकार को यह जरा भी इल्म नहीं था कि इतनी बड़ी तादाद में श्रमिक इकट्ठे होकर घरों के लिए निकल पड़ेंगे। सरकार की यह बहुत बड़ी चूक कही जाएगी। लॉकडाउन से पहले कम–से–कम एक नोटिस की अपेक्षा तो सरकार से की जा सकती थी। ताकि किसी भी कार्य से घर से बाहर गए हुए लोग अपने घरों को लौट सकें। एक तय समय पश्चात 'सब कुछ बन्द' पर सरकार दोष मुक्त मानी जाती।

सरकार को शायद नौकरशाहों ने धोखा दिया, मन लगाकर अनुमान नहीं लगाए, वरना सरकार श्रमिकों, बीमारों और जरूरी काम से घर छोड़कर दिल्ली, बम्बई, चेन्नै गये लोगों को घर लौटने का अवसर जरूर देती। इतनी बड़ी चूक को रोटी के दो–चार टुकड़े छिपा नहीं पाए, तब मन मारकर मजदूरों

को घर तक छोड़ने की कवायद शुरू हुई। उन्हें घर तक छोड़ने के लिए बसें आ गईं। छुक–छुक करती रेलगाड़ी स्टेशन में आकर खड़ी हो गई। लेकिन व्यवस्थाएं नाकाफी, ऊँट के मुँह में जीरे की तरह साबित हुई। साल पर की यात्रा के बाद एक जगह इकट्ठे हुए लोग एक दिन या दो चार दिन में कैसे घर तक पहुँचाए जा सकते हैं?

सूरत शहर का बस–स्टैंड मजदूरों और उनके परिवार के लोगों से भरा पटा था। जिधर भी नजर जाए सिर में गमछा बांधे हुए, वही मजदूर, उनका परिवार और भूख और प्यास से बिलबिलाते हुए उनके बच्चे। कोरोना की रोकथाम के सारे नियम कायदों को इन मजदूरों ने विफल कर दिया था। सोशल डिस्टेंसिंग तो सम्भव ही नहीं, मुँह में लगाने के लिए जो मास्क वितरित हुए थे, उनसे माथे पर चुहचुहा आए पसीने की बूंदों को हटाने का काम लिया जा रहा था। खुले मैदान पर राज्यवार बसें खड़ी थी।

प्रशासनिक अमला और पुलिस के जवान डंडे की मदद से मजदूरों को उनके गृह जिलों की बसों में बैठा कर रवाना करने में चुस्त–दुरुस्त थे। कभी–कभी लगता है, जिसे मौजूदा हालात ने सिद्ध भी कर दिया, लाठी से बढ़कर उपयोगी चीज और कुछ नहीं है। अगर हाथ में डंडा न होता है, चरने गई भैंस घर लौटकर न आती, मुल्क की अवाम कतार लगाकर अपनी बारी का हरगिज इंतजार न करती और तो और मजबूत हड्डी के लेखक कभी न बनते, स्कूल में मास्साब ने खूब गढ़ा–खूँटा है। तभी ये नस्ल तैयार हुई है। वैसे अब लेखकों की यह नस्ल डायनासोर की तरफ लुप्त होने जा रही है। प्रकृति से बड़ा कोई चेंजर नहीं हुआ है, अब वह मुलायम हड्डी पर मुलायम परतवाले लेखकों को सामने ला रही है। जो धतूरे के फूल की तरह सावन में हरियाते हैं, चैत में चैती गाकर मुरझा जाते है। प्रकृति शायद फटाफट वाली मशीनों के साँचों में सबको ढाल देना चाहती है।'

'बहरहाल, देश की पुलिस और उनके डंडे द्वारा वैश्विक महामारी के समय में निभाई गई ड्यूटी की जितनी भी तारीफ की जाए, कम होगी। थाली और ताली बजाना तो उनके जज्बे को सलाम और सम्मान देने की बहुत छोटी कोशिश मानी जाएगी।'

बस स्टैंड पर प्रवेश लेकर भाषण देना बहुत मुश्किल काम था, हर

तरफ मजदूर ही मजदूर, उनको गली बताने में लगी चौकस पुलिस और कैमरा चमकाते हुये इक्का–दुक्का मीडिया के नौजवान रिपोर्टर। बिना पैर के अनगिनत डोलते–डगमगाते हुए जिंदा शरीर। बेहतर है हिल–डुल रहे थे, अन्यथा किसी लाश के खड़े हो जाने का भ्रम होता।

बस स्टेशन के बाहर ही मोटा भाई ने रिक्शा रुकवा लिया। रिक्शा वाला वहीं पर उकडूँ बैठकर सुर्ती मलने लगा। बलजीत दौड़कर एक पत्थर ढूढ़ लाया और रिक्शा के आगे वाले पहिया में टेक मार दिया, ताकि मोटा भाई के भाषण से रिक्शा यदि जोश में आए भी तो आगे न बढ़े। मोटा भाई बहुत दिनों से भाषण नहीं दे पाए थे। छोटे–मोटे मौके भी बोलने के लिए उन्हें नहीं मिले थे। पिछले साल जब कपड़े मिल में मजदूरों की माँग को लेकर हड़ताल कराई थी, तब से बोलने का बिल्कुल मौका नहीं मिला था। आज वह जोश से लबालब थे। उनके दोनों हाथ फड़क रहे थे, जीभ बार–बार भीतर–बाहर हो रही थी। उन्होंने अविलंब माइक उठा लिया, दो–तीन बार हलो, हलो कहने के बाद वे चालू हो गए। कोई सहायक यहाँ पर तो था नहीं, इसलिए औपचारिक रूप ने नारेबाजी से उन्होंने खुद को भाषण के लिए गरम किया———

इंकलाब———जिंदाबाद,
जिला प्रशासन———मुर्दाबाद,
मजदूर एकता———जिंदाबाद,
दुनियाभर के मजदूरों———एक हो।

नारेबाजी में बलजीत के साथ रिक्शेवाले ने भी साथ दिया। इतना पर्याप्त था, मोटा भाई के लिए, वह सफेद बादल की तरह गरज उठे———'मजदूर भाइयों, बहनों, आपके बूढ़े माता–पिता और आपके पति–पत्नियाँ। होशियार, खबरदार! आपको एक साजिश के तहद यहाँ से निष्कासित किया जा रहा है। आप अपनी संख्या गिन लो, बसों की सीट गिन लो फिर खुद अपने दिमाग से सोचो, यह सरकार कितने लोगों को कितने दिनो में घर पहुँचा पाएगी। मेरा अनुमान है, यदि ले जाने का यही सिलसिला चला तो तीन महीने से ज्यादा कुछ समय लगेगा। आपका नेता होने के नाते मेरा कर्तव्य बनता है कि सच्चाई बताऊँ। मेरा कहा मान लीजिए घर लौटने का इरादा छोड़कर अपने–अपने कमरों के लिए लौट जाइये। आप सभी के खाने–पीने की व्यवस्था आपकी यूनियन

बनाएगी, आपके नेता सारा इंतजाम करेंगे।'

मोटा भाई को सुनने वाला कोई नहीं था, मजदूर लोग इधर से उधर जरूर हो रहे थे, लेकिन ध्यान उनका अपने–अपने घरों की तरफ था। मोटा भाई हिम्मत हारने वालों में से नहीं थे। वे पूरा दम लगाकर चिल्लाए——'मेरी बात सुन लो, फिर जो मन में आए करना।'

मजदूरों ने उनकी एक नहीं सुनी, वे कोई उड़िया में तो कोई मराठी में, कोई बघेली में तो कोई बुंदेली, राजस्थानी में अपनी बोली–भाषा में राग अलाप–अलाप कर महाराग की संरचना में व्यस्त थे। मोटा भाई फिर चिल्लाए——'भाइयों! सूरत का नाम वैसे ही नहीं पड़ा, इसकी शक्ल आपने सँवारी है।'

मोटा भाई अधिक नहीं बोल पाए, उनकी शक्ल सँवारने के लिए पुलिस की टीम लेकर दरोगा जी पहुँच गए थे। आते ही वे दहाड़े, 'कौन हो जी? यहाँ किसकी अनुमति से मजमा लगा रखा है?'

भाषण के बीच में पुलिस का खलल उन्हें पसंद नहीं आया। वे भी उसी सुर में जवाब दिए——'मुझे यकीन है, आपको दिखता ठीक होगा। सुनाई भी देता होगा, कुछ पढ़े–लिखे भी होंगे, ये मेरा परिचय पत्र है, इसे देख लीजिए।'

मोटा भाई परिचय पत्र दिखाने के लिए जेब में हाथ डाले ही थे कि एक पुलिस वाले ने रिक्शा उलट दिया। मोटा भाई रिक्शा के नीचे दबे गए। स्थिति भाँपकर बलजीत वहाँ से भाग गया। दो पुलिसकर्मियों ने रिक्शा सीधा किए तब मोटा भाई बाहर निकले। वे दरोगा पर बरस पड़े——'कैसे टोपीवाले आदमी हो भाई, कम से कम तुम्हें तो टोपी की इज्जत करनी चाहिए? मुझमें और तुम्हारे में कोई फर्क नहीं है। तुम भी देश के लिए टोपी लगाए हो और मैं भी। तुम्हें जरा भी इल्म नहीं मेरी टोपी तुम्हारी टोपी से सीनियर है। मैंने ही तुम्हें टोपी दी है। तुम्हारी अज्ञानता अक्षम्य है, मैं अभी तुम्हारी टोपी उतारे लेता हूँ। टोपी लगाने की काबिलियत तुममें नहीं है।'

दरोगा की टोपी उतारने के लिए मोटा भाई ने हाथ बढ़ाया ही था कि उसने उनका हाथ मरोड़कर नीचे गिरा दिया। उनके उठने के पहले ही दरोगा ने साथी सिपाहियों से उन्हें कोतवाली ले जाने का हुक्म दिया और वहाँ से चला गया। पुलिस वेन में मोटा भाई को चारा के गट्ठर की तरह फेंक कर गेट बंद

कर लिया गया।

बलजीत वहाँ से सीधे भागकर चौराहे में आ गया था। फोन से सारी बातें मजदूर यूनियन के प्रमुख भीखूभाई तोतामल को बता दिया। श्रमिक संगठन का सर्वेसर्वा यही व्यक्ति था। संगठन में मोटाभाई की हैसियत कुछ अधिक नहीं थी। चूँकि मोटा भाई भाषण कला में उस्ताद थे, पढ़े–लिखे भी अधिक थे, इसलिए भीखूभाई से ज्यादा मजदूर वर्ग इन्हें ही तरजीह देता था। भीखू भाई, सदा शंकित रहता था, उसे मोटा भाई से खतरा दिखता था। उसने चार–छै लोगों को फोन किया और सभी से मजदूर इकट्ठे कर कोतवाली पहुँचने को कहा। मोटा भाई को लाकप में बन्द कर गया, लेकिन वे यहाँ भी भाषण जारी रखे। कोतवाली से बाहर मजदूर आकर जुड़ते गए। भीखू भाई भी लगभग बीस मजदूरों को साथ लिए हुए पहुँच गए। खासी तादाद हो गई थी, तकरीबन दो सौ श्रमिक जुड़ गए थे। संख्या बल पर्याप्त देखकर भीखूभाई ने नारे बाजी शुरू करवा दी। 'पुलिस प्रशासन हाय–हाय, इंकलाब जिंदाबाद, मोटा भाई को फौरन रिहा करो।' तीव्र कर्कश ध्वनि से कोतवाली गूँज उठी। वहाँ ड्यूटी में मौजूद सिपाही नया था, वह डर गया। उसने तत्काल दरोगा जी को फोन करके बताया कि———'सर! यह खतरनाक टाइप का नेता लग रहा है। लाकप में बन्द है, लेकिन भाषण चालू किए हैं। बाहर इसके समर्थक आ गए हैं, वे पुलिस को हाय–हाय भेज रहे हैं।'

दरोगा ने कहा———'मैं पहुँच रहा हूँ, डरने की जरूरत नहीं है। बस किसी को अंदर घुसने मत देना।'

थोड़ी देर में दरोगा जी जीप में सवार होकर कोतवाली पहुँच गए थे। उन्हें देखते ही भीखू भाई ने नारेबाजी तेज कर दी। वे मोटा भाई के रिहाई की माँग करने लगे। दरोगा जीप से नीचे आया और सबको शांत रहने की अपील की। भीखूभाई ने भी मजदूरों से शांत रहने को कहा। सभी शांत हो गए, दरोगा जी ने भीखू भाई से अकेले में बात की।

दरोगा———'वह पागल, आपका आदमी है?'

भीखूभाई———'हाँ सर, तभी न आना पड़ा।'

दरोगा———'तो, इसे छोड़ दें?'

भीखूभाई———'नहीं सर।'

दरोगा बड़े आश्चर्य से बोला———'क्या??'

भीखूभाई———'इसकी ऐसी दवा कर दीजिए कि इसकी जुबान खामोश हो जाए, वजह बाद में बताऊँगा। आपकी सेवा में भी कोई कमी नहीं करूँगा।'

दरोगा———'वो तो मेरे बाएं हाथ का खेल है, मुझे भी इससे निपटना है, कमबख्त मेरी टोपी उतार रहा था।'

भीखूभाई———'उसकी ये मजाल, आपकी मतलब, कानून और सरकार की टोपी उतारने चला था। सर, इसे कड़ी सजा दो आप।'

मन्त्रणा के बाद दोनों मजदूरों की भीड़ के सामने आकर खड़े हो गए।

बिना समय गंवाए मजदूरों को लक्ष्य कर दरोगा जी मुलायम आवाज में बोले——'देखो, तुम्हारे नेता से पुलिस की कोई दुश्मनी नहीं है। वे नजरी तौर पर कोरोना के मरीज लगते हैं। वे बस स्टेशन के बाहर चीखते–चिल्लाते हुए मुझे मिले हैं। उन्हें जोर से खाँसी भी आ रही है। पुलिस हूँ तो क्या हुआ? मैं भी इंसान हूँ, मुझे उन पर दया आ गई। वे शक्ल सूरत से नेता लग रहे थे, पुलिस का प्रथम कर्तव्य है कि वह नेता की हिफाजत करे। नेता से बड़ा कुछ भी नहीं है, देश–दुनिया और भगमान भी नहीं। इसलिए उनकी स्पेशल जाँच कराने के लिए कोतवाली लाया गया है। अभी डॉक्टरों की टीम आ रही है। उनकी जाँच की जाएगी, तदनुसार इलाज के लिए हॉस्पिटल भेजा जाएगा।'

दरोगा जी के समर्थन में, 'वाह क्या बात कही है सर!' कहते हुए भीखूभाई ने ताली बजा दी, उनकी देखा–देखी मजदूरों ने भी ताली ठोंक दी। दरोगा जी गदगद होकर पुनः बोले———'देखिए, आप लोग कहेंगे तो मैं उन्हें तत्काल छोड़ दूँगा। लेकिन वे कोरोना के हंड्रेड परसेंट मरीज हैं, उनकी वजह से आप और आपका परिवार बीमार होगा। तब मुझे कतई दोष न देना।'

दरोगा जी के लघु भाषण का असर भीड़ पर अच्छा हुआ, सभी एक स्वर में बोल उठे, 'साहब! आपने बहुत नेक काम किया है। मोटा भाई का उचित इलाज शासन के लोग ही करा सकते हैं। उन्हें छोड़ने की अपनी माँग हम लोग वापस लेते हैं।'

सभी मजदूर अपने–अपने कमरों को लौटने लगे थे। दरोगा जी को 'चरण स्पर्श प्रणाम' कहने के बाद भीखूभाई कार में आकर बैठ गए, ड्राइवर ने कार को बैक गियर में डाला और एक्सीलेटर पर पैर का हल्का–सा दवाब दे दिया।

(सोलह)
सरला–सरल

'हुँह! नेता भी विचित्र मानव प्रजाति है। सभी एक दूसरे के पाजामे की रस्सी खोलने में लगे हुए हैं। अरे भाई, कम–से–कम अपनी जाति–विरादरी में तो मिल–जुल कर रहो। कुत्ता भी जब दूसरे मुहल्ले में जाता हैं, तो उस मुहल्ले के कुत्ते दाँत निकालकर या पूँछ हिलाकर अपनी स्टाइल में सत्कारते हैं। लानत है तुम्हें, अपने ही साथी की हत्या मेरे हाथों कराना चाहते हो। उसे कोरोना पेसेंट के साथ रखवा दूँगा, उसे भी हो जाएगा, हो सकता है मर भी जाए। बदले में मुझे क्या? बतौर इनाम कुछ रुपये। न–न मुझसे यह काम नहीं हो सकता।'

दरोगा जी के भीतर का इंसान जाग उठा था। वे अपने कक्ष में बैठे हुए मन–ही–मन सोच रहे थे। टेबल में दाहिनी ओर घण्टी रखी थी, उनका हाथ लगते ही घण्टी बज उठी। सुनकर प्यून अंदर आया, उसे हुक्म दिए———'मुंशी जी से कहो, लाकअप से नेता जी को मेरे पास लाएं।'

मोटा भाई को दरोगा जी के पास लाकर बैठा दिया गया। देखने में वे बाहर से शांत मगर भीतर से दुखी लग रहे थे।

'पानी पीजिए।' दरोगा जी ने मोटा भाई के हाथ में पानी का गिलास पकड़ा दिया।

'जी, धन्यवाद।'

'बाहर तो आपने नारेबाजी सुनी होगी? भीखूभाई मजदूर साथियों को लेकर आए थे।'

'तो आप उनके कहने पर मुझे छोड़ रहे हैं?' मद्धिम आवाज में मोटा भाई ने पूछा।

टोपी टेबल में रखते हुए दरोगा जी बोले———'नहीं, आपको छोड़ना का इरादा नहीं था, मुझे आप पर बहुत गुस्सा है, आपने मेरी टोपी उतारने की कोशिश की थी।'

'मुझसे बड़ी भूल हुई है? क्या क्षमा नहीं करेंगे? मेरा कोई कुसूर नहीं है, मैंने जानबूझकर ऐसा नहीं किया। मुझे भाषण देने का जोश चढ़ा था। नेता

हूँ न साहब, जोश और होश एक साथ नहीं रख सकता। मेरी छोड़िए, मैं मजदूर संगठन का मजदूर नेता हूँ, यहाँ तो बड़े नेता भी जो मुँह में आया बोल जाते है। कभी राम को, कभी रहीम को गरिया देते हैं। चिल्ल–पों होने पर कह देते हैं, मैंने ऐसा नहीं कहा, पत्रकार लोग मेरी बातों का गलत तर्जुमा किये हैं। राम और रहीम तो मेरे कुल देवता हैं।'

'मोटा भाई, आप थके–थके से लग रहे हैं, चाय पिएंगे?' प्रसन्न मन से दरोगा जी ने पूछा।

'नहीं, धन्यवाद।'

'मैं आपको छोड़ रहा हूँ, इस शर्त पर कि दो सप्ताह तक आप घर से नहीं निकलेंगे, फोन से किसी से बात नहीं करेंगे। बिल्कुल अज्ञात में रहेंगे।'

'ऐसा क्यों साहब?' मोटा भाई ने पूछा।

'ऐसा इसलिए कि आप की जान को खतरा है, कोरोना से और भीखूभाई से भी———। उनकी नियति आपके प्रति अच्छी नहीं है।' दरोगा जी ने बताया।

मोटा भाई चिंतित होकर बोले———'मैंने तो उनको कभी गलत निगाह से देखा भी नहीं, उन्हें अपना बड़ा भाई माना और वो———ताज्जुब है।'

दरोगा जी से तनिक हँसकर बोले———'यह ताज्जुब करने का समय नहीं है। प्रथम अपनी हिफाजत कीजिए, खुद के लिए और अपने परिवार के लिए। उठिए, हम आपको घर छुड़वाए देते है।'

मोटा भाई कुर्सी से उठे, और पाजामे के गोपनीय खलीसे से पर्स निकाले और एक हजार रुपये हाथ में लेकर दरोगा जी से निवेदन किए———'साहब! हजार रुपए में हामिद साउंड वाले से स्पीकर लिया था।'

दरोगा जी, बैठे–बैठे ही जोर से आवाज लगाए———'उड़नखटोले!'

आवाज सुनते ही एक दुबला–पतला लेकिन फुर्तीला सिपाही तुरंत आ गया। इसे ही दरोगा जी ने उड़नखटोला कहा है, मजेदार नाम है। मोटा भाई जो मुस्कुराहट की तासीर भूल गये थे, मुस्कुरा उठे।

'लो, ये रुपए हामिद नाम के लाउडस्पीकर वाले को देना है, जिसका रिक्शा तुम उलट दिए थे, वह बस स्टैंड के पास ही कहीं दूकान करता है।' उसके आते ही दरोगा जी ने कहा।

उड़नखटोला रुपये लेकर चला गया था। उसके जाते ही दरोगा जी मोटा भाई से मुखातिब हुए———'आमजन का यह पक्का यकीन है कि पुलिस और नेता ईमानदार हो ही नहीं सकते, किन्तु यह अधूरा सच है। आज हम दोनों ने ईमानदारी दिखाई है। हो सकता है आप पुराने ईमानदार हों। लेकिन मैं इस फील्ड में अभी नया हूँ।'

'समझा नहीं साहब!' पुनः कुर्सी पर आसीन होते हुए मोटा भाई बोले।

दरोगा जी, गम्भीरता की गहरी परत चेहरे पर चढ़ाकर किसी दार्शनिक की तरह बोले———'आज से हफ्ते भर पहले हमारे पुलिस कप्तान के माता–पिता कोरोना से मर गए। उफ! मौत के बाद की वह दुर्दशा। उनके अंतिम संस्कार में सिर्फ दस लोग, वो भी पुलिस–थाने के इंचार्ज। हरे रैप में लिपटी उनकी बॉडी। उस दिन से मुझे घर जाना मना है। यही थाने में सोचते हुए पड़ा रहता हूँ। मुझे लगता है कुदरत से बड़ा ताकतवर और चेंजर कोई नहीं है। जब चाहे हीरो बना दे, जब चाहे विलेन बना दे। जानते हैं आप, उस दिन माता–पिता को मुखाग्नि देने के बाद कप्तान साहब किसी बच्चे की तरह फूट–फूट कर रोते हुए बोले थे———'मुझे अपने पद और पैसे पर बहुत भरोसा था, मुझे लगता था मेरे अम्मा–बाबू जी को कुछ नहीं हो सकता है। लेकिन मेरा यकीन आज रेत में खड़ी दीवार की तरह ध्वस्त हो गया। जो सच है, वह सबके सामने है। इसलिए मैं हाथ जोड़कर सबसे विनती करता हूँ, पूरे ईमानदारी और साफ दिल से ड्यूटी करें। मैं आज अच्छी तरह समझ चुका हूँ कि ईमानदारी के आशीर्वाद से ही खुद का और परिवार की सुरक्षा हो सकती है।'

कुछ पल खामोशी में गुजरे, जैसे दोनों खुद को जाँचने में लगे हों कि सच्चाई के तराजू में हमारी असलियत क्या है? मौन भंग हुआ दरोगा जी के कहे इन शब्दों से———'मोटा भाई, वैसे जो आपको ठीक लगे वह करना, किन्तु मेरी सलाह है कि आप अपने गाँव–शहर चले जाओ। वहीं रहकर आप जन–सेवा कर सकते हो।'

'बात उचित कही सर, लेकिन इन मजदूरों को छोड़कर अन्यत्र मन नहीं लगेगा। साहब, बीस साल का था जब मैं सूरत मजदूरी करने की गरज लेकर आया था। आज मजदूरों का नेता हूँ, उनकी आवाज उठाता हूँ, उनके हक की लड़ाई लड़ता हूँ।'

'आप ये काम फ्री में करते हैं?' तल्ख स्वर में दरोगा ने पूछा।

'फ्री में तो नहीं करता लेकिन मैंने आजतक किसी से माँगा नहीं, जिसने जो भी हाथ चढ़ाकर दे दिया या नहीं भी दिया, तो भी कोई बात नहीं।'

'और इस कमाई का हिस्सा भीखूभाई जैसे बदमाश को देते हैं?'

मोटा भाई के पास इस बात का कोई उत्तर नहीं था। वे सिर झुका लिए, तब दरोगा जी आगे कहा———'नेता जी, आज की तारीख में जनसेवा टॉप का व्यवसाय बन गया है। कमाई और शोहरत हासिल करने का इससे बढ़िया अन्य कोई जॉब नहीं है। मेरी नजर में अच्छा भाषण दे लेने भर से सियासत में अधिक दिनों तक नहीं टिका जा सकता। उसके पास धन और समर्थकों के साथ लुच्चे–लफंगों की मजबूत टीम भी होनी चाहिए। चेहरे खरोंच के निशान होना चाहिए जो उसके लड़ाकू होने के सबूत दें। आपके समर्थक थोड़े–बहुत जो हैं भी वे अपने घर जाने की हठ में हैं। बहुत मुश्किल है, इनका सकुशल घर तक पहुँचना और पहुँच भी गए तो शायद ही लौट कर आएं। तब आप किसके लिए काम करोगे? कौन अपना काम कराने के एवज में आपको पैसा देगा। मान लीजिए आप जो सोच रहे हैं, वही ठीक हो, तो यह भी समझ लीजिए भीखूभाई जैसे बाहुबली कामरेड अपनी बराबरी में कभी आपको खड़ा नहीं होने देंगे। इसलिए मैं आपको आगाह करता हूँ, बाकी आपकी मर्जी।'

बोलते–बोलते दरोगा जी का गला शुष्क हो चला था, थर्मस में भरे गर्म पानी से गला तर किया और मोटा भाई से चलने के लिए कहे।

दरोगा जी ने खुद मोटा भाई को घर तक छोड़ा। उन्हें अपना नम्बर भी दिया ताकि तबियत में थोड़ी भी खराबी महसूस होने पर उन्हें बताया जा सके। मोटा भाई, पुलिस के लौटते ही भीतर से दरवाजा बंद कर सिगरेट का नया पैकेट खोले। पुराना पैकेट कहीं गुम गया था, शायद जब रिक्शा के नीचे पड़े थे, तभी गिरा हो। एक सिगरेट सुलगाई और गहरा कस खींचा। आहिस्ता–आहिस्ता गोल–गोल आकार लेता हुआ नशीला धुआँ खुली हुई खिड़की की तरफ बढ़ने लगा था।

यह दो कमरों का सर्व सुविधायुक्त किराए का मकान था। मकान मालिक दूसरे मुहल्ले में रहते थे। किसी से कोई लेना–देना नहीं था। मुहल्ले में घर बहुत होते हैं, नवीन नियम के अनुसार एक घर का दूसरे घर से परिचय

नहीं होता है। लेकिन यहाँ मोटा भाई को सब जानते थे, उनके कद–काठी और पहनावे से। वे मुहल्ले में स्पेशल थे। जब वे कुर्ते–पैजामा, सदरी और टोपी लगाकर शुतुरमुर्ग की तरह चलते थे तो उनकी छाया देखकर मुहल्ले वाले अनुमान से समझ जाते थे कि ये सख्स मोटा भाई हैं।

वे जब से अकेले हुए हैं, खुद भोजन बनाते हैं। उन्हें बाहर का खाना पसंद नहीं है। प्रेग्नेंसी के चलते वे पत्नी को गाँव छोड़ आए थे। वे मध्यप्रदेश के प्रसिद्ध देवी शक्ति पीठ माँ शारदा की नगरी मैहर से लगे हुए गाँव भीखनपुर के रहने वाले थे। आज दरोगा की बातों ने उनकी आँखें खोल दी थी। वे भीखूभाई की चालाकी समझते थे, लेकिन उनकी भी मजबूरी थी। भीखूभाई ने ही उन्हें नेता बनाया था, उसका अहसान उन पर है, यह कैसे भुलाया जा सकता है। लॉकडाउन के समय में भी वही तो मदद कर रहे हैं। अभी पिछले हफ्ते दस हजार रुपये खर्च के लिए दिए, इसके पहले भी दस हजार रुपए जब वे पत्नी को छोड़ने गाँव गए थे, तब दिए थे। मोटा भाई यह अच्छी तरह से समझते थे कि भीखूभाई पैसा देते नहीं है, पैसा लगाते हैं। आगे पता नहीं इस उदारता की कौन सी कीमत वसूल करेंगे।

उन्हें आज पत्नी सरला की बहुत याद आ रही थी, आज वह सामने होती तो दिल में भरा सारा मलाल निकाल देते। बैठे ही बैठे वे घर को फोन मिलाए, सरला ने फोन उठाया। अकेला यही मोबाइल फोन घर में है, इसी में सबसे बात हो जाती है। आवाज पहचानते ही सरला किसी रिकॉर्ड कैसेट की तरह बज उठी——'हलो, मैं अब ठीक हूँ, पेट भी ठीक है, अब रात में चार रोटी खा लेती हूँ, वो वाला भी पेट बढ़िया है, बीच में कबी–कबी बोलता है, बहुत अच्छा लगता है।'

सरला की खुशी से लरजती हुई आवाज सुनते ही मोटा भाई के दिल से मलाल जाता रहा। बहुत मान–मनौवल के बाद वह पेट से हुई थी। विवाह के पन्द्रह साल व्यतीत होने पर भी मोटा भाई निःसन्तान थे। उनकी माता जी देवी शारदा की कृपा मान रही थी।

'गाँव–घर में सब खैरियत है?' सरला को बीच में रोककर मोटा भाई पूछे।

'हाँ, घर में ठीक है, लेकिन गाँव में ठीक नहीं है।' हल्का सा दुख

उसकी आवाज में था। मोटा भाई ने तत्काल पूछा——'गाँव में क्या हुआ?'

'अरे, इधर बोम्बे से कुछ मजूर आया है, कुछ दिल्ली से आया, कुछ दुसरी जगहा से आया। उनमें से कई लोग बीमार हैं। चुनवादी, औरत को साथ लेकर दिल्ली से आ रहा था, रस्ते में उसकी बस पलट गई, दोनों मर गए हैं। बेउहर की दिदी मर गई करूना से, मेजर की काकी——'

'बस करो यार, ये दुनिया है, यहाँ पल–पल बहुत कुछ घटता है, इन चीजों में मन न लगाओ, अपने पेट पर ध्यान दो।' मोटा भाई ने पत्नी को समझाया।

'आप अभी उतइ रहन को सोचो। गाँव में बहुत छुआ–छूत मानते है। कोई किसी के लघे–नगीचे थड़ा तक नहीं होता है, सब दूर–दूर से बोलते हैं, कहते हैं 'करूना' लगा है।'

'कहा न, अपना ध्यान रखो बस, फिजूल की बातें मत सुनो।'

'बहुत धियान रखती हूँ।' सरल हँसी की खनक सरला की फोन से स्पष्ट सुनाई दी। मोटा भाई का मन हल्का हो गया। वे पुनः पूछे——अम्मा–बाबू जी कैसे हैं?'

'बताया न घर में आनन्दम–मंगलम है।'

बातचीत पूर्ण हो गई थी। मोटा भाई, फोन को चूमकर आँखों से लगा लिए और एक शेर गुनगुनाते हुआ किचेन में दाखिल हो गए।

'राहें अगर हैं भटकी, मैं खुद तलास लूँगा।
मंजिल से जाके कह दो, ठहरा नहीं हूँ मैं।'

यही खासियत थी मोटा भाई की, हजार से ऊपर उन्हें शेर याद थे, गीता के श्लोक और रामायण की चौपाइयाँ जुबानी याद थीं। कुछ अंग्रेजी के वाक्य भी रट रखे थे। अपने भाषण की तरकारी में, यथास्थान जब वे इन मसालों की बघार देते थे, तो गली चलते लोग ठहरकर मोटा भाई को सुनते थे। भीखूभाई के लिए ये सोने के अंडे देने वाली मुर्गी हैं। पिछले विधानसभा चुनाव में एक पार्टी से भीखूभाई ने लम्बी रकम ऐंठी थी। मोटा भाई, उस पार्टी के स्टार प्रचारक थे। कंडीडेट भी जीता, लेकिन मोटा भाई के हिस्से में लाख रुपये ही आए। दरोगा जी को जरूर गलतफहमी हुई है, भला अपने हाथ से कोई अपनी मुर्गी हलाल करता है।

किचेन के स्टोव से वे एक कप चाय बना लाए थे और इत्मीनान से बैठकर पीते हुए वे इन्हीं बातों पर गौर कर रहे थे। खुली खिड़की से छनकर बाहर की रोशनी कमरे में आने लगी थी। जवानी के रंग में रँगी हुई जिन्दगानियाँ चटकीले वस्त्र पहनकर चौराहों गलियों में टहलने लगी थी, उसे अन्य की उलझनों, पेचीदगियों से कोई सरोकार नहीं था। उसके चलने की आहटें मोटा भाई के कानों को सुन्न करती जा रही थीं। वे विचारों के इंद्रजाल में पुनः उलझ गए———'साला, लॉकडाउन में ढील क्या मिली, भूखे बैल की तरफ दौड़ चले घास के मैदान की तरफ, बीड़ी–तम्बाकू वाले, अफीमची,

दरूची सबके सब अपने–अपने चारे की तलाश में।'

अरे पीते हो तो मेरी तरह पिओ, साल भर का स्टॉक घर में। उन्हें भी सिगरेट की तलब हो आई थी, उनका बायां हाथ पैकेट की तरफ अनायास बढ़ गया।

(सत्रह)
छपास की तरंग

कोरोना, अदृश्य होकर भी इतना छपा–दिखा, इतना छपा–दिखा कि पूछिए मत। भयानक छपास और देखास रोग से ग्रसित यह वाइरस अभी भी उसी तेजी से छपता चला जा रहा है। भारी फिक्र हो रही है कि कहीं कागज की कमी न पड़ जाए, तब कोई किताब कैसे छपेगी, जी! विश्व भर के विद्वान प्रधानमंत्रियों ने इसीलिए अपने नए नेताओं से कहा है कि——'आप लोग छपास और दिखास से बचिए, बस मिठास रखकर विकास का काम कीजिए।'

शायद अलग से कहने की जरूरत नहीं थी। विकास के काम में हर कोई नेता, अभिनेता, कवि, लेखक, मजदूर, मुखिया–दुखिया सबके सब जी जान से लगे हुए हैं। जीव–निर्जीव सभी विकास के काम में लगे हुए हैं। आज हम यदि दो अरब होने की ओर अग्रसर हैं, तो यह विकास का ही काम है। पता नहीं विकास का काम कब तक चलेगा? कोरोना भी तो विकास ही कर रहा है।

धर्म संकट की स्थिति है, यदि विकास कर ही लिया तो उसे बताना–दिखाना भी बहुत जरूरी है, वर्ना कौन हमारे विकास को मान्यता देगा। इसके लिए छपना और दिखना आवश्यक है। इसलिए कागज का उत्पादन बढ़ाकर विकास को छपने दिया जाए। आज टेलीविजन की दिखास पर आमजन मजाक मानता है, भूल जाता है। उसका भी दोष नहीं है, क्या–क्या याद रखे, अब तो लोग अपने बाप का नाम मालुम करने के लिए स्कूल की मार्कसीट देखते हैं, सही बाप का नाम इसी में दर्ज होता है, आधार कार्ड या वोटर कार्ड में कुछ भी लिखा हो सकता है।

मोटा भाई भी आम इंसान हैं, स्वभाव नेता का है, उनमें भी छपास–दिखास की तरंगे उठना स्वभाविक है। तरंगे उठीं, जमकर उठीं। वे रात भर ठीक से सो नहीं पाए और आँखें मलते हुए सुबह पाँच बजे उठ गये। दैनिक क्रिया से फारिग होने के बाद छत में चढ़कर पचास चक्कर मार दिए। फिर नीचे उतर कर योगासन किए। इस दौरान उनका पीठ और पेट एक लेबल में, सीने की पसलियाँ अंक गणितीय मान में गण्य और उठती–गिरती साँसें ज्यामितीय

कोणों में विभक्त होती प्रतीत होती हैं। उनकी पतिव्रता पत्नी सरला उनसे अक्सर कहा कहती———'सुनो जी, आप जोगा मत किआ करो, डर लगत है कि एसई समाधि न ले लो।'

मोटा भाई मजाक के अंदाज में जवाब देते———'तुम्हारी मौजूदगी में बड़े–बड़े साधु–महात्मा तक की समाधि नहीं लग सकती, मेरी क्या बिसात?'

सरला हँसती हुई घर के काम में लग जाती।

वे नियमित व्यायाम से फुर्सत होकर दरवाजे की झिर्री में आँख लगाकर झाँके। अभी अखबार नहीं आया था। 'अब तक आ जाना चाहिए' मन ही मन वे बोले। फिर उनकी नजर दीवाल घड़ी पर गई, समय देखकर आश्वस्त हुए आता होगा, अभी तो छै बजे है। आज के अखबार का उन्हें बेसब्री से इंतजार था। उनका इंटरव्यू जो छपना था। आखिरकार इंतजार की घड़ी खत्म हुई, अखबार का आंशिक हिस्सा दरवाजे से झाँकने लगा था। वे लपककर अखबार को अंदर खींच लिए, जैसे डर हुआ हो कि कोई बाहर से खींचकर न ले जाए। सामने के पेज में ही मजदूरों को सम्बोधित करते हुए मोटा भाई की फोटो छपी थी। नीचे बड़े अक्षरों में छपा था——'मजदूरों के मसीहा मोटा भाई टोपीवाला।' फिर आगे उनका परिचय और बातचीत। रिपोर्टर ने 'गुड मॉर्निंग इंडिया' के आज का फ्रंट पेज मोटा भाई के नाम कर दिया था।

मोटा भाई का दिमाग घूम गया, उन्हें, नजर के सामने कामगारों की उत्साहित भीड़ नजर आने लगी। मंच सजा था। किसी ने माला पहनाया, किसी ने फूल फेंका। वे होश खोते जा रहे थे। गले में लिपटी गुलाबी रंग की तौलिया उनको पुष्प हार लगी, टेबल पर रखी हुई टार्च माइक समझ आई। वे टॉर्च को मुँह में लगाकर शुरू हो गए———'महान देश के महान कामगारों, मेरे साथ नारेबाजी कीजिए, ताकि भाषण में इंकलाब आए।'

इंकलाब–जिंदाबाद,
मजदूर एकता——जिंदाबाद,
काश्मीर से आसनसोल—— बोल मजूरा हल्ला बोल।
आसमान तक पहुँचें बोल——बोल मजूरा हल्ला बोल।
बदन थके न होय जुकाम——बोल मजूरा लाल सलाम।

वे अब भाषण शुरू ही करने जा रहे थे की दरवाजे पर जबरदस्त

खटपट हुई, जैसे किसी ने हथोड़े से चोट की हो। नारेबाजी में खलल पड़ते ही वे कल्पना की दुनिया से बाहर निकल आए। बढ़कर द्वार खोल दिए। सामने गाय को खड़ी पाकर झुँझलाकर बोले———'गोड़े गिरी गऊ माता, थोड़े सबर तो करतीं, बड़ा जोरदार माहौल खिंचा था, खैर! आप टाइम से हो, हमीं ससुरा——बात अधूरी छोड़कर वे किचेन से लाकर गाय को बासी रोटी खिलाये, वह पूँछ फटकारती हुई दूर चली गई। अब वे अखबार एक तरफ रखकर फोन से अखबार के रिपोर्टर का नम्बर मिलाने लगे। लिंक जुड़ते ही उधर से किसी महिला की खनकदार आवाज सुनाई दी——'हलू, कौण चुण?'

'मैं मोटा भाई टोपीवाला, रिपोर्टर जी को धन्यवाद बोलना था।' मोटा भाई ने बताया।

'ऊ उतन्ने नगेकणम घुर्रात हणों।' उधर से जवाब आया।

मोटा भाई सकपकाए, उन्हें समझ में नहीं आया कि रिपोर्टर की पत्नी किस देश–दुनिया की बोली में बात कर रही है। फिर भी हिम्मत जुटाकर बोले——'उन्हें, मोटा भाई की तरफ से आप थैंकू बोल देना।'

'इत्थे बुरेकणगणे, इल्लो नादुरम पिल्ले, नागड़े इलु कोणुपा धत्तरे।'

मोटा भाई को उसकी बोली से यह समझ नहीं आया कि वह महिला क्या बोल रही है? लेकिन स्वरों के उतार–चढ़ाव से अंदाज जरूर किए कि वह गरिया रही है। खिसियाकर उन्होंने फोन काट कर एक तरफ रख दिया और फिर से अखबार पढ़ने में लग गये। अखबार की लाइनें ज्यों–ज्यों आगे की पढ़ते गये, उनका मन प्रसन्न महासागर में गोते लगाता रहा। मुँह से उनके अनायास निकल गया———'खुश रह बच्चू! आज मोटा भाई को तुमने अक्खा कामरेड बना ही दिया। अब देखना इस बार के चुनाव में डायरेक्ट भाषण की डीलिंग होगी। कोई जरूरत नहीं भीखूभाई की न चिमन भाई की।

अब जो भी करेगा——हम, मोटा भाई करेगा।'

अखरोट चबाते हुए मोटा भाई अखबार का पेज पुनः पलटने वाले ही थे कि फिर से फोन में रिंग आ गई। उसी रिपोर्टर का नम्बर था, जिसमें कुछ देर पहले एक अजनवी महिला ने विचित्र बोली में मोटा भाई से बात की थी।

वे डरते हुए फोन से कॉल रिसीव किए।

'गुड मॉर्निंग, मोटा भाई।' उधर से आवाज आई।

रिपोर्टर की आवाज सुनकर वे कुलुक कर बोले——'गुड मॉर्निंग इंडिया, गुड मॉर्निंग मेरे आका, आज तुमने मोटा भाई के सर में बड़ी टोपी फिट कर दी।

जय हो, जय हो।'

'न्यूज पढ़ी?'

'न्यूज पढ़ ली, तभी न आपको थैंकू बोलने के लिए फोन किये रहे। पर यह तो बताओ घर में कौन औरत है, उसकी भाषा मेरे समझ में नहीं आई। फोन वही उठाये रही। मैं समझा तो नहीं लेकिन ऐसा लगा, कि वह मुझे गालियाँ दे रही है।'

रिपोर्टर जोर से हँसा फिर बताया, 'वह मेरी न्यू गर्ल फ्रेंड है, मोटा भाई! साउथ इंडिया क्वीन, आप उससे इंग्लिश में बात तो करते, फिर देखते कैसे जवाब में प्यार से वह अंग्रेजी बूंकती। भाई बहुत पढ़ी–लिखी लड़की है, मुझे तो लगता है अगर यह गाँधी बब्बा के जमाने में अवतरित होती तो इसकी स्पीच सुनकर अंग्रेज भारत छोड़ देते। किसी को शहादत देने की जरूरत ही न पड़ती।'

'इनका उपयोग कोरोना भगाने में क्यों नहीं करते?'

'ये कहती है, मुकाबला बराबर में होना चाहिए।' हँसकर पत्रकार बोला।

'बधाई हो भाई।'

'बधाई नहीं, कँगराचुलेशन बोलो, मोटा भाई! वो नजदीक खड़ी है, सुनकर बहुत खुश होगी। जानते हो, उसकी क्या प्लानिंग हैं?'

'नहीं, बताइए।' मोटा भाई बोले।

'एक अंग्रेजी का अखबार शुरू करना चाहती है। तब आपका यही इंटरव्यू इंग्लिश में ट्रांसलेट होकर छपेगा।'

छपास नामक रोग से पीड़ित मोटा भाई जमीन से दो फीट ऊपर उछलकर बोले——'थैंकू, थैंकू।'

'वो आपको 'सुस्सूगुणु एंग्ले हूलू हूलू' मतलब 'मेंशन नॉट' और नमस्कार कह रही है।'

मोटा भाई ने अपना दाहिना पंजा टेबल पर पटका और 'जय हिन्द' कहकर फोन काट दिया, उन्हें लगा कि रिपोर्टर की पत्नी फिर से उन्हें गरिया

रही है।

मोटा भाई के उत्साह में रत्ती भर कमी नहीं आई थी, भले ही अखबार के रिपोर्टर की पत्नी ने उनकी समझ अनुसार गाली दी होगी। अब वे एक सिगरेट सुलगाकर उँगलियों के बीच फँसा चुके थे। उनके मन में तूफान तो नहीं कह सकते, आँधी आई थी, जिसका असर अभी बना था, ऐसा कहना उचित रहेगा। क्योंकि तूफान बहुत सनसनाता है, फिर बहुत तेज हवा के साथ धूल उड़ाता हुआ आकर सब कुछ उड़ा ले जाता है, छानी–छप्पर, अंडी–बंडी, धोती–खँड़ुआ, जो भी उसकी जद में पड़ता है, किंतु आँधी ऐसा नहीं करती तेज हवा के साथ धूल उड़ाती हुई आती है और चीजों को तितर–बितर करती हुई आगे बढ़ जाती है। एक पुरुष है, एक स्त्री है। मिजाज अलग–अलग होगा ही।

वे खुद से मुखर होकर बात करने लगे———'हुँह! दरोगा अब अखबार पढ़ते ही समझ जाएगा कि कल जिस मोटा भाई को मामूली आदमी समझकर पुलिस लॉकअप में दो घण्टे तक रखा था, वह कोई ऐरा–गैरा नत्थू खैरा नहीं है, वह मजदूरों का जुझारू नेता है, पक्का कामरेड है, मजदूरों की ताकत उसके पास है। फोन आता ही होगा उसका, माफी माँगेगा। मैं भी माफ कर दूँगा, अनजाने में प्रधानमंत्री तक से गलती होती है, वह तो दरोगी–दरोगा है।'

मोटा भाई, सिगरेट पीते हुए लम्बी–लम्बी टाँगों से कमरे का चक्कर लगाने लगे थे। तभी उन्हें याद आया रेडियो वाले रिपोर्टर को धन्यवाद नहीं किए थे। तुरंत फोन लगा दिया, उधर से फोन उठाते ही मोटा भाई शुरू हो गए——'गुड मॉर्निंग, रेडियो सर जी, दिस साइड हियर मोटा भाई टोपीवाला स्पीकिंग।'

उधर से नारी स्वर गूंजा———'नमस्ते टोपी जी, रेडियो सर अभी, क्या कहते हैं अंग्रेजी में? एस याद आया, 'हगिंग स्टेशन' गए हैं।'

'हगिंग स्टेशन? क्या कोई नया बना है? वहाँ से कितनी दूर है?'

वह हँसी, मोटा भाई की नासमझी पर, फिर बोली———'टोपी जी, यह स्टेशन हर घर में रखना जरूरी होता है, आप के घर में नहीं है क्या?'

'मोहतरमा, आप?' अचरज से मोटा भाई ने पुनः पूछा।

'मुँहतरमा नहीं, दोस्त कहिए टोपी जी, वो क्या है जी! अभी रेडियो जी से नई–नई दोस्ती बनी है। इसलिए जल्दी–जल्दी घर बुलाते हैं।'

'ओक्के, मैं उनसे बाद में बात कर लूँगा।'

झल्लाकर मोटा भाई ने फोन काट दिया। और खुद से सवाल पूछ बैठे——'मीडिया में नौकरी करने वाले क्या सभी पागल होते हैं?' अचानक उन्हें भीखूभाई की याद आई, उसे फोन मिलाए। उसके यहाँ भी किसी स्त्री ने फोन उठाया और एक साँस में बता गई——'रात में एक पैग ज्यादा चढ़ा लिए थे तो अभी तक घुर्रा रये हैं।'

'घुर्राने दो उन्हें, मैं बाद में फोन कर लूँगा।'

बिना ओंठ की छुअन पाए ही सिगरेट सुलग चुकी थी, एक आखिरी कस मारते ही हल्का सा धुआँ छोड़कर वह बेजान हो गई। मोटा भाई को अचानक बलजीत का ख्याल आया, उन्होंने सोचा——'उसे भी खुशी शेयर करनी चाहिये, वह भी तो अपना यार है।' मोटा भाई, उसे भी फोनिआय दिए। कनेक्शन भिड़ गया, रिंग बजने लगी। ईश्वर कृपा से इस बार बलजीत से ही बात हुई। अखबार में छपे इंटरव्यू को सुनते ही बलजीत बहुत खुश हुआ। उसने कोटिशः बधाई दे डाली, फिर धीरे से बधाई की कीमत भी बता दी———'दादा! बहुत कड़की चल रही है, कुछ करो ना।'

'अरे! कल ही तो डेढ़ हजार दिए थे। रोज कहाँ से लाएं? पैसे के पेड़ इधर थोड़ी लगे हैं।'

पैसे की माँग आते ही मोटा भाई का मूड बिगड़ गया, फोन बंदकर बाथरूम में घुस गये और गुनगुनाते हुए शावर के नीचे खड़े होकर नहाने लगे———

'हस्ती मिटा दिए हैं, यूँ ही खड़े–खड़े।
दामन जला दिए हैं, यूँ ही खड़े–खड़े।
ऐ भूख, तू हमारी अब क्या बिगाड़ लेगी,
पत्थर चबा गए हैं, यूँ ही खड़े–खड़े।'

शीतल जल सिर में पड़ते ही मोटा भाई के दिमाग का सिग्नल थोड़ा लेबल में आया, वे बलजीत के बारे में सोचने लगे———'वाकई परेशान होगा, चार महीने से पगार–सगार बंद है। सम्भव है जो कल दिए थे, उससे किसी की उधारी चुका दिया हो, बेअक्ल है, ये टाइम पेट चलाने का है या उधारी चुकाने का। अरे भई! उधारी दाताओं, जीने दो किसी तरह से, जान रही तो पाई–पाई

हिसाब नक्की, मर गए तो घोड़ा बनाकर चढ़ लेना।' उन्हें बलजीत पर दया आ गई, नहाना छोड़कर बाथ से बाहर आये और बलजीत को फिर से फोन लगा दिए। फोन से बलजीत की आवाज आई——'हलू।'

'का कर रहे हो मर्दे?' मोटा भाई ने पूछा।

'जो करना था, कर चुका दादा, फाँसी में झूल रहा हूँ, मगर जान नहीं निकल रही है।'

'नालायक, बेवकूफ, झक्की, पुंछकट, जल्दी उतर फाँसी से और मेरे पास नहाकर चला आ। मैं भी नहाकर खाना बनाने जा रहा हूँ। देख रस्ते से दो नग मूली और झन्नाटेदार दस–बीस नग मिर्ची लेते आना।' एक साँस में मोटा भाई बोल गए।

'जी दादा, अभी आता हूँ, लेकिन आप मिर्ची तो खाते नहीं?'

'अभी शुरू किया हूँ, गाँव के एक बैद्य जी बताए है, हरी मिर्ची के तितियापन से कोरोना डरता है।'

'जी दादा, ला रहा हूँ।'

(अठारह)
साँवला इश्क

लॉकडाउन के नियमों में आंशिक शिथिलता दी गई थी। अब स्कूल, होटल, देवालय और सिनेमाघर छोड़कर सभी चीजों की दूकाने सुबह आठ बजे से शाम के आठ बजे तक संचालित करने की अनुमति जिला प्रशासन से मिली हुई थी। यद्यपि कोरोना से संक्रमित लोगों की संख्या कम नहीं हो रही थी, वल्कि दिन–ब–दिन बढ़ती ही जा रही थी। लेकिन गतिविधियों को अब और रोका जाना सम्भव नहीं था। सरकार ने बीमारी बता दी, बचने के उपाय बता दिए, इससे ज्यादा सरकार क्या करे। सुरक्षा का सारा दायित्व देशवासियों के ऊपर डालकर सरकार स्वतंत्र हो गई।

सूरत के पॉस एरिया कहे जाने वाले पीपलोद इलाके में भीखूभाई, आलीशान बंगले में अपनी प्रेमिका सांवली के साथ रहता है। वैसे भीखूभाई का परिवार अहमदाबाद में रहता है। पत्नी है, बड़ी उम्र के बच्चे हैं, लेकिन सयाने लोग कह गये हैं न——'दिल लगा कानी से तो परी क्या चीज है।' सौ प्रतिशत यह कहावत भीखूभाई तोतामल पर सच उतरती है।

'भीखूभाई कॉपर वायरिंग लिमिटेड' में बतौर मजदूर काम करने वाली दक्षिण भारतीय नस्ल की लड़की दो साल पहले अपने पति के साथ उसकी फैक्ट्री में काम की तलाश में आई थी। न जाने सांवली की आँखों में क्या जादू था कि उसे देखते ही दोनों को नौकरी दे दिया। काम करते हुए दोनों के छै माह गुजर गए। इस दरम्यान भीखूभाई और सांवली के बीच के सम्बंध बदल गये। मालिक और मातहत के रिश्ते पति–पत्नी के रिश्ते में तब्दील हो गए। इसकी खबर कम्पनी में सभी को हुई फिर धीरे–धीरे भीखूभाई के घर तक पहुँची। उसकी पत्नी ने जोरदार आक्रमण किया, वह रणचंडी बन गई, घर में जमकर वाकयुद्ध, मल्ल् युद्ध, बेलन युद्ध हुआ। आखिरकार पराजित होकर वह बच्चों को लेकर अहमदाबाद के पुराने मकान में रहने चली गई। अब गली का कांटा सांवली का पति बचा उसे भी भीखूभाई ने बड़े इल्म से गायब करा दिया। डेढ़ साल पहले उसे कम्पनी की डॉक देकर भोपाल भेजा गया था, वह भोपाल तक पहुँचा या

नहीं पहुँचा आज तक किसी को पता नहीं है। पुलिस के रिकॉर्ड अनुसार वह लापता है। सांवली को रहने के लिए भीखूभाई ने सर्वेंट क्वाटर दे दिया था। वह नाम मात्र को वहाँ रहती थी, मुस्तकिल तौर पर वह भीखूभाई के साथ होती थी।

सुबह के आठ बज गए थे। भीखूभाई के खर्राटे जारी थे, कल रात एक पैग ज्यादा हो गया था। सांवली उठकर वॉशरूम में चली गई थी। फ्रेस हुई और वॉशरूम के आदमकद आईने में खुद को निहारा और दोनो हाथ ऊपर उठाकर जोर से अंगड़ाई ली और खुद से बोली——'ओफ्फ! सारा बदन दुख रहा है, यह साला जानवर हो जाता है, ऐसा लगता है, मुझे जिंदा नहीं छोड़ेगा। चख ले, भीखूभाई, सांवली के यौवन–रस को। यह कुदरत की दी हुई है। लेकिन याद रख, तूने मेरी गृहस्थी में आग लगाई है, मेरे पति को मार डाला है, कहते हो गायब है, मुझे पता है अब वह जिंदा नहीं है। जिंदा होता तो अब तक लौट आया होता। मैंने अपनी गुहार भगवान के पास तक पहुँचा दी है। मेरे पति की हत्या की सजा तुझे भगवान जरूर देगा। उसके घर देर है, अंधेर नहीं है, थोड़ा सब्र कर, समय बदलने दे जरा, तू काला भूत क्या? भूत का मूत पीने को तरसेगा। अभी तेरे दिन अच्छे है, धन और नाम की धाक तेरे पास है, और रख ले दो चार औरत, पड़े–पड़े उनका मूत पी। कर ले जो मन में आए। तुमने पति को मरवा डालने की धमकी देकर बार–बार मुझसे जबरदस्ती किया। मूर्ख! मुझे जिंदा समझता है, मैं जिंदा लाश हूँ। मैं तो उसी दिन मर गई थी, जिस दिन तुमने मुझे बेहोश करके अस्मत लूटी थी।'

शरीर के अग्र भाग में ओढ़ी हुई तौलिया उसने दूर उछाल दी, अब वह बेपर्दा थी। दाहिने उरोज में दाँत से काटने के लाल निशान स्पष्ट दिख रहे थे। आँखों में प्रतिशोध की आग लेकर वह निर्वस्त्र ही वॉश से बाहर निकली, निशान पर क्रीम मली फिर भीखूभाई के पलंग के पास आ गई। वह चादर ताने अभी सो रहा था। मुँह के पास से उसने चादर खिसकाया और थूक दिया। वह कसमसाया, शायद अर्द्ध निद्रा में था। करवट बदल कर आलस्य में डूबे हुए स्वर में बोला——'खिड़की बन्द कर दे सांवली, जल–बूंदें कमरे में आ रही हैं।'

'मौसम शुष्क है, धूप निकली है, उठ जाओ।' सांवली जोर से बोली।

भीखूभाई उठा नहीं। वह यूँ ही पड़ा रहा, सांवली पुनः वॉशरूम में चली गई और शॉवर का हैंडिल हल्का–सा घुमा दिया, पानी की कोमल–शीतल फुहारें

उसके खुले जिस्म को नहलाने लगीं।

सुबह के दस बजे थे, दीवाल में टँगी घड़ी यही समय बता रही थी। बाहर खुशनुमा मौसम था। कल रात से ही आसमान में बादल छाए हुए थे। रात में भी हल्की बरसात हुई थी, अब रिम–झिम फुहारें पड़ रही थीं। कॉफी तैयार करती हुई सांवली सोच रही थी———'इस परिवार के विखराव के लिए भीखूभाई की पत्नी और बच्चे मुझे दोषी मानते होंगे, किन्तु भगवान जानता है मेरी हैसियत कठपुतली जैसी है, जिसकी डोर भीखूभाई के हाथ में है। वह अपनी मर्जी से मुझे नचाता है। मैं पिंजरे में कैद चिड़िया हूँ, खुलकर पंख भी फड़फड़ा नहीं सकती। मुझे अपनी औकात पता है, जिस दिन कफस से आजाद होकर उड़ने की कोशिश करूँगी, वह पर कुतर देगा। बड़ा जालिम है। मेरी पति का आज तक पता नहीं है। यह भी नहीं जानती कि वह जिंदा भी है या नहीं।'

नमकीन के साथ कॉपी रखकर वह जाने को मुड़ी ही थी कि भीखूभाई ने उसे कॉफी यहीं लाकर साथ में पीने को कहा। यह पहला अवसर था जब भीखूभाई ने उसे साथ में बैठकर खाने–पीने को कहा था। उसे यह पता नहीं था कि सांवली चाय–कॉफी कुछ नहीं पीती है।

'मैं नहीं पीती कॉफी।'

'ऐसे कैसे हो सकता है?' भीखूभाई ने आश्चर्य व्यक्त किया।

'मेरे इलाके में कोई चाय नहीं पीता है, इसलिए आदत नहीं है। मैं तो सूरत आकर जानी कि चाय–कॉफी पीने की चीज होती है।'

'ठीक है, मत पिओ, वैसे भी ये सब नशीली चीजें हैं, लेकिन यहीं बैठो।'

उसका नाम सांवली था लेकिन उसका बदन ऊपर से नीचे तक काला था। अगर कुछ अलग था तो उसके दाँत थे। मोती की तरफ चमकदार श्वेत। उसकी सुंदरता का मानक उसका कसा हुआ पत्थर की तरह का सख्त जिस्म था जिसमें सजी हुई दो बड़ी आँखें जादू करती थीं। अंग–अंग से यौवन झलकता था। पुष्ट और उन्नत उरोज देवताओं तक का मन विचलित कर सकते थे। इसी यौवन के जादू में फँसकर भीखूभाई ने अपनी बसी–बसाई गृहस्थी में आग लगा ली थी।

'तुम मुझसे शादी कर लो अब।' सांवली बैठती हुई बोली।

शादी की बात सुनकर भीखूभाई चौंक गया, जैसे किसी ने उसके नजदीक

बम फोड़ दिया हो। वह कॉफी का कप टेबल में रखते हुए बोला——'तुम नहीं समझती, यह बहुत मुश्किल काम है। तुम्हारा पति गुमा है, मरा तो नहीं, मेरी पत्नी है, उससे भी तलाक नहीं हुआ है।'

'दे दो न तलाक और मेरे पति की चिंता मत करो वह अब जिंदा नहीं है।'

'तुम किन बातों में उलझ गई, छोड़ो ये सब। सब कुछ तो तुम्हें यहाँ मिल रहा है, क्या कमी दिखती है, बताओ?'

'तो एक बच्चा दे दो।'

सांवली की बात सुनकर भीखूभाई की अतिरिक्त इन्द्रिय क्रियाशील हो गई। वह जो कह रही थी, उसका अर्थ वह भली–भांति जानता था। वह उसे समझाते हुए बोला——'कैसी बातें कर रही हो आज, सोचो साठ साल का हूँ, यदि बच्चा हो गया तो लोग क्या कहेंगे? सोचो कितनी बदनामी होगी?'

सांवली ने कोई प्रतिक्रिया नहीं दी, वह खुद को दिखाने के लिए सहज हो गई लेकिन भीतर–ही भीतर वह उसे श्राप दे रही थी। वह बात बदलकर भीखूभाई से बोली——'आज का अखबार क्यों नहीं पढ़े?'

'पढ़ लूँगा, नया क्या होगा अखबार में, वही कोरोना, जो कल था वह आज भी होगा। समूचे विश्व में वही तो एक खबर है।'

वह उसके हाथ में अखबार देकर सर्वेंट क्वाटर की तरफ हाथ में झाड़ू उठाए हुए चली गई। अखबार के फ्रंट पेज पर नजर पड़ते ही भीखूभाई चौंक गया जैसे उसे बिजली का करेंट लगा हो। हेडिंग पढ़ते ही अखबार को परे फेंककर वह बड़बड़ाया——'शाबास, चेले तुम तो गुरु को पटककर चढ़ बैठे। बढ़िया दाँव मारा है। आज तो तुम सूरत में छा गए, मुझसे छिपाकर इंटरव्यू——गुरु की गुड़गुड़ी बनाकर चेला मगरा खांड हो गया।'

'और तू भी साले धोखेबाज रिपोर्टर! तेरी ऐसी–तैसी, खाता भीखूभाई का माल है और जयकारा मोटा भाई टोपल्ली की लगाता है। अभी खबर लेता हूँ, तेरी।'

गुड मॉर्निंग न्यूज के रिपोर्टर को गाली देता हुआ भीखूभाई उसे फोन मिलाने लगा। नम्बर संयोजित होते ही उधर से नारी आवाज सुनाई दी——'हुलु–हुलु कोण?'

'अपने बाप से बात करा।' भीखूभाई चीखा।

'इन्नाडबिल्ले, कुकुरचुक्कम ही ही फाणडाकणम।' वह दुगुना चीखकर बोली।

भीखूभाई को लगा कि फोन गलत लग गया है, वह नम्बर की तस्दीक करने लगा, तभी डोरवेल से आवाज उठी———'देख कालिया, कौन आया है?' भीखूभाई ने रिमोट का बटन दबाकर गेट खोल दिया और सोफे पर बैठे ही बैठे बोला———'आ जाओ, गेट खुला है।'

मोटा भाई और बलजीत आये हुए थे। उन्हें देखते ही भीखूभाई की आँखें बड़ी हो गईं। उसने विस्मय से पूछा——'तुम? दरोगा तो तुम्हारा कोरोना टेस्ट कराने को बोल रहा था।'

'कोरोना टेस्ट हुआ बॉस! डॉक्टर की टीम आई थी। बड़ी–बड़ी मशीनें लेकर। कुछ मत पूछो बॉस! मशीनें देखते ही मेरे होश उड़ गए। मुझे फर्स पर उल्टा लिटाकर दो आदमी पकड़ लिए, फिर डॉक्टर आया, यमदूत की तरह, पूरा बदन ढँके हुए। मैं बहुत डरा लेकिन क्या कर सकता था मुँह और नाक में नली डाल दी गई थी। मेरे अंग–अंग की कड़ी जाँच करीब आधे घण्टे तक चली तब कहीं जाकर कोरोना की रिपोर्ट निगेटिव आई।' मोटा भाई ने ऐसे वर्णन किया जैसे उसकी अभी–अभी जाँच हुई हो।

'साली, जाँच भी भयानक है।' भीखूभाई डरा हुआ–सा बोला।

'बेशक।'

'खैर तुम्हें निगेटिव सुनकर मन प्रसन्न हुआ। तुम्हारा इंटरव्यू पढ़कर पहले से ही मन खुशी से पागल था। बहुत अच्छा लगा। तबियत खुश कर दी तुमने, मेरी।' दिखावे की खुशी जाहिर करता हुआ भीखूभाई बोला।

'बॉस आपका आशीर्वाद है सब, मोटा भाई की ताकत आप है।'

'तुमने इंटरव्यू की जानकारी मुझे क्यों नहीं दी।'

'मैं आपको, वो क्या कहते हैं, अंग्रेजी में——इस कोरोना टाइम में सारी इंग्लिश भूल गई, हाँ याद आया, 'सरप्राइज' देना चाहता था।'

'अच्छा लगा मुझे।' भीखूभाई बोला।

'बॉस, मैं सोचता हूँ, स्पेशल ट्रेन से मैं भी घर हो आऊँ, फिलहाल इधर कोई काम तो है नहीं, फिर भी जब आपको जरूरत लगे फोन कर देना।'

'अच्छा सोचा है, चले जाओ। फिलहाल कोई काम भी नहीं है।'

'कुछ गली का खर्च–वर्च मिल जाता तो——।' मोटा भाई ने कहा।

'क्या बताएं, प्रोडक्शन बन्द है। मेरी पास भी पैसे की कमी है। फिर भी जब जाना हो दो दिन पहले मुझे बता देना।'

मोटा भाई और बलजीत चले गए थे। भीखूभाई पुनः बड़बड़ाने लगा था——'इस मोटे भाई से कब पीछा छूटेगा। नवम्बर में नगर परिषद के चुनाव न होने वाले होते तो इसे घर में घुसने न देता।'

सर्वेंट क्वाटर में झाडू लगाकर साँवली भीतरी द्वार से कमरे में आ गई थी, वह वहीं से पूरी बातचीत सुन रही थी। बलजीत और मोटा भाई के जाने के बाद वह भीखूभाई के पास आकर पूछी———'ये कौन था।'

'तुम इसे नहीं जानती?'

'नहीं।'

'अरे! यह मजदूरों का नेता हैं। भाषण लच्छेदार देता है। चुनाव टाइम में इसके नाम से मोटी रकम लेकर कंडीडेट का प्रचार करवाता हूँ। ये समझो यह सोने के अंडे देने वाली मुर्गी है। बस चारे के रूप में दस–पाँच हजार इसे फेंकता रहता हूँ, इसकी जरूरत पर। एक और फायदा हमारी फैक्ट्री के मजदूर कभी हड़ताल नहीं करते, मात्र इसी की बदौलत।'

'तब तो यह काम का आदमी हुआ।' साँवली नजदीक आकर बोली।

'तुमसे कम, एक पैग बनाओ न।'

'रात पिए तो थे, आज अभी से शुरू हो गए।'

भीखूभाई मानने वाला नहीं था, एक पैग चढ़ाने के बाद उसके भीतर का जानवर जाग उठा, फिर दूसरे के बाद तीसरा। अब वह होश खो चुका था, दिन–रात के बीच का अंतर उसके लिए खत्म हो गया था। वह लड़खड़ाते हुए कदमों से उठा और साँवली के स्याह बदन को बेपर्दा करने लगा।

साँवली मना करती रही, काल–वातावरण अनुपयुक्त होने की बात वह उसे समझाती रही, परन्तु वह कब मानने वाला था, वह उसके स्याह जिस्म को को बेकबा कर उसमें समाने की कोशिश में लग गया।

नीति के इस श्लोक में कहा गया है–

'अर्थातुराणां न सुखं न निद्रा।

कामातुराणां न भयं न लज्जा।।
विद्यातुराणां न सुखं न निद्रा।
क्षुधातुराणां न रुचि न बेला।।'

(अर्थातुर को सुख और निद्रा नहींय कामातुर को भय और लज्जा नहीं। विद्यातुर को सुख व निद्रा, और भूख से पीडित को रुचि एवं समय का ज्ञान नहीं रहता है)

(उन्नीस)
बंटू का छक्का

साल 2020 का सावन, भादौं के माह के हाथ में बाढ़, अवर्षा, भूस्खलन, गाज–बिजली, अतिवर्षा, आतंकी हलचलें सौंपकर बिदा हो गया। जन्म–मृत्यु का हिसाब किताब पहले की तरह गणित और समाचार माध्यमों के जिम्मे है, आगे भी रहने की पूरी उम्मीद है। इनकी गणना के अनुसार कोरोना का ग्राफ शेयर बाजार की तरह घटता–बढ़ता रहा। अखबार बहुत मेहनत करता है, दिन–रात दौड़ता रहता है खबरों के पीछे। खबरें भी आजकल की बहुत चालक हो गई हैं, सहसा गिरफ्त में नहीं आती। तब क्या किया जाए, जनता तो मानेगी नहीं, उसे हर हालत में खबर चाहिए। ऐसे में अक्सर खबरों की छाया या छाया की दुम से ही अखबार अपना काम चलाते है। करें भी तो क्या करें? असली खबर तो दुल्हन सिंह की कोड़ी में घुसी है, और वहाँ न झाँकने की कीमत, बतौर पेशगी उन्हें मिली हुई है, तब औसेरी के खुले घर को झाँकना ही ठीक और सरल उपाय होगा कि नईं?

यद्यपि आम जनता को अखबार और दूरदर्शन की खबरों से ज्यादा मतलब नहीं रहता है, वे तो किसी तरह से पेट पालने की फिराक में रहते हैं। उन्हें ज्यादा देश–दुनिया से मतलब नहीं होता है। पूरा ब्रम्हांड उनके पेट में ही समाया होता है। खबरों से मतलब सिर्फ उन्हें रहता है, जिनके पेट की देखभाल अन्य लोग करते हैं, उनके पास कोई काम तो रहता नहीं है, तो कुछ न कुछ तुक्का मारेंगे ही। यही लोग हैं जो अखबार और दूरदर्शन की खबरों पर संदेह करते है।

हमारा देश अफवाहों का देश है। अफवाह बिना जीने में आनन्द नहीं आता है। अफवाह तरकारी के तर (रस) की तरह है जो गले और पेट को तर कर देती है। अफवाह के चटपटे मसालेदार अनेक वीडियो भी देखने में आए जो हँसाते–डराते–रुलाते रहे। कुछ तो ऐसे डरे की डरे ही रह गए उठने का नाम ही नहीं लिए। बचाव के मजेदार उपाय भी आए फला चीज खाइए इम्यूनिटी सौ प्रतिशत बढ़ाइए। एक कप कोई भी गर्म तरल चीज पीजिए कोरोना की दुम।

जबकि विशेषज्ञ चिल्ला रहे हैं, 'भाई! चोंच बन्द रखो, अनाप–शनाप बयानबाजी मत फेंको। यह जबरदस्त वाइरस है, हमें लँगोट बाँधकर टीका–चंदन बनाने दो। डिस्टर्ब मत करो, जल्दबाजी में हमसे कोई चूक हुई तो तुम भी चुक जाओगे।'

लेकिन कोई मानने वाला नहीं है। सब अपनी–अपनी गणित भिड़ा रहे हैं। नासमझ लोग सरकार को गरिया रहे हैं———'अरे! अमेरिका ने वैक्सीन बना ली, रूस ने शर्बत बना लिया, चीन ने चाँउ–चुन नाम का स्प्रे बना लिया है। और हमारे यहाँ पंजीरी तक नहीं बनी।'

अरे! प्यारे देशवासियों, भाई–बहनों–माता–बाबाओं! सब्र करो जी, उनको बनाने दो न, हमारे यहाँ भी बन जाएगी, काम शुरू हो गया है।

आज सत्तर से अस्सी हजार के बीच प्रतिदिन लोग–लोगाई संक्रमित हो रहे हैं। सन्त्री–मंत्री, हीरो–विलेन सब छींक रहे हैं। तब हम यह सोचकर खुश हो रहे हैं कि ठीक होने की ग्रोथ हमारे यहाँ बहुत बढ़िया है। कुछ लोग अगर पिच से थोड़ी दूर रह गए और रन आउट हो गए तो यह उनकी गलती है। इन आलसी लोगों का क्या इलाज है, बताइए? कोरोना योद्धा होते–होते रह गए। परमवीर मिलने का इतना आसान मौका ज्योतिषाचार्यों के मुताबिक हर सौ साल बाद आता है।

रोज अखबार बताते हैं कि इतने रोगी कोरोना के नए मिले, इतने गोलोकधाम गए और इतने ठीक होकर कोरोना योद्या का तमगा लेकर घर गए। ऐसी खबरें अब महत्वपूर्ण नहीं रहीं अब कोई नहीं डरता है। कोई किसी पर बंदिश नहीं है, न पैर चलाने में न मुँह चलाने में। खूब घूमो, जाओ जहाँ दिल करे, सीना फुलाकर सबसे बता आओ———'चल हट्! कोरोना–फोरोना कुच्छ नै, गंदी हवा है और कुच्छ नै, बस मुँह मुश्क लगाओ। छींक–मूत कर ठीक हो जाओगे, घबराने को नै।'

यह बात आरजी सेठ को कौन समझाए, संटू–बंटू को कौन समझाए, ये लोग खुद में बड़ा बदलाव ला चुके हैं। फिक्र होती है कि जब कोरोना हिंदमहासागर में डूब कर मर जाएगा। तब भी ये लोग अपनी पहले की स्थिति में क्या आ पाएंगे? सेठ जी दूकान में बैठने लगे थे, तीन नौकर भी काम में लौट आए थे। दूसरी साड़ी की दूकान संटू और सुरजन चलाते थे। दोनों दूकानों के मध्य ज्यादा दूरी नहीं थी, चलकर पाँच मिनट में इधर से उधर पहुँचा जा सकता

था। ग्राहकी बहुत कमजोर थी। दिन भर में इक्का–दुक्का ग्राहक ही आते थे।

सेठ जी गद्दी में बैठे हुए कुछ न कुछ बोलते रहते थे, कोरोना जगत की खबरें ही उनके विषय होते थे। आज के अखबार की खबर पढ़कर उनका मन विचलित था। अखबार की खबर मुताबिक शहर के सभी शवदाहगृहों में वेटिंग चल रही हैं। कतार से बाहर पड़े हुए शव अपनी बारी का इंतजार कर रहे हैं। आज के अखबार में छपे इस समाचार को पढ़ते ही सेठ जी के दिमाग की घड़ी ने दिशा बदल दी थी, अखबार परे फेंककर जोर से बोले थे———'मौत के बाद भी बहुत तकलीफ़ है।'

सेठ जी दूकान में बैठे हुए सहज नहीं थे। दोपहर के दो बजे थे, संटू लंच बॉक्स लेकर आया हुआ था। यह प्रतिदिन का नियम था। संटू खाना लेकर आता फिर दोनों बाप–बेटे साथ–साथ लंच करते। आज सेठ जी ने खाने से मना कर दिया, यह कहकर की आज भूख बिल्कुल नहीं है। फिर भी संटू के आग्रह पर दो रोटी यह सोचकर खा गए कि यदि मैं नहीं खाऊँगा तो यह भी नहीं खाएगा। संटू, अपनी दूकान तरफ चला गया था। कुछ देर में तीन–चार महिलाएं आईं, वे साड़ी दिखाने को कहीं। नौकर ने अनेक तरह की साड़ियाँ उन्हें दिखाई, दो साड़ियाँ उन लोगों ने पसंद की फिर दाम पूछा। शायद कीमत उन्हें ज्यादा लगी होगी, वे उठकर जाने लगीं, तब सेठ जी उनसे

बोले———'देखिए, इस दूकान से आज तक कोई निराश होकर नहीं गया है, आपको जो साड़ी पसंद आई हो उसे लेते जाइये, कीमत, जो ठीक थी वह बता दी गई है। अब आपको जो ठीक समझ में आए, देकर साड़ी ले जाइए।'

इसके बाद भी जो ग्राहक आये, सभी को ऐसे ही साड़ियाँ–कपड़े सेठ जी दिलवाते गये। पूँजी तो नहीं गई लेकिन मुनाफा भी नहीं हुआ। शाम को दूकान बंद कर घर लौटते समय एक वफादार नौकर ने संटू को सेठ जी की दुकानदारी बता दिया।

सेठ जी के मन–भीतर एक नकारात्मक भाव अंकुरित हो गया था, उन्हें लगने लगा था कि यह दुनिया बहुत जल्दी खत्म होने वाली है। कुछ नहीं बचने वाला था। कोई किसी को याद रखने वाला नहीं बचेगा। संसार की हर वस्तु को वह नष्ट होते हुए देख रहे थे।

वास्तव में मन की नकारात्मकता व्यक्ति का वह शत्रु है, जो व्यक्ति के

भीतर संचित ऊर्जा को विभिन्न क्षेत्रों में विभाजित कर देता है। और हर क्षेत्र से वह पराजित होकर लौटता है, क्योंकि चिंता, शंका और असुरक्षा के विचारास्त्र उसके साथ चलते हैं। इनमें से एक भी यदि साथ है, तो जय सम्भव नहीं है और जब तीनों एक साथ मिल जाएं तब वे व्यक्ति को अवसादग्रस्त करके ही छोड़ते हैं। ऐसी मनःस्थिति की पहचान कर समय रहते हुए उस व्यक्ति का अति सन्निकट के लोगों द्वारा उपचार करना चाहिए। इसका इलाज अन्य या कोई डॉक्टर नहीं कर सकता है। अवसाद एक भयानक रोग है, यह व्यक्ति को तिल–तिल कर मारता है। दुनिया में अनगिनत अवसादग्रस्त लोग रोज ही काल के गाल में समा रहे हैं। ये गम्भीर किस्म के मानसिक रोगी होते हैं। चिंताजनक पहलू यह होता है कि वह व्यक्ति अन्य को, जिसे भी देखता है, उसे रोगी मानता है, वह स्वयं को रोगी नहीं समझता है। जैसे कोई पागल दुनिया को पागल समझता है, खुद को नहीं। इस रोग की शुरुआत में व्यक्ति का इलाज आशा, विश्वास, 'हम सब हैं, आप अकेले नहीं हैं' जैसी धनात्मक सोच की बड़ी डोज देकर उसे ठीक किया जा सकता है। नकारात्मकता के लिए परिस्थितियों से ज्यादा व्यक्ति की उन परिस्थितियों में संलिप्तता अधिक जिम्मेदार होती है। इस संलिप्तता से बाहर कर देने भर से अवसादग्रस्त रोगी ठीक हो जाता है।

कोरोना काल में बहुत से लोग अवसादग्रस्त हुए हैं, जिन पर किसी ने ध्यान नहीं दिया, न सरकार ने, न समाज के लोगों ने, न उसके अतिनिकट से सम्बन्धीजनों ने। सेठ जी अवसादग्रस्त हो गए थे, किन्तु घर के सदस्य उनकी इस बीमारी से अनजान थे। सेठ जी घर आ गए थे, पहने हुए कपड़े सेनिटाइज्ड कर, अच्छी तरह से खुद को धो–माँजकर कमरे में आकर बैठ गए थी, वहीं सेठानी सीरियल में रमी हुई थी, जिसके चलते सेठ जी मौजूदगी उनके लिए गौड़ थी। घर के ऊपरी हिस्से में संटू चला गया था। सेठ जी के आने की आहट पाकर जानू, उनके पास आकर प्यार जताया। मालिक के हाथ का स्पर्श पाकर खुशी से पूँछ हिलाता हुआ बाहर तरफ चला गया।

अल्प समय में रतिया चाय और बिस्कुट रख गई सेठानी का भी टीवी सीरियल खत्म हो गया था। दोनों बैठकर धीरे–धीरे चाय सुड़कने लगे। दो घूँट पीने के बाद सेठ जी चाय रख दी।

'नहीं पीना क्या?' सेठानी ने पूछा।

'अच्छी नहीं लग रही।'

कारण बिना जाने ही बिस्कुट के साथ सेठानी चाय सुड़कती रहीं। बीच–बीच में टीवी पर आ रहे लुभावने विज्ञापनों पर भी तिरछी निगाह डाल देती थीं। इसी बीच ऊपर से संटू आ गया। उसे देखते ही सेठ जी ने बंटू और बिल्लू को पूछा। 'ऊपर के कमरे में दोनों खेल रहे हैं।' संटू ने बताया।

अपने क्वार्टर तरफ से सुरजन भी आकर बैठ गया, उसे देखते ही सेठ जी बोले———'कैसी रही आज की दूकानदारी।'

'ठीक गई, लॉकडाउन के हिसाब से ठीकय रही।' सुरजन ने बताया।

'आपको क्या लेना–देना दूकानदारी, बिजनेस से। आपको तो पूँजी तोड़कर माल बेचना आता है।' हमेशा शान्त और गम्भीर रहने वाला संटू तेज आवाज में बोला।

'ऐसा क्यों बोल रहे हो?' सेठानी ने पूछा।

'अम्मा, आज पापा ने घाटे पर जाकर साड़ियों की बिक्री की है। ऐसा ही करेंगे तो पूरा व्यापार खत्म हो जाएगा।'

सभी की सवालिया आँखें सेठ जी तरफ उठ गईं। सेठ जी के मायूसी में इजाफा हुआ, वे धीरे से बोले———'देखो, मैंने अब तक ऐसा कोई काम नहीं किया है, जिसे बड़ा कहा जाए। कुछ साड़ियाँ ही क्रय मूल्य पर बेंची है। इस महामारी के संकट में लोगों ने क्या नहीं किया, जरूरतमंदों के बीच जाकर खाना–कपड़ा बँटबाये, कुछ ने तो नकद भी दान दिया। इस समय देश संकट से गुजर रहा है। सबको एक–दूसरे की मदद की जरूरत है।

मैं सोच रहा था———।'

सेठ जी पूरी बात कह नहीं पाए थे कि संटू तल्खी से बोल उठा———'पापा! आप सोचना बंद करिए, अब मुझे सोचने दीजिए। कल से आप दूकान नहीं जाएंगे। घर में रहकर आराम कीजिए।'

'मोरी समझ में संटू भइया ठीकय कहत ते, बाहर करुना भी पकड़ता है। आप घर मा रहिके आराम करो मालिक!' अपनी अक्ल चलाती हुई रतिया, संटू के समर्थन में बोली।

बात चल ही रही थी कि बंटू आ गया, उसके पीछे–पीछे सेठ जी का चार वर्षीय नाती बिल्लू। वह आते ही सेठ जी के गोद में बैठ गया और दुलार

करने लगा, वे उसके सिर में हाथ फेरने लगे। मौका बढ़िया देखकर बंटू पूछ बैठा———'क्रिकेट की प्रैक्टिस में कल से जाएं, पापा? हमारे दोस्त लोग कल से आ रहे हैं।'

'क्या बताएं तुम्हें, लॉकडाउन में सुधरने की बजाय माहौल बिगड़ा ही है, जाओ, लेकिन मास्क वगैरह लगाए रहना।'

'तुम कोई किरकेट–उरकेट खेलने नहीं जाओगे। कल से तुम दूकान चलो, व्यापार करना सीखो, जिंदगी में यही काम आएगा।' संटू उसे डाँटकर बोला।

बस इतनी सी बात हुई, सेठानी की आँखें पुनः टीवी स्क्रीन पर आकर चिपक गईं। संटू नाराज मन लेकर अपने कमरे में चला गया। रतिया किचेन तरफ चली गई। रात्रि का भोजन आज सेठ जी नहीं किये। सेठानी के पूछने पर सेठ जी ने बताया———'भूख नहीं थी।'

सेठानी——'क्या हुआ भूख को? क्या लंच ज्यादा हो गया था या बाजार से कुछ।'

सेठ जी——'क्या फालतू की बात करती हो, बाजार का बना कभी कुछ खाया हूँ, आजतक? पेट तना हुआ है, गुड़–गुड़ बोलता है।'

सेठानी——'लवणभास्कर खा लो गरम पानी से, ठीक हो जाएगा। कल दाल वाली पूड़ी ज्यादा पेल गए थे न, मुझे कल ही गड़बड़ लग रहा था। अब उम्र का खयाल कर खाना लिया करो।'

सेठ जी——'फिर की फालतू की बात, अरे! पेट हमारा है, उसकी डिमांड हमें पूरी करनी चाहिए कि नहीं? कल एक पूड़ी और खाने को बोला, तो हम खा गए।'

सेठानी——'दिखाओ अपना पेट, मैं भी देखूँ खाने से आज इंकार क्यों किया?'

सेठ जी——'रहने दो यार! चालीस साल हो गए तुम्हारे साथ रहते हुए, तुमने कभी मेरे पेट को देखने की कोशिश नहीं की, अब चला–चली की बेरा में क्या पेट देखना? मैंने तो जिंदगी गुजार ही सभी के पेट को देखते–देखते।'

सेठानी को उनकी बातें शायद ही समझ आईं हो। वे पुनः टीवी सीरियल देखने में तल्लीन हो गईं। यह रोज की आदत थी उनकी, खाने के

बाद टीवी में सीरियल देखना फिर सो जाना। वे सो गईं, सेठ जी जागते रहे।

सेठ जी आँखें मूँदकर पड़ रहे। उनके पेट और मन में उथल–पुथल जारी थी। दोनों का आपस में सम्बंध भी है, पेट यदि मशीन है तो मन उसकी कमाई हुई ऊर्जा है। इस ऊर्जा को बहुत सम्हाल कर खर्च करना चाहिए। सेठ जी ने अब तक जो ऊर्जा संचित की थी, वह बहुत काम आई थी। आज उन्हें कुछ गड़बड़ लग रहा था, जैसे दिन–रात जोश से लबालब रखने वाली ऊर्जा रूठकर कहीं चली गई हो। वे यह सोचकर परेशान हो रहे थे कि आज अपना पेट गुड़गुड़ाहट की शैली में कौन सी भाषा बोलकर मन बेचैन किए हुए है। अचानक उन्हें मिचली के साथ पेट में ऐंठन उठी, वे बाथ रूम की तरफ भागे, किन्तु कामयाब नहीं हुए, बाथरूम का गेट खोलने से पहले ही पूरा पेट खाली हो गया। वे खुद को सम्हाल भी नहीं सके और चिकनी रंगीन टाइल्स पर फिसलकर गिर पड़े। आवाज सुनकर सेठानी जाग गईं, वस्तुस्थिति को जानकर वे सेठ जी की मदद में जुट गईं, उन्हें सहारा देकर किसी तरह से कुर्सी तक खींच लायीं और कहने लगी———'कुछ पहले ही चल दिए होते तो, काहे को गिरते और यह फर्श भी खराब होने से बच जाता, अब बताओ कौन साफ करे।' नाक में रुमाल दबाकर वे बोलीं।

रात के दो बजे थे, सेठानी ने आवाज देकर संटू को बुला लिया, वह आते ही नाक दबाकर बोला———'यह कौन साफ करे, हमारी तो हिम्मत नहीं है।'

'जा सुरजन को जगा ला।' सेठानी ने सलाह दी।

संटू सुरजन को बुला लाया था, वह तुरंत आ गया। मुँह में कपड़ा बाँधकर उसने फर्स की सफाई कर दी, डिटॉल छिड़ककर पोंछा मार दिया। सेठ जी के कपड़े बदल दिया। सेठानी, बंटू के कमरे में सोने चली गईं थीं, संटू अपने कमरे में। सेठ जी का बदन तप रहा था, उन्हें बुखार चढ़ आया था। सुरजन निकट आकर सुरजन उनके माथे को छुआ, वह गर्म तवे के मानिंद जल रहा था। उसने कहा———'आपको तेज बोखार है, मालिक।'

'छोड़ ये अभी, वो सदरी उठा।'

खूंटी से टँगी सदरी उठाकर सुरजन ने सेठ जी को पकड़ी दी। सदरी से उन्होंने चेकबुक और पेन निकालकर दो लाख का चेक सुरजन के नाम पर

काट दिया। चेक सुरजन को देते हुए धीरे से बोले———'ले, मना मत करना, मुझे बहुत तकलीफ़ पहुँचेगी। ये ज्यादा कुछ नहीं है, रतिया बहू और उसके बच्चे के लिए सेठ रामगरीब गुप्ता की तरफ से एक छोटी सी भेंट है।'

'ई मालिक हम न लेबै, हम ओइसय बड़ा करजदार आपके हैं।'

'कसम है, उस होने वाले बच्चे की, जो चेक लेने से मना किया और यह रकम उसी के लिए है।'

भारी मन से सुरजन ने लोवर की जेब में चेक रख लिया। सेठ जी को बुखार के साथ बदन में दर्द हो आया था। सुरजन उनकी स्थित भाँपकर पूछा———'हस्पताल लै चलूँ मालिक?'

'रहने दे अभी, एक बात और सुन, कोई कुछ भी बोले, संटू का साथ कभी मत छोड़ना, मेरे बाद उसे अकेला मत होने देना।'

श्रमिक दिमाग के सुरजन की समझ में सेठ जी की बाते अबूझ पहेली की तरह थीं। वह सिरहाने खड़ा सोच रहा था कि सेठ जी से वह क्या कहे?

तभी कराहते हुए सेठ जी पुनः बोले———'आज तक अपनी मर्जी से एक पल नहीं जिया हूँ, घर–परिवार के लिए समूची जिंदगी हवन कर दी। इन्हीं की हिफाजत में मेरी उम्र लग गई। पर निश्चिंत हूँ, और बहुत खुश भी, संटू आज व्यापार के इम्तहान में पास हो गया। बंटू की फिक्र नहीं है, उसे क्रिकेट का जुनून है। उसे क्रिकेट से दूर न किया जाए। थोड़ा वक्त गुजरने दो। कोरोना जाएगा, क्रिकेट का मैदान सजेगा, वह गुनगुनाने से लगे,

'मेला यहीं लगेगा, दो चार दिन ठहर।
दुल्हन–सा घर सजेगा, दो चार दिन ठहर।'

फिर वे पूरा दम लगाकर हाँफते हुये बोले——'बंटू बहुत बड़ा छक्का मारेगा। गेंद सीधे सूर्य लोक में जाकर गिरेगी।'

अनाप–शनाप प्रलाप करते हुए सेठ को देखकर सुरजन घबरा उठा, उसने सेठ जी को पानी पिलाया। दो घूँट ही पानी पिए होंगे और बोलना चालू कर दिए———'सुलेखा, इस बूढ़े सेठ को माफ कर देना, तुम्हारे पास पहुँचने में उसे कई साल लगे, मैं आ रहा हूँ, सुलेखा।'

इतना कहने के बाद सेठ जी की गर्दन एक तरफ को लटक गई, वे बेहोश हो गए या मर गए हैं, यह तय कर पाना सुरजन के लिए बहुत कठिन था।

वह डर गया और वहीं खड़े–खड़े जोर से चिल्लाया——'मालकिन, मालकिन, संटू भइया।'

आवाज सुनकर घर से सभी लोग आकर सेठ जी के कमरे में इकट्ठे हो गए। उन्हें आनन–फानन में अस्पताल लाया गया तथा तुरंत ही उन्हें गहन चिकित्सा यूनिट में भर्ती कर लिया गया।

(बीस)
सेठ जी की मृत्यु

सेठ जी हालत नाजुक थी। उन्हें वेंटिलेटर सपोर्ट दिया गया था। घर से लाने और हॉस्पिटल में एडमीशन मिलने तक में दो घण्टे गुजर गए थे। कई हॉस्पिटल में फोन करने के बाद इस हॉस्पिटल में बड़े मुश्किल से एडमिट किया गया था। बाकी जगह बेड खाली न होने की बात कहकर मना कर दिया गया था। यह प्राइवेट हॉस्पिटल था। नीचे के वार्ड को छोड़कर ऊपर के चारों वार्ड में कोरोना के मरीज भर्ती थे।

फोन से संटू ने घर को खबर कर दी थी। सुरजन और संटू दोनों ही वार्ड से बाहर की गैलरी में आकर उकड़ूँ बैठ गए थे। यह जिंदगी के द्वारा तय हुए आसन हैं। कोई नहीं जानता है कि कब, किसे, किस आसन में बैठने, लेटने और दौड़ने को मिले। सुरजन बाथरूम में घुसकर बीड़ी पी आया था। अब वह अपने को तरोताजा महसूस कर रहा था। रुमाल के छोर से संटू बार–बार आँखों को पोंछ रहा था। सुरजन उसके नजदीक जाकर बैठ गया।

'भइया, सेठ जी ठीक होइ जैहैं, आप फिकर न करो।' सुरजन ने समझाया।

'तुम तो उनके पास में रहे, हमसे बड़ी भूल हुई उनकी तबियत को हल्के में लिए और वहाँ से चले गए, सेठ जी ने कुछ कहा है?' संटू ने पूछा।

'कुछ खास नहीं, मुझे कह रहे थे संटू का साथ मत छोड़ना, बंटू को किरकेट खेलन से न रोका जाए। वह एक दिन बड़ा किरकेटर बनहै, सुरिज लोक तक छक्का जड़बे। पै भइया, बे सुलेखा का नाम लै के कै रये थे, 'इस बूढ़े सेठ को माफ कर देना, तुम्हारे पास पहुँचने में मुझे कई साल लगे, मैं आ रिया हूँ।' भइया, ये सुलेखा कोई भुतनी तो नै, जो सेठ जी को संगे लै जान की कोशिश में लगी हो।'

'अरे, चुप कर, जो मुँह में आया बोल जाते हो। सुलेखा मेरी माँ का नाम था।'

'फिर सेठानी जी?' साश्चर्य सुरजन बोला।

'ये सौतेली माँ हैं, मुझे सात साल का छोड़कर माँ स्वर्ग को चली गईं। मेरा और मेरी छोटी बहन का पालन–पोषण सौतेली माँ ने किया है। बंटू उनका लड़का है, लेकिन सेठानी माँ ने हम बच्चों के बीच कभी भी कोई फर्क नहीं किया। वे बराबर से सबको मानती हैं।'

संटू और सुरजन के बीच बातें चल ही रही थीं कि गले में मशीन लटकाए हुए डॉक्टर आ गया, वह आते ही पूछा——'बेड नम्बर थर्टी, आर.जी. गुप्ता के साथ कौन है?'

संटू और सुरजन उठकर डॉक्टर के सामने आ खड़े हो हुए, डॉक्टर तीन कदम फुर्ती से पीछे हटा, जैसे इन लोगों के पास चुम्बक हो और वह उसमें चिपक जाएगा। वह जोर से बोला——'दूर से बात करो जी, मुँह और नाक में मास्क लगाने की बजाय गले में फँसाये हो।'

संटू ने तत्काल मास्क ठीक किया, सुरजन ने तौलिया लपेटकर मुँह ढँका, तब वह डॉक्टर बोला——'देखो! पेसेंट गम्भीर है। सुबह डिटेल्स में जाँच होगी, उसके बाद ही कुछ बता सकता हूँ। अभी मुझे कुछ जानकारी चाहिए।'

डॉक्टर, सेठ जी को पहले की कोई बीमारी, रक्तचाप, डायबिटीज आदि के विषय में पूछा, संटू ने बताया, वे सिर्फ डायबिटीज के रोगी हैं। फिर डॉक्टर बोला——'देखो कोरोना भी चेक होगा, उन्हें तेज बुखार है और साँस लेने में तकलीफ़ है, ऑक्सीजन लेबल बैलेंस में नहीं है। ब्लडप्रेशर लो है। आप अभी दो लाख रुपए जमा कर दो, बाकी पेसेंट के फाइनल होने पर लिया जाएगा, ओक्के।'

अगले दिन शाम तक सेठ जी कोरोना के पेसेंट घोषित कर दिए गए। वे अब भी बेहोश थे, डॉक्टरों के बताए अनुसार उनके दोनों फेफड़ों में संक्रमण है। इसकी अलग से कोई दवा नहीं है। न्यूमोनिया में दी जाने वाली दवाइयाँ प्रयोग कर रहें हैं। सेठ जी को वेंटीलेटर सपोर्ट पर रखा गया था। घर के सभी लोगों का कोरोना टेस्ट हुआ, यह अच्छी बात रही कि सभी की रिपोर्ट नॉर्मल रही। हॉस्पिटल जाने की मनाही थी, कोई फायदा भी नहीं था। सेठ जी कोरोना वार्ड में कहाँ रखा गया है, वे किस हालत में हैं, यह हॉस्पिटल में लगी टीवी स्क्रीन से ऑपरेटर बारी आने पर दिखाता था। यहाँ भी लम्बी कतार लगती थी। सुरजन या संटू दोनों में से दिन में कोई एक देख आता था। आज सेठानी बंटू

के साथ देखकर लौटी थीं।

सुरजन ने मोटा भाई तक सेठ की बीमारी की खबर पहुँचा दी थी। वे भी हॉस्पिटल हो आये थे। यद्यपि यह इलाका रेड जोन में चिन्हित था, सावधानी पहले जैसे ही रखने की हिदायत थी। मास्क लगाकर, शोशल दूरी के साथ जरूरी काम होने पर बाहर निकलना था। लेकिन नियम–कानून यहाँ पर हर आदमी के अपने बने हैं, वह अपने नियम के लिए दूसरे का नियम–संयम जरूर तोड़ता है। लोगो के आवागमन जरूरी और गैर जरूरी दोनों कार्यो को लेकर जारी था।

सेठ जी को अस्पताल में भर्ती हुए पाँच रोज हो गए थे। हालत ज्यों की त्यों बनी हुई थी। आज के दिन में भी उनके स्वास्थ्य में कोई परिवर्तन नहीं आया, लेकिन शाम होते ही आरजी निवास पर मातम छा गया। सूर्य देव के दिन भर जगती को धूप बाँटकर मगरिब में जाते ही सेठ जी के निधन की सूचना आ गई। आज सूर्य के साथ ही उनके जीवन का सूर्य भी अस्त हो गया था। सेठानी का रो–रोकर बुरा हाल था। उनका कुत्ता जानू बाहर खड़ा हुआ आँसू बहा रहा था। मुहल्ले में जिसको जैसे सूचना मिली, वे सभी सेठ जी के घर को पहुँचते गए। जानू, आज किसी अपरिचित को देखकर भौंक नहीं रहा था। मनुष्य तो रोकर, चिल्लाकर, बोलकर हृदय की वेदना प्रकट करते हैं, परन्तु यह बेजुबांन कुत्ता, किससे क्या कहे? सेठ जी की अगले दिन दोपहर तक में सरकारी नियम मुताबिक अंत्येष्ठि कर दी गई थी। पचास से अधिक लोग अंत्येष्ठि में इकट्ठे न होने के नियम के चलते उनके परिचित, अपरिचित, मित्रगण, व्यापारी, टोले–मुहल्ले के लोग घर पहुँचे थे। रामगरीब गुप्ता की व्यापारियों के बीच में खास पहचान थी। सेठ जी सबके चहेते थे, सभी शोकाकुल थे। घर में लोगों का मेला लगा हुआ था। उन्हें शायद अपनी मृत्यु का सन्देश मिल चुका था, तभी वे अस्पताल ले जाने के पहले सुरजन से कहे थे——'मेला यहीं लगेगा, दो–चार दिन ठहर।'

वक्त किसी का इंतजार नहीं करता है, किसी नियम का अनुगमन नहीं करता है। वह बताता है, 'जीवन की दो ही क्रियाएं सत्य है, जो सिर्फ आपकी हैं और आपके लिए हैं, जन्म और मृत्यु। जीवन और मृत्यु के बीच की हलचलें, उठा–पटक, दौड़–धूप, आशा–निराशा, सुख–दुख ये उतने ही आपके हिस्से के

हैं, जितने की आपको जरूरत है।' इनकी समय सीमा भी निश्चित है। हर नयी घटना की अनुरेख पुरानी घटना के चित्र को मिटाती रहती है। इनकी यादों में संलिप्त रहना मानव स्वभाव है। दयालु समय इन यादों की जद से मनुष्य को बाहर निकालता रहता है, अन्यथा जिंदगी का सफर मुश्किल हो जाए। हालांकि बीते पलों की स्मृतियों के धूमिल चित्र मस्तिष्क पटल में ताउम्र मौजूद रहते हैं। वक्त जरूरत सम्बल भी बनते हैं।

महीना बीतने चला था, सेठ जी के मृत्यु के। जीवन और मृत्यु के बीच का उनका सफर संघर्ष का रहा। सेठ जी पराक्रमी थी, तभी तो गाँव देहात से चलकर आये एक मामूली आदमी रामगरीब गुप्ता को सूरत जैसे महानगर में आरजी सेठ बना दिए। वे ईश्वर भक्त थे किंतु तकदीर की इबारत अपने हाथों से खुद लिखने वालों में से सेठ जी थे। वे उन लोगों में से नहीं थे, जो भाग्य, तकदीर और संयोग को अपनी कूबत से ज्यादा अहमियत देते हैं। दुर्घटनाएं कभी भी, कहीं भी किसी के साथ हो सकती हैं। विनाश कब किसको अपने खूनी पंजो से चोटिल कर दे या मार डाले। बीमारियाँ कब किसको अपाहिज बना दें। यह कोई नहीं जानता है, किसी को यह नहीं मालुम है कि आगे क्या होने वाला है। सेठ जी का कर्तव्य के प्रति निष्ठा और समर्पण यह सुझाव देता है कि वर्तमान की परिस्थितियों को इतना मजबूत कर लो कि ऐसे विषम, विनष्टकारी हालात जब भी आएं, जोरदार पंजा लड़ाया जा सके। सूरत के मिलेनियम मार्केट में दो निजी दुकानें होना उनकी व्यापार कौशल और पराक्रम को दर्शाता है। बीस दिनों के बाद दूकानों को खोल दिया गया था। एक में सुरजन और दूसरी में संटू बैठने लगे थे। दुःख की जो आँधी सेठ परिवार में तबाही लेकर आई थी उसका असर धीरे–धीरे कम हो चला था। आज सेठ जी की प्रथम अमावस्या पड़ी, संटू ने परम्परानुसार पिंडदान किया और ब्राह्मणों को दान–दक्षिणा दिया। दिन भर की व्यस्तता के बाद आराम की छाँव लेकर शाम आयी। उधर के काम से रतिया फ्री होकर अपने कमरे तरफ आ गई थी। उसके गर्भ का छठा महीना चल रहा था। ज्यादा परिश्रम से उसे थकान लगती थी। आते ही वह पलंग पर लेट गई। थोड़ी देर में सुरजन भी आ गया। उसे पलंग में निढाल पड़ी देखकर वह उसके नजदीक बैठते हुए पूछा——'ऐसे काहे पड़ गई।'

'थकान लगत है।' उसने बताया।

'कम काम किया करो।'

'कम ही करत हैं, फूलन भाभी बहुत नेक दिल हबै, ऊ समझाती है, तुम कम काम करियो, ई छोड़ो, ऊ छोड़ो, ला हम किए लेत हैं। अइसा बोलत रहत बे। एक बात कहूँ?' पलंग में उठकर बैठती हुई वह बोली।

'कहो।'

'सेठ जी के मउत जब से भई है, तब से जी बौत घबरात रहता है, हमीं घर लै चलो।'

'पागल हुई है का? सतमा महीना चल रहो है। इत्ता बड़ा रिसिक, न–न ई बात मन से निकाल दे। एक बात बताना हम भूल गए।'

'कौन बात?'

'सेठ जी, अस्पताल जाने से पहिले मोखे दू लाख का चेक देकर कहे——'ई मोरे तरफ से बहू अउर बच्चा के निमित्त आय।' मोखे जबरदस्ती दिए, हम ऊ चेक नै लेत रहे।'

'सेठ जी तो अब रये नहीं।' रतिया बोली।

'इसीलिए हम ऊ चेक फाड़ के फेंक दिए। सेठानी अउर संटू भइया को बताते तो बात बिगड़ती, न जाने जे लोग हमरे बारे मा का सोचते?'

'बहुतै ठीक किया तुमने, अपन गरीब भले हां पै ईमान से गरीब नै। इआ दुनिया मा ईमान से बढ़के कौनिउ धन–धरम नै। सेठ जी जिंदा होते तो अउर बात होती। उनके मरन बाद उनखे धन पे उनखे पतनी अउर बच्चन के अलाबा केहू का हक्क नै बनत है।' समर्थन में रतिया बोली।

'तुम बौत समझदार हो।' यह कहकर सुरजन ने रतिया की हथेली चूम ली।

'समझदार हूँ, ऐहिन से सब सोच के डर लगत है।'

'डर काहे का, इतै तो घर जैसे सबरे है। मालकिन तो कय रही थीं, अब रतिया अपना धियान रक्खे। अब तो बाई भी आबे लगी है। अब वह आराम किया करे।'

'फिर तुम हो न।' आँख की पुतलियों को नचाकर रतिया बोली।

यह प्यार के आमंत्रण का मूक इशारा था। सुरजन उठा, द्वार बंद किया और कमरे की लाइट ऑफ कर उसके साथ बिस्तर में पड़ गया। खुली

खिड़की से द्वादश का चाँद, आसमान से निर्मल–शीतल प्रकाश भेजकर कमरे को प्रकाशित करने लगा था।

'सुनो न, ई का बोल रिया है?' सुरजन का हाथ अपने पेट में छुआकर रतिया बोली।

सुरजन हँसकर बोला——'अब ई दू महिना बाद पेट से बाहर निकर के बोलेगा।'

'हूँ।' हा–हा–हा रतिया हँस पड़ी, सुरजन ने भी साथ दिया।

अपने माँ–बाप को खुश हुआ देखकर गर्भ के भीतर से अपने नन्हें हाथ–पाँव चलाकर वह बच्चा भी हँसा होगा। सम्मिलित खुशी मिश्रित हास से कमरे का वातायन भी अवश्य हँसा होगा। बातचीत चल रही थी, सुरजन दिन भर का थका–मादा घर आता था। उसे आलस्य ने आ घेरा था। वह रतिया की बात का हाँ, हूँ में उत्तर देने लगा, रतिया समझ रही थी। उसने उसे हिलाकर कहा, 'कपड़े बदल के सोओ न।' वह पलंग से उतर कर पैंट उतार ही रहा था कि, मोबाइल में कॉल आ गई। 'इत्ती रात गए कौन टपक पड़ा' झुंझलाते हुए उसने फोन उठाया और दबी आवाज में 'हलू' कहा।

'गुड नाइट, विधायक! मैं दिल्ले बोल रहा हूँ।'

मित्र का फोन सुनकर सुरजन की नींद जाती रही, वह भी चहक बोला———'गुड–गुड।'

'क्या कर रहा था यार, डिस्टरभेन्स तो नईं हुआ।'

'नै–नै बेलकुल नहीं। कुत्ते की पूँछ सीधी कै रहा था कि तोहरा फोन आ गया। तुम अपनी कहो।'

'इतनी रात गए कुत्ते की पूँछ सीधी मत करो, छोड़ दो भाई, वह कभी सीधी नहीं होगी।' दिल्ले हँसकर बोला।

'विधायक हूँ न, पाँच साल तक तो जेई काम करबे है, बाद में भी जेई काम, आगू वाले विधायक लोग करबे। पूँछ सीधी होइ जैहै तो विधयकी फिर काहे की।'

दोनो दोस्त बहुत दिनों बाद खुलकर हँसे थे। इसी बीच दिल्ले ने बताया कि वह कोरोना से संक्रमित हो गया था। आज ही अस्पताल से 'कोरोना योद्या' का तमगा लेकर घर आया है। सुनकर सुरजन ने अफसोस जाहिर किया

और कहा कि, 'तुमने मोखे नहीं बताया?'

'किसी को नहीं खबर नहीं की, फायदा क्या मिलता? दोस्त–यार बेमतलब में परेशान होते। अस्पताल में किसी को आने–जाने की इजाजत नहीं थी।' दिल्ले ने बताया।

'अब कैसन तबियत है?' सुरजन ने पूछा।

'ठीक है, परन्तु शरीर बहुत कमजोर लगता है। खाने में टेस्ट का पता नहीं चल रहा, लगता है सब गोबर मिट्टी है।'

'कल हम घर तरफ औबे, शाम को जल्दी दूकान बन्द करके चल पड़बे।'

सुरजन के इतना कहने के साथ ही फोन से बातचीत बन्द हो गई। बिस्तर में पड़ी हुई रतिया दोनों के बीच की सारी बातचीत सुन रही थी। उसे डर सताने लगा था। वह सुरजन से बोली———'सुन–सुन के मोखे बहुत डर लगत है।'

'अरे पगलेट! डर काहे का? सब को थोड़ी होत है?' सुरजन से समझाया।

'मोखे आपन चिंता बेलकुल नै, पेट मा पल रये बच्चा की चिंता हबै। कल टीवी में दिखा रिया था कि एक साहब आदमी अपनी गर्भवती मेहरारू का लये, इआ हस्पताल से उआ हस्पताल भटकत फिरा। कहीं ओखे भरती नै किया। सब जघे बोला गया कि इतै कोरोना के मरीज हैं। और जघे देखो। उसने बड़ी मुश्किल से एक पराएबेट हस्पताल में भरती कराया। उसकी जाँच भई, बो भी कोरोना बाली निकली। दो दिनन भरती रही फिर मर गई।

हम ऐहिन से कहबे कि मुझे घर ले चलो, इधर कोई देखन बाला नै। सेठ जी अब रहे नहीं।'

रतिया की फिक्र सुनकर सुरजन को लगा कि यह ठीक कह रही है। इसकी चिंता अकारण नहीं है। मुझे घर जाने की तैयारी करनी चाहिए। उसने रतिया को अपने निर्णय से अवगत कराया और सोने के लिए कहा।

(इक्कीस)
तकदीर नचाए नाच

भाद्र प्रद के तीज त्यौहार चाहे भाई–बहन के प्यार का प्रतीक राखी हो हरियाली महोत्सव कजलियों का पर्व हो या परम योगेश्वर श्री कृष्ण के अवतरण दिवस की जन्माष्ठमी आयी हो या नारियों का अपने सुहाग के लिए अन्न जल त्याग कर किया गया कठिन व्रत हरतालिका तीज का व्रतोत्सव रहा हो सभी अपनी उदास और औपचारिक उपस्थिति दर्ज कराकर अगले वर्ष पुनः लौटने का वादा करके चले गए थे। राष्टीय पर्व स्वतंत्रता दिवस तक अत्यंत सादगी पूर्ण मनाया गया। वैश्विक महामारी की दहशत ने जन को जन से दूर कर दिया।

आसमान में भाद्रपद माह की द्वादशी तिथि के राका की चारु–चंचल–चपल किरणें पूरे हुश्नोशवाब से निकली थी। कुछ देर पहले अश्वेत बादल के छौनों ने चाँद–किरणों की धरती पर उतरने से रोक रखा था। अब वे हटकर तेजी से कदम बढ़ाते हुए नैऋत्य में जाकर गर्जना करने लगे थे। अब चन्द्र किरणें चारों ओर अनुठा दृश्य दिखाने लगी थीं। कुछ पल गुजरे होंगे कि बादलों की स्वेत वर्ण की टुकड़ी फिर से आकर चन्द्रमा को घेर लीं। पता नहीं यह किस तरह के प्रेम का प्रदर्शन था। मोटा भाई रात्रि के भोजन से फुर्सत होकर छत में चहलकदमी करने आये थे। बलजीत भी किराए का कमरा छोड़कर साथ में आकर रहने लगा था। परस्पर में बेहतरीन समझौता दोनों के मध्य हुआ था। मोटा भाई को खाना बनाने से फुर्सत मिली और बलजीत को कमरे का किराया और रोजाना के खर्च से निजात मिली। आसमान में चाँद और बादलों के बीच की लुकाछिपी का खेल मोटा भाई को अच्छा लग रहा था।

अभी रात्रि अधिक नहीं गई थी। साढ़े नौ बजे थे तभी किसी ने दरवाजा खटखटाया। दस्तक की आहट मिलते ही उन्होंने छत से ही बलजीत को देखने के लिए बोला। बलजीत ने आगे बढ़कर द्वार खोल दिया, किन्तु द्वार में स्याह वर्ण की खड़ी नवयौवना को वह देखता ही रह गया। विद्युत पोल से छनकर आती हुई हल्की दूधिया रोशनी में वह अप्रतिम सौंदर्य की मूर्ति थी। जीन्स के टाइट पैंट ऊपर संधारित झीनी कुर्ती से यौवन की झलकती हुई मादकता उसे

निकट से देखने को बुलाती हुई लगी। बलजीत दो कदम आगे बढ़ा और अनेक प्रश्नों को सहेजे हुए वह सौंदर्य की देवी को निहारने लगा। खामोशी को उस नारी ने यह पूछकर भंग किया,

'मोटा भाई टोपीवाला का यही घर है?'

'हाँ–हाँ, यही घर है।' बलजीत हकलाकर बोला।

'उनसे मुलाकात हो सकती है?'

मोटा भाई को बलजीत आवाज देने ही जा रहा था कि वे स्वयं छत से नीचे उतर कर आ गए। बलजीत पीछे हट गया। वह दोनों हाथ जोड़कर उन्हें नमस्ते बोली।

'आप?' मोटा भाई ने पूछा।

'साँवली।'

'साँवली!' मोटा भाई ने नाम दुहराया जैसे यह नाम उनका सुना हुआ हो, किन्तु दिमाक में जोर लगाने के बाद भी उन्हें याद नहीं आया।

'पहचाना नहीं आपको।' उन्होंने पुनः पूछा।

'मैं भीखूभाई के यहाँ रहती थी।'

'रहती थी मतलब, मैं समझा नहीं।'

वह बताने ही जा रही थी कि बलजीत बोल पड़ा———'भीतर बैठकर बातें कर लो, दादा! ये आपके पास किसी जरूरी काम लेकर आईं होगी।'

साँवली को मोटा भाई कमरे में लेकर आ गए थे। उसके हाथ में कपड़े का बैग था, जिसे कोने पर रखकर वह बैठ गई और बताने लगी———'भीखूभाई मुझे जबरदस्ती रखैल बनाए था। आज उसका बंगला छोड़ दी हूँ। मोटा भाई! आपका बहुत नाम सुना है, आप गरीबों के मददगार हैं। बड़ी उम्मीद लेकर आपका घर पता करते–करते पहुँची हूँ।'

मोटा भाई को अचानक से सब याद आ गया। भीखूभाई की प्रत्येक काली करतूत से वे वाकिफ थे। साँवली को वह जरूर पहली दफा देख रहे थे। बलजीत से उसके लिए पानी और कुछ खाने के लिए लाने को कहे। वह प्लेट में नमकीन–बिस्कुट और पानी ले आया। उसने खाया कुछ नहीं सिर्फ गिलास में भरे पानी को एक साँस में पी गई, जैसे बहुत देर से वह प्यासी रही हो।

'भीखूभाई ने क्या घर से निकाल दिया?' जब वह कुछ संयत हुई तब

मोटा भाई ने पूछा।

'नहीं, ऐसी बात नहीं है। पिछले हफ्ते से उनकी हालत गम्भीर रही, वे कोरोना पॉजिटिव थे। आज शाम पाँच बजे के लगभग हॉस्पिटल में उनकी मृत्यु हो गई है। उनका परिवार अहमदाबाद से आ गया है। वे अभी उलझे हुए हैं। कल को जब वे लोग फ्री होंगे तब मुझे मार–पीट कर घर से निकाल देंगे। मैं सब उन्हें दिखाकर और तलाशी देकर घर छोड़ी हूँ। बैग में रोजाना इस्तेमाल के दो जोड़ी कपड़े के अलावा मेरे पास कुछ नहीं है।'

मोटा भाई अवाक से साँवली को देखते रहे। भीखूभाई के मृत्यु की सूचना से उन्हें गहरा आघात लगा। वे चुपचाप बैठे रहे, उनसे कुछ कहते नहीं बन रहा था। भीखूभाई से उनकी रोजी–रोटी चलती थे, वे सुख–दुःख में साथ खड़े होने वाले दोस्त भी थे। साँवली की बात पर वे यकीन नहीं कर पा रहे थे। उन्होंने तत्काल 'गुड मॉर्निंग' अखबार के रिपोर्टर को फोन लगाया। उसने साँवली के बात की पुष्टि कर दी। उसने यह भी बताया कि कल के न्यूज पेपर में भीखूभाई की मृत्यु का कवरेज रहेगा।

कुछ देर तक वे चुपचाप बैठे रहे। बलजीत पानी रख गया था, वे पानी पीकर साँवली से मुखातिब हुए———'तुम्हें घर नहीं छोड़ना था। परन्तु जब छोड़ ही चुकी हो, भीखूभाई भी अब नहीं रहे, तब मुझसे क्या इमदाद चाहती हो।'

साँवली ने नम आँखों को सुखाया, उसके चेहरे पर भी दुःख के भाव थे, किन्तु यह ज्ञात नहीं किया जा सकता था कि उसे भीखूभाई की मृत्यु का दुख है या अपनी तकदीर के लुकाछिपी के खेल का। कुछ अपवादों को यदि दरकिनार करके देखा जाए तो नारी आज भी शक्ति सम्पन्न पुरुष वर्ग के मन बहलाने की चीज है, विलासिता की वस्तु है। 'जब जी चाहा तो प्यार दिया, जब जी चाहा दुत्कार किया।' भीखूभाई के नजरिए से यदि देखा जाए तो हर नारी उसकी वासना पूर्ति की वस्तु रही है। दक्षिण–पूर्वी राज्यों से आए हुए महिला श्रमिक जहाँ पेट भरने को दो जून की रोटी कठोर श्रम के बाद मयस्सर होती हो उन्हें घण्टे–आध के तन विक्रय के बदले यदि हजार–दो हजार मिल भी गए तो बड़े फायदे का सौदा लगता था। उनके पति भी सब जानते हुए चुप रहते थे। दुनिया में साधन–विहीन और धनहीन व्यक्ति से बढ़कर कोई बुजदिल नहीं होता है।

कुछ देर की चुप्पी के बाद साँवली बोली———'भाई! टाटानगर को

जाने वाली ट्रेन में मुझे बिठवा दीजिए। वहाँ से घर चली जाऊँगी। लेकिन मेरे पास किराए के पैसे नहीं हैं।'

मोटा भाई———'घर में क्या पता है कि तुम्हारा पति लापता है? बहुत सम्भव है, कि अब वह जीवित न हो और तुम भीखूभाई भाई के साथ———'

साँवली———'हाँ, ससुराल और मायके, दोनो जगह में पता है।'

मोटा भाई———'वे लोग तुम्हें क्या स्वीकार करेंगे?'

साँवली———'मेरे माँ–बाप कुछ नहीं कहेंगे। वे मेरी फिर से शादी कर देने की सोचेंगे, लेकिन ससुराल वाले ऐसा नहीं होने देंगे। पंचायत लगवाकर पहले बड़ी रकम की माँग मेरे मायके वालों से करेंगे। वे गरीब लोग हैं, किसी तरह से पेट चलाते हैं। वे उनको रुपए नहीं दे पाएंगे।'

'तब?' साँवली की आँख में झाँककर मोटा भाई बोले।

साँवली———'तब क्या? समाज के असरदार लोगों द्वारा मेरे मायके वालों पर किसी बूढ़े–खूसट, बदमिजाज से मेरी शादी कराने का प्रस्ताव भी रखेंगे और दवाब भी डालेंगे। जो मेरे ससुराल वालों का हर्जाना भरे और उन्हें भी फायदा पहुँचे। लेकिन मैं अब सोच चुकी हूँ, अब ऐसा हरगिज नहीं होने दूँगी। बंधे में कूदकर जान दे दूँगी।'

मोटा भाई तेज आवाज में तनिक गुस्से में बोले———'मतलब तुम वहाँ मरने के लिए जाओगी। यार, जब मरना ही है तो सूरत में क्या बुरा है। यहीं मर जाओ।'

डाँट खाकर साँवली रोने लगी थी, आँखों में ठहरे हुए आँसुओं के मोती स्याह गालों के रास्ते फर्स पर झरने लगे थे। मोटा भाई सहृदय थे, उन्हें दया आ गई, वे उसे समझाकर बोले———'देखो, तुम मुझ पर यकीन करके मेरे पास आई हो, हम तुम्हारे लिए जो भी अच्छा बन पड़ेगा, करेंगे। अभी कल तक मुझे समय दो। यहीं रुक जाओ। भीखूभाई का अंतिम संस्कार हो जाने दो। फिर तुम्हारे बारे में सोचते हैं।'

वह रुकने को मान गयी थी। खाने के लिए उसने मना कर दिया था। जहाँ पर अभी ये लोग बैठकर बातें कर रहे थे, वहीं पर साँवली की सोने की व्यवस्था बनाकर मोटा भाई, बलजीत वाले कमरे में सोने के लिए चले गये थे। एक तख्त रखा था, जिस पर मोटा भाई पड़ गए। बलजीत अपने लिए फर्स में

बिस्तर लगा लिया था। उनके कमरे में पहुँचने के बाद किचेन की सफाई से फुर्सत होकर बलजीत भी कमरे में आया। तख्त के नीचे उनकी चप्पल उतरी थी जिसे बलजीत ने दूर हटा दिया। यह देखकर मोटा भाई बोले———'चप्पल क्यों दूर कर दी? सुबह खोजने में दिक्कत होगी।'

'वो इसलिए दादा कि, जो अभी मैं कहने जा रहा हूँ, उस पर मेरी पिटाई हो सकती है, आत्म रक्षार्थ चप्पल हटाई है।'

हँसते हुए मोटा भाई———'ऐसी कौन सी बात हो सकती है?'

बलजीत———'दादा, उस लड़की से मेरी शादी करा दो?'

मोटा भाई उछलकर तख्त में बैठ गये और बोले———'तेरा दिमाक किधर को घूमा है। अभी खुद के रहने–खाने का इंतजाम नहीं है और चला है, शादी करने उस कलूटी से। तुझे पता है वह कहाँ–कहाँ, किसके साथ सोई होगी?'

बलजीत———'दादा, इसमें उसकी कोई गलती नहीं है। रही बात सुंदरता की तो वह मुझे सुंदर लगती है। भले ही वह बाहर से काली है लेकिन भीतर से सफेद है।'

उसकी बात सुनकर मोटा भाई झिड़ककर कर बोले———'अभी दो चार लगाता हूँ, सिर पर चढ़ी इश्क की भूतनी उतर जाएगी।'

बलजीत———'गिनकर हजार जूते मारो दादा, पर मेरी विनती पर गौर भी करो, उसका आज कोई मददगार नहीं है, घर का हाल सुन लिए आप, इधर भी रहने को सोचे तो रहने नहीं दिया जाएगा। आज एक भीखूभाई मरा है, जाने कितने भीखूभाई अभी जिंदा होंगे। उसे नोंचकर खा जाएंगे।'

मोटा भाई———'ठीक है, हो गया गौर, किन्तु ये बता, शादी के बाद किधर रहेगा, क्या खुद खाएगा, क्या उसे खिलाएगा? और सबसे बड़ी बात तुम्हारे घर परिवार के लोग क्या इस शादी को मंजूरी देंगे?'

बलजीत———'दादा, हम दो भाई हैं। मैं छोटा हूँ, बड़े भाई गाँव की जमीन में पूरा कब्जा जमाए हैं। वे चाहते हैं, मैं अपना इंतजाम खुद देखूँ। भाभी मुझे तंग करती थी। माँ बचपन में गुजर गई। पिता जी की तीन साल पहले मृत्यु हो गई। घर में मेरी जगह अब नहीं बची है।'

मोटा भाई———'ओह, फिलहाल दिमाग को स्थिर करके सोने की

कोशिश करो। सुबह मुझे भीखूभाई के अंतिम संस्कार में जाना है।'

बलजीत ने कोई उत्तर नहीं दिया, वह कहे भी तो क्या कहे। बात सच थी मोटा भाई की। वह जनवरी 2019 में सूरत आया था। उसके गाँव तरफ के मजदूरों ने मोटा भाई से मुलाकात कराई थी। मोटा भाई की सिफारिश पर उसे प्लास्टिक के खिलौने बनाने वाली फैक्ट्री में आठ हजार मासिक पगार पर नौकरी मिल गयी थी। बलजीत मुजफ्फरपुर (बिहार)का रहने वाला है, उमर अंदाजन यही कोई पच्चीस साल, औसत दर्जे का रंग–रूप और कद काठी, किन्तु बलिष्ठ। बेरोजगारी और गरीबी के चलते वह इतनी दूर चलकर पेट को गर्माने के लिए आया हुआ था। मार्च 2020 से लॉकडाउन के चलते फैक्ट्री बंद हो गई। वह बेरोजगार हो गया, वह तो मोटा भाई की दया कहें या कुछ और, जो अपने साथ उसे भी खिला–पिला रहे हैं।

अब दया और मदद सदगुण नहीं रहे। मानवता के प्रतीक इन गुणों का बाजारीकरण हो गया है, इनका विनियोजन होने लगा है। दया अब विलोपित है, मदद, रिटर्न आधारित हो गया है। अब उसी को मदद मिलती है, जो कहीं न कहीं से मदद का प्रतिफल को चुकाने की क्षमता रखता है। कितना चुकाएगा? कैसे चुकाएगा? यह मदद करने वाले का गुप्त आँकलन होता है। यद्यपि हर व्यवसाय की तरह इसमें में भी रिस्क फैक्टर हैं। मोटा भाई बड़े खिलाड़ी थे। वे यह खेल भीखूभाई से सीखे हैं, वह कहा करता था, 'संसार का हर जरूरत मंद आदमी कुत्ता है। कुत्ते को रोटी का टुकड़ा दो, साला रात भर दरवाजे पर भौंकेगा। इसी तरह जरूरत मंद की समय पर छोटी सी इमदाद करके उसे अपना चेला बना लो। पर ध्यान रखना उसकी कभी भी पूरी मदद मत करना। उसकी जरूरत बनी रहनी चाहिए।'

मोटा भाई का उद्देश्य बलजीत जैसे अन्य प्रदेशों से आए लड़कों को अपने पक्ष में करना होता था और धरना–प्रदर्शन के दौरान इन्हें आगे–पीछे जरूरत अनुसार इस्तेमाल करना होता था। किन्तु उनके हृदय में दया भाव अभी जीवित था। वे दया के साथ ही मदद करने की सोचते थे, फिर लाभ–हानि की गणना करते थे। यद्यपि उनके पास बहुत सीमित संसाधन थे। फिर भी मदद करने से पीछे नहीं हटते थे। लॉकडाउन पीरियड को यदि छोड़ दिया जाए मजदूर वर्ग उनका कहा मानता था। मोटा भाई के कहने पर किसी भी फर्म

में हड़ताल, धरना प्रदर्शन हो सकता था। इसीलिए फर्म प्रबंधन मोटा भाई को नाराज कभी नहीं करता था।

बहुत कोशिश के बावजूद भी बलजीत के आँखों में नींद नहीं थी। वह सिर्फ साँवली को लेकर सोच रहा था। उसकी साँवली तस्वीर उसके दिल में घुस गई थी। पहली बार वह किसी नारी के आकर्षण में बंधा था। सोच रहा था, दादा! का कहना भी ठीक है, समस्या तो है, लेकिन एक सितंबर से कम्पनी खुल रही है। आठ दिन तो बचे हैं। सब ठीक हो जाएगा। वह बिस्तर पर उठकर बैठ गया। शरीर में हल्की हरारत–सी उसे महसूस होने लगी थी। साँस रोककर उसने आहट ली, मोटा भाई का गला फटे बाँस की तरह बज रहा था। उसे याद आया, उस लड़की के रूम में पानी रखना भूल गया है। उमस भरी रात्रि है, उसे प्यास लगेगी। तख्त के नीचे रखी पानी की बोतल उठाकर वह चुपके से साँवली जहाँ सोई थी, वहाँ आया। खुली खिड़की से बाहर जल रही ट्यूब लाइट की आती मद्धिम रोशनी में कमरे की प्रत्येक वस्तु दृश्य थी। साँवली करवट लेकर पड़ी थी, वही कपड़े पहने हुए, जो पहनकर आई थी। बलजीत ने सोचा, 'इसके पास रात्रि पहनकर सोने वाले वस्त्र नहीं होंगे।' पानी की बोतल टेबल ऊपर छोड़कर वह दबे पाँव बिस्तर पर आकर पड़ रहा।

साँवली एक मिनिट के लिए भी नहीं सोई थी। बलजीत और मोटा भाई के बीच की बातचीत भी उसने साफ सुनी थी। अकेली दीवाल कैसे पर्देदारी निभाए। अभी–अभी बलजीत का कमरे में आना, उसे निहारना और टेबल पर पानी रखकर लौट जाना भी उससे छिपा नहीं था। वह उठकर बैठ गई। पानी की तलब उसे थी ही, बोतल से गिलास में उड़ेलकर पानी पिया और बलजीत को 'थैंक' कहा। साँवली साक्षर तो थी, किन्तु बातचीत का लहजा भीखूभाई ने सिखाया था। थैंक्स, गुड, वेरी गुड, सॉरी, वेरी सॉरी, नो, नॉट, वाटर, राइस, फीवर, सीवर, लीवर आदि शब्दों का परिचय भीखूभाई ने कराया था। वह कहता था, इंग्लिश बस इतनी ही है। उसने यह भी कहा था 'हम जिस देश में रहते है, उसका नाम भारतवर्ष भले है, कहा नहीं जाता है, इंडिया कहा जाता है। इंडिया में इतनी ही इंग्लिश है। जब भी बोलो, बीच–बीच में वट का प्रयोग करते चलो। यह उदाहरण देकर समझाया भी करता था, जैसे किसी जगह समय पर न पहुँचने पर सफाई देनी हो, तब ऐसे बोलेंगे——'सॉरी मैं समय

से रेडी हुआ, वट—— ऑटो भी बुलाया, वट——इत्यादि–इत्यादि। अंत में कह दो, वेरी सॉरी।'

भीखूभाई की कही–बताई हुई बातें यादकर वह मुस्कुराने लगी थी। जो इन्सान उसे जीते हुए रुलाता रहा है, मृत्योपरांत वह हँसा रहा था। दुख–महासागर की उद्दाम तरंगों में बहता हुआ कोई भी यदि मुस्कुरा पड़े तो समझिए वह बहुत बड़े जिगर वाला है और वह अभी जीवन को पसंद करता है। अपने सम्पूर्ण अस्तित्व को कुदरत के हाथ में सौंपकर, साँवली निश्चिंत होकर बिस्तर में पड़ गई थी।

नित्य की तरह आज भी सुबह हुई किन्तु कुछ अलग तरह की, आसमान को बदलो ने ढँक रखा था। पानी की छोटी–छोटी बूंदे धरती पर पड़ने लगी थी। मौसम में हल्की ठंडक आ गई थी। मोटा भाई नित्य की तरह सुबह उठे। नित्य क्रियाओं से निवृत होकर चाय की टेबल पर बैठकर अखबार पढ़ने लगे। बुलाने पर साँवली भी आकर बैठ गई। बलवीर चाय के साथ बिस्कुट और नमकीन ले आया था। चाय का कप हाथ में उठाते हुए मोटा भाई एक नजर साँवली के चेहरे पर डाले और बोले———

'देखो, मेरी आदत बिना लाग–लपेट के बात कहने की है। मैं कोई बहुत बड़ा आदमी या समाज सेवी नहीं हूँ, न मैं किसी की मदद करने के योग्य खुद को मानता हूँ। मदद करने वाला सिर्फ वही है, जिसने जीवन दिया है। बाकी के मोहरे हैं, किंतु तुम बड़े भरोसे के साथ मोटा भाई के घर आई हो, मुझसे जो भी बेहतर बन पड़ेगा, तुम्हारे लिए करूँगा। मेरा सुझाव है कि बलजीत से शादी करके जिंदगी की नई पारी की शुरुआत करो। उम्मीद है कि मेरे और बलजीत के बीच हुई रात की बातचीत तुमने सुनी होगी। बलजीत तुम्हें पत्नी नहीं, अर्धांगिनी का हक देना चाहता है। उसे तुमसे इश्क हो गया है। अब उसका इश्क कबूल करने की तुम्हें पूरी स्वतंत्रता है। मैं भीखूभाई के अंतिम संस्कार में जा रहा हूँ। लौटने पर जो भी, जैसा भी निर्णय तुम लोगी, वैसा ही किया जाएगा।'

मोटा भाई, सदरी चढ़ाकर चलने को कदम बढ़ाए ही थे साँवली बोल पड़ी———'आपको मेरी तरफ से सभी निर्णय लेने का हक मन ही मन सौंप चुकी हूँ। मैं भी जीना चाहती हूँ। मुझे आपकी हर बात स्वीकार है।'

बलजीत के खुशी का ठिकाना नहीं रहा, वह आगे बढ़ा और जाते हुए मोटा भाई के चरण छू लिया। उन्होंनो आशीर्वाद भी दिया, 'खुश रह मर्दे' कहकर।

द्वार पर पर्दा चढ़ाकर वह वापस आया और साँवली के सामने बैठकर मुस्कुराते हुए अपना दाहिना हाथ उसकी तरह बढ़ा दिया। साँवली कुछ पल सोचती रही, तदनु बलजीत के बढ़े हुए हाथ को उसने मजबूती से थाम लिया।

(बाइस)
खेलँय मसाने मा होरी दिगम्बर

आज गणेश विसर्जन का दिन था। गणेशोत्सव देश के प्रत्येक हिस्से में मनाया जाता था। इस साल कोरोना संकट के चलते पंडाल में मूर्तियाँ स्थापित नहीं की गईं। भजन–कीर्तन की आड़ में शोर उठाते हुए लाउडस्पीकर खामोश रहे। अलबत्ता घर में लोगों ने छोटी मूर्ति रखकर पूजा–अर्चना की। सेठ निवास में मायूसी का आलम था। जिसे दूर करने के लिए बंटू ने गणेश जी की प्रतिमा घर में स्थापित करने का सुझाव दिया था। बंटू पूरे घर का लाड़ला था। उसकी बात मानी गई। दस दिनों की भक्ति भावना से घर के वातावरण में कुछ परिवर्तन जरूर आया। घर के सन्निकट के तालाब में मूर्ति विसर्जन की योजना बनी। विसर्जन में घर के लोग शामिल हुए। दो–चार महिलाएं मुहल्ले से भी पहुचीं।

मूर्ति विसर्जन पश्चात घर आते से ही रतिया को गले में हल्की सी खरास महसूस हुई, एक–दो छींक भी आई। सुरजन बहुत चिंतित हुआ। इस समय तो साधारण सर्दी जुकाम में भी कोरोना पर शक जाता है। शाम गहराते ही उसे हरारत भी हो आई, बदन टूटने लगा था। रात्रि के आठ बजे के लगभग उसे देखने निमित्त सेठानी और संटू आये। आते ही सेठानी, रतिया का माथा छूकर बोलीं——'इसे तो तेज बुखार है।'

फिर संटू की तरफ घूमकर बोलीं——'डॉक्टर को फोन लगा।'

फोन सुनते ही डॉक्टर क्लिनिक से चल पड़ा, जैसे वह फोन के ही इंतजार में बैठा रहा हो। पूर्ण एहितयात बरतते हुए डॉक्टर ने चेकअप किया और संटू को धीरे से बताया कि मुझे इसमें कोरोना के लक्षण दिख रहे हैं। वह कुछ दवाओं के साथ सेठानी को मश्विरा भी दे गया कि चूँकि पेसेंट प्रेग्नेंसी में है, इसलिए शीघ्रता करना उचित रहेगा।

आपस में सलाह–मश्विरे के बाद रतिया को रात में हॉस्पिटल ले जाकर भर्ती कराया गया। तत्काल ही सेंपल लेकर कोरोना की जाँच के लिए लैब भेज दिया था। सुरजन को हॉस्पिटल के बाहर छोड़कर संटू अकेला घर आ गया। सुरजन रतिया को छोड़कर किसी हालत में घर आने को राजी नहीं हुआ,

यद्यपि हॉस्पिटल के कोरोना वार्ड में आदमी क्या? किसी मच्छर तक को घुसने की अनुमति नहीं थी। पता लगाते हुए मोटा भाई भी पहुँच गए। आते ही वे सुरजन पर नाराज हुए कि 'तुमने मुझे बताया क्यों नहीं?'

अगले दिन संटू के मोबाइल पर हॉस्पिटल से फोन आया। उसे बताया गया कि, 'रतीबाई कोरोना पॉजिटिव है। उसे स्पेशल ट्रीटमेंट दिया जाएगा और यह हिदायत दी गई कि सभी घर पर रहें, कोई घर से बाहर नहीं जाएगा, सभी की जाँच की जाएगी।' थोड़ी देर में चिकित्सकों की टीम सेठ निवास आई और सबका सिंपल लेकर चली गई। दिन–रात बड़े कश्मकश में बीत रहे थे। गनीमत यह रही कि रतिया को सुरजन ने अपना मोबाइल दे रखा था। वह संटू के नम्बर पर बात करती थी। उसके एडमीशन का आज आठवां दिन था। थोड़ी देर पहले उसने बताया था कि तबियत अब बिल्कुल ठीक लग रही है। आज की रिपोर्ट निगेटिव आई है। डॉक्टर आपस में कह रहे थे कि एक टेस्ट और लेकर इसकी छुट्टी कर दी जाए।

बहुत दिनों बाद के बाद सुरजन आज खुश लगा था। रतिया की उससे फोन पर छोटी–सी बात भी हुई थी। आज उसे भूख लगी थी और नींद भी। खाने के तुरंत बाद वह भगवान का धन्यवाद करता हुआ सो गया। उधर सेठानी बंटू को लेकर सोने चली गईं थी। जब से सेठ जी का इंतकाल हुआ है, वे छोटे बेटे बंटू के कमरे में ही सोया करती थीं। संटू अपने कमरे में था। वह अभी–अभी मूवी देखकर टीवी बन्दकर बिस्तर में पड़ा ही था कि हॉस्पिटल से फोन आया। किसी जूनियर डॉक्टर ने फोन किया था। उसने बताया कि आपके मरीज की तबियत अचानक से बहुत बिगड़ गई है। ऑक्सीजन लेवल बहुत कम हो गया है तथा उसे वेंटीलेटर सपोर्ट दिया गया है।

संटू उससे कुछ पूछता–कहता कि पहले ही वह फोन काट चुका था। संटू ने फोन मिलाने का बहुत प्रयास किया, लेकिन सफल नहीं हुआ। टुन्न–टुन्न–सुन्न की खाली आवाज सुनाई देती रही, जैसे रिसीवर को अलग रख दिया गया हो। संटू ने मोबाइल पर समय देखा। तारीख और दिन बदल चुके थे, रात्रि के बारह बजकर चालीस मिनट हुए थे। उसे चिंता हो आई थी, किंतु ऐसी नहीं जो हृदय में चोट करे, 'सुबह देखेंगे' सोचकर, सोई हुई पत्नी के बगल में पड़ गया।

सुबह के साढ़े चार का वक्त हुआ था कि संटू का मोबाइल बजा। संटू की पत्नी फूलन ने कॉल रिसीव किया, उधर के कर्कश आवाज आई———'तुम्हारे पेसेंट रतीबाई का डेट हो चुका है, ओक्के। तुम लोग दस बजे तक 'बराछा' पहुँचो, वट ट्वेंटी से अधिक कंडीडेट नहीं होने का ओक्के। डेथ–पेपर बॉडी के साथ मिलेगा, ओक्के।'

सेठ निवास में पुनः मातम छा गया, अभी यह घर सेठ जी की मौत के सदमे से ठीक से उबरा भी नहीं था कि एक और मौत। रतिया भले ही दूकान में काम करने वाले नौकर की पत्नी थी, लेकिन रहती तो इसी घर में थी। वह सेठ परिवार का ही हिस्सा थी। जंगल में लगी आग की तरह रतिया के मौत की खबर मुहल्ले में फैल गई। मुहल्ले की सड़क सूनी हो गई। कोई भी घर से बाहर नहीं निकला, जो बाहर थे, वे भी भीतर घुसकर खिड़की द्वार भीतर से बंद कर लिए, जैसे कोरोना का अदृश्य जीव खुली हुई खिड़की पाकर उनके घर में घुस जाएगा।

मोटा भाई योगासन में बैठे हुए साँसों को कदमताल करा रहे थे कि डोरवेल बजी। बलजीत आया हुआ था। वह साँवली से शादी करके मोटा भाई के घर से कुछ दूर किराए से कमरा लेकर रहने लगा था। द्वार खुलते ही बलजीत ने सेठ के घर हुई घटना की जानकारी मोटा भाई दी। वे तुरंत कुर्ता–पाजामा पहनकर बलजीत के साथ सेठ निवास पहुँच गए।

सुरजन का बुरा हाल था। रतिया के मृत्यु की सूचना पाकर पहले तो वह चिल्लाया–रोया था। अब बिही के तने से टिका हुआ, निर्विकार ऊपर देख रहा था।

मोटा भाई के पहुँचने से सेठ परिवार को सहारा मिला। आपस में मन्त्रणा हुई कि अभी हॉस्पिटल चला जाए। शाम को रतिया ने खुद फोनकर अपने ठीक होने की सूचना दी थी और सबेरा होते–होते अस्पताल से उसके मौत की सूचना आ गई। अब उसका फोन भी बन्द आ रहा है। मोटा भाई के तेज दिमाग को यह बात स्वीकार नहीं हो रही थी। संटू, मोटा भाई और बलजीत हॉस्पिटल पहुँचे, किन्तु उन्हें निराशा ही हाथ लगी। मेन गेट पर तैनात पुलिस ने उन्हें रोक दिया। मोटा भाई के बार–बार आग्रह के बावजूद भी उनकी एक नहीं सुनी गई। वे तक हार–कर 'बराछ' श्मशान घाट आ गए थे।

बड़ा हृदय विदारक दृश्य था, वहाँ का। दो लाशें रखी थी, उनके लिए लकड़ियाँ लाई जा चुकी थी। उनके सम्बंधित परिजन पहुँच गये थे। रतिया के तरफ से कुल जमा सात लोग ही थे। नगर परिषद, पुलिस और हॉस्पिटल के कर्मचारी पूरे शरीर को ढँके हुए कार्य को गति देने में जुटे थे। मृत शरीर को पूरी तरह से बंद किया गया था। उस पर लगी हुई चिट ही उसकी पहचान थी। तभी एक खुली जीप वहाँ आई, उसमें से शरीर को पूर्णतया ढँके हुये एक आदमी उतरा। उसके हाथ में दो लिफाफे थे। एक में रतिया का और दूसरे में किसी अन्य व्यक्ति के मृत्यु–कागजात थे। रतिया से सम्बंधित लिफाफा सुरजन के साढू मनफेर ने प्राप्त किया और पाँवती दी। बिना देखे–पढ़े ही लिफाफे को वह दूर रखकर चला आया और हाथ धो लिया।

सुरजन आदमी से मशीन हो गया था। जिधर, जैसा भी चला दो, खड़ा कर तो, सब ठीक, उसकी कोई निजी प्रतिक्रिया नहीं। संटू, मोटा भाई, बलजीत और दिल्ले संस्कार स्थल से लगभग पचास गज की दूरी पर जाकर खड़े हो गए थे। पण्डित जी मंत्र बोलने लगे थे———'ओम श्री गंग गणपतये नमः शमसालाय नमः, मुर्दये नमः इत्यादि, इत्यादि। लाश चिता में रख दी गई थी। पण्डित जी जैसा बोलते गए, मनफेर सुरजन के हाथों कराता गया। अन्तः चिता को अग्नि दे दी गई।

सूखी लकड़ियाँ चट–चट–धू–धू करती हुई पंच तत्व निर्मित शरीर को अपने स्वरूप में मिलाने के लिए विकराल ज्वाला उठाने लगीं। सुरजन को खींचकर मनफेर दूर ले आया।

कुछ देर तक सुरजन सिर झुकाए हुए गुमसुम बैठा रहा, फिर फुर्ती से उठकर चिता के पास गया और दो जलती हुई लकड़ियाँ हाथ मे लेकर, उन्हें दाएँ–बाएँ घुमाते हुए चीख–चीखकर बोलने लगा———

'आदमी की मौत नहीं होती है, साहब! वह खुद को मारता है, आत्महत्या करता है। मृत्यु तो जानवरों की होती है। उसके आस–पास के लोग, घर के लोग, मिलने–जुलने वाले परिचित–अपरिचित सब के सब उसकी मृत्यु की वजह होते हैं। एक व्यक्ति दूसरे व्यक्ति को आत्महत्या के लिए प्रेरित करता है। जाने–अनजाने सभी एक–दूसरे को समय–कुसमय आत्महत्या के लिये उकसाते रहते हैं। किसी की मृत्यु से पहले बहुत कुछ मरता है, विचार मरता है,

समाज मरता है, प्रकृति मरती है दिन और तिथि मरती है।'

रतिया पेट से थी, मेरा फर्ज बनता था कि उसका और उसके बच्चे के पेट का ख्याल रखूँ, परन्तु मैं अपने दायित्व का निर्वहन ठीक से नहीं कर सका।

रतिया की मौत कोई अकेले की मौत नहीं है। बहुत सी रतिया पेट की बीमारी से मरी होंगी। उनका हिसाब किसी रजिस्टर में नहीं मिलेगा क्योंकि जिन्हें लेखा–जोखा रखने की जिम्मेदारी मिली हुई हैं, वे पेट से लबालब हैं । उनके पेट का इंजन टनाटन है। वे पेट न चलने की वजह से होने वाली मौतों का रिकार्ड अपने रजिस्टर में नहीं लिखेंगे, रजिस्टर का कागज गंदा हो जाएगा।'

'साहब! रतिया को मैंने अकेले नहीं मारा, अस्पताल का हर स्टाफ और पुलिस–प्रशासन मेरा सहयोगी है। हर सरकारी गैर–सरकारी पेशे के लोग बराबर के जिम्मेदार हैं। मैं अपना जुर्म कबूल करता हूँ, अब मुझे कानून सजा दे, या समाज सजा दे, मुझे मंजूर है, किंतु उन्हें भी वही सजा मिले, जो रतिया की मौत के जिम्मेदार हैं।'

सुरजन का लहजा तब्दील था हमेशा अपने गाँव की बोली–भाषा मिलाकर बोलने वाला सुरजन आज शुद्ध हिंदी में बोल रहा था। मनफेर उसे समझाने के लिए कदम बढ़ाया ही था कि पुलिस के सिपाही ने उसे यह कहकर रोक दिया कि, 'उसे बोलने दो, दुःख कुछ कम होगा।'

सुरजन सच में पागल–सा आचरण करने लगा था। वह फिर जोर से चिल्लाकर बोला———'लानत है, सुरजन तुझे, तू पत्नी को अस्पताल में अकेली छोड़कर कमरे में सोने चला गया।'

वह कुछ पल ठहरा, जलती हुई चिता को निहारा और धुआँ छोड़ती हुई लकड़ियों को घुमाकर लय के साथ इधर–उधर कूदते हुए गाने

लगा———

'खेलैं मसाने मा होरी दिगम्बर,
खेलैं मसाने मा होरी।
तक–तुक, धिन–धिन–धा।'
केखे हाथ तुपक पिचकारी, केखे हाथ अबीरा, दिगम्बर!
खेलैं मसाने मा हो–हो होरी–होरी।
जय हो महाकाल———'

किसी की हिम्मत नहीं पड़ रही थी सुरजन के नजदीक जाने की। सभी की नजर में वह पागल हो चुका था। वहाँ मौजूद सभी की निगाहें सुरजन पर ठहर गईं थी। कुछ के लिए तो अच्छे मनोरंजन की यह घड़ी थी। यह तमाशा चल ही रहा था कि वायु–वेग से पुलिस की एक जिप्सी आकर खड़ी हुई। गाड़ी से सर्वप्रथम रतिया नीचे कूदी फिर पुलिस का इंस्पेक्टर और दो सिपाही उतरे। सुरजन के साथ आए हुए मोटा भाई, बंटू और मनफेर रतिया को जीवित देखकर आश्चर्य से पलकें झपकाना भूल गए। किसी की समझ में यह नहीं आ रहा था कि मामला क्या है? एक मिनट तक रतिया सुरजन को, जलती हुई चिता और मौजूद लोगों को बड़ी–बड़ी आँखों से घूरती हुई खड़ी रही, फिर उसने पहनी हुई साड़ी उतार कर दूर फेंक दी। हमेशा सिर में पल्लू डालकर रहने वाली रतिया को साड़ी उतार कर फेंकने में आज कोई लज्जा महसूस नहीं हुई। वह काली नागिन की तरफ फुफकारती हुई बड़ी–बड़ी लाल–लाल आँखें किए हुए आगे बढ़ी। जूड़े की शक्ल में बंधे व्यवस्थित केश को चारो तरफ छिटकाकर कटि प्रदेश तक पर्दा कर लिया।

वह पुलिस के जवान से लाठी छीनकर बड़े जोर से चिल्लाई———'एक बोल बोल, दूला देव की जय', वह सुरजन को लाठी से पीटती हुई लगातार रोती हुई कहे जा रही थी———'मैं दूला देव, पहिचान ले तोर मेहरिया रतिया, अबे मरी नै, जिंदा है, खोल आँखी, देखु ऊ तोरे आगू खड़ी है।'

दो–चार लाठी नितम्बो में खाने के बाद सुरजन स्थिर चित होकर हाथ में ली हुई लकड़ी चिता में फेंककर गुमसुम हो जमीन पर बैठ गया। रतिया उसके आगे जाकर बैठ गई, गालों में हाथ लगाकर चेहरा सामने किया और समझाने लगी———'देखो' अम जिंदा हबै, तुम जिसे जलाए हो, ऊ दुसरी औरत हबै, पहिचान अपने रतिया का, ई पेट देखा, कान लगाए कै बोल सुना, हमरा बच्चा पेट से तुमई हलू बोल रिया है।'

सुरजन उसे आँखें फाड़कर एक टक देखता रहा, फिर रतिया से लिपट कर रोने लगा। मौजूद लोगों के लिए आश्चर्य का विषय था। अस्पताल प्रबंधन के लिए लोगों के मन में जबरदस्त गुस्सा था। माजरा समझकर मोटा भाई जमीन से दो फीट ऊपर उछल कर इंस्पेक्टर पर बरस पड़े———

'बहुत बड़ा मजाक हुआ है, साहेब! अस्पताल प्रबंधन से अक्षम्य अपराध

हुआ है। मैं दोषी लोगों को कड़ी से कड़ी सजा दिलाकर रहूँगा। मैं मोटा भाई टोपीवाला मैहर वाली माँ शारदा की कसम खाकर ऐलान करता हूँ कि दोषियों को सजा मिलने तक अन्न–जल ग्रहण नहीं करूंगा, अस्पताल परिसर में ही प्राण त्याग दूँगा।'

फिर वे बलजीत की तरफ घूमकर जोर से बोले———'मर्दे! अधिक से अधिक मजदूरों को फोन करके लाल सलाम बोल, विक्टोरिया अस्पताल में सब इकट्ठा हों। हम भाषण करेंगे और आमरण अनशन पर बैठेंगे।'

मोटा भाई के इरादे भाँपकर दूर खड़ा हुआ इंस्पेक्टर उनके नजदीक आया और टोपी लहराकर विनम्रता से बोला———'मोटा भाई! पैले आप मेरी बात सुन लो, फिर मानना न मानना आपका काम। एक्चुअली! हॉस्पिटल स्टाफ की मिस्टेक तो है ही। किसी ने बदमाशी की है। इसके साइड के बेड में जो लेडी एडमिट था, उसका नाम रत्तीबाई पत्नी कौसर सिंह और इसका नाम

रत्तीबाई पत्नी सरजन है। कल दस बजे नाइट के आसपास किसी ने इसके बेड की फाइल उधर और उधर की इधर कर दी। बाय इल लक वो सडनली सीरियस हुआ और अर्ली मॉर्निंग मर गया।'

मोटा भाई नाक खुजलाते हुये बोले———'यह पता कैसे चला?'

'आठ बजे आज ड्यूटी में दूसरा डॉक्टर आया, दवा देना था वार्ड में। वह बेड टू–बेड जाकर दवाई दे रहा था। इसकी केस फाइल में कल की कमेंट में लिखा था, कोविड–19 पाजिटिब, टेंपरेचर 104, और साँस लेने में तकलीफ़। उसने इससे पूछा, अब बुखार केसा है? इसने बताया मुझे तो पाँच दिन से बुखार आया ही नहीं। डॉक्टर को शक हुआ, उसने ऐज टेली की सिक्सटी फोर लिखा था। इसका फोन भी कल रात चोरी हुआ है। किसी ने जानबूझकर काम किया लगता है।'

'फिर क्या हुआ सर? संटू ने पूछा।

'फिर क्या होना था। चोकिंग हुई मामला पकड़ में आया। सूचना पाते ही कलेक्टर और कमिश्नर सर, हॉस्पिटल पहुँच गया। मुझे दस बजे फोनकर बुलाया गया। आते ही कमिश्नर साहब इस लेडी को लेकर इधर जाने को बोला, तो मैं चला आया।'

'मैं दोषियों को कड़ी सजा की माँग करूँगा। मैं तब तक अन्न–जल

ग्रहण नहीं करूँगा, तब तक उन्हें सजा नहीं मिल जाती।' जोश भरकर मोटा भाई बोले।

'इसकी जरूरत नहीं मोटा भाई, कमिश्नर साहब कड़क मिजाज अफसर है। वार्ड में रात ड्यूटी वाली पूरी टीम को उसने सस्पेंड कर दिया है, मेरे सामने ही।'

इंस्पेक्टर की बात सुनकर मोटा भाई मन मसोसकर रह गए। उठा हुआ जोश ठंडा होकर बैठ गया। नेतागिरी चमकाने का एक बेहतरीन मौका हाथ से फिसल गया था। इंस्पेक्टर लौट चला था। मोटा भाई जेब से सिगरेट निकाल कर सुलगा चुके थे। मनफेर इधर–उधर ताक–झाँक कर रहा था। पूछने पर पता चला कि उसकी साइकिल कोई चुरा ले गया है। मोटा भाई ने उसे तसल्ली दी———'शुभ संकेत हैं, लोहे का शनिवार को चोरी जाना अच्छा माना जाता है, तुमको बहुत जल्दी से मोटरसाइकिल मिलने वाली है।'

कार की ड्राइविंग सीट पर संटू बैठ चुका था। सुरजन और रतिया पीछे की सीट पर बैठे। कार में जगह न होने की वजह से मोटा भाई और बलजीत ने टैक्सी से लौटने को कहा। रतिया और सुरजन को नई जिंदगी मिली थी। रतिया को लग रहा था कि उसका विवाह आज ही हुआ है और वह पति के साथ कार में बैठकर प्रथमवार ससुराल जा रही है।

समाप्त

(तेइस)
उपसंहार

किसी कार्य की सफलतापूर्वक पूर्णता पर प्रसन्नता होती है। एक लेखक होने के नाते उपन्यास के समापन पर मुझे भी प्रसन्नता होनी चाहिए। प्रसन्नता होती थी, किंतु पहली बार ऐसा हुआ कि खुशी नहीं हुई। मन में बहुत पीड़ा है।

उम्मीद थी कि उपन्यास के समापन के साथ ही कोरोना का असर खत्म हो जाएगा या कम हो जाएगा, किन्तु ऐसा नहीं हुआ। आज सितंबर माह का द्वितीय पक्ष शुरू हो गया है। सत्रह तारीख है, संक्रमित लोगों की संख्या पचास लाख को पार हो गई है। अस्सी हजार के लगभग मृत्यु भी हुई है। प्रतिदिन एक लाख के लगभग नए लोग संक्रमण की चपेट में आ रहे। हजार से ऊपर प्रतिदिन मर भी रहे हैं। अच्छी बात यह है कि अस्सी हजार के लगभग ठीक भी हो रहे हैं। मालुम नहीं यह सिलसिला कब और कहाँ जाकर रुकेगा। शैक्षणिक कार्य के अलावा सभी तरह के संस्थान खुले हैं। आवागवन के साधन चालू हैं, आखिर कब तक महत्वपूर्ण गतिविधियों को ठहराव देकर जिया जा सकता है। मैंने बहुत नजदीक से उन पीड़ित परिवारों को देखा है, जिनके घर का सदस्य मरा है। ऐसे घरों से केवल एक मौत ही नहीं हुई, बहुत कुछ मरते हुए देखा है। हमारा सामाजिक ढाँचा, महज एक धक्के में भरभराकर गिर गया। ओफ्फ!! इतना कमजोर, पास–पड़ोस तक का कोई व्यक्ति उनके इस दुःख में शामिल शरीक नहीं हुआ। अभी तक आदमी की मृत्यु होते हुई देखी–सुनी थी। परंतु इस वायरस के समय में आदमीयत को भी मरते हुए देखा है।

इस संकट की घड़ी में कुछ लोगों ने अपनी ड्यूटी को बहुत ऊपर उठाया है, तन–मन–धन से जरूरत मन्दों की मदद की है। उनके लिए हृदयतल से धन्यवाद है। देश के चिकित्सक, पुलिस, बैंक, डाकघर प्रभागों के कर्मशील कर्मचारियों को भी बधाई और पुस्तक के पृष्ठ पर सम्मान दर्ज करता हूँ। यही मानवीय संवेदना है, यही मानव होने का सबूत है, जो इन लोगों ने दिखाया है।

चिकित्सा पेशे से जुड़े लोगों की जितनी भी सराहना की जाए कम है।

बीमारी की रोकथाम में सरकार के प्रयासों की भी सराहना की जानी चाहिए। मेरा स्वभाव किसी की कमी खोजने का नहीं है। चूक करना मानवीय स्वभाव है। चूक हुई हैं, और होती रहेगी। बहुत बड़ा मिशन है, अदृश्य वाइरस के खिलाफ जंग जारी है। इस दौरान अमानवीय सूचनाएँ भी सुनने को मिलीं, जो मन को व्यथित कर गईं। अच्छी बात अब यह है कि कोरोना का जो खौफ शुरुआत में रहा, अब कम हो गया है, अब व्यक्ति ढीठ हो गया है या आदी हो गया है।

उपन्यास के पात्र अपनी तरह से अपनी बात कहे हैं। कोई इन्हें समझे या न समझे या महज लेखक मन की कल्पना मानकर चले, किंतु मैंने जो कुछ भी लिखा है, मेरे हृदय से उपजे किरदारों की भोगी हुई पीड़ा है। लेखक के द्वारा स्वयं महसूसा हुआ दुख–सुख है।

सादर
रामानुज अनुज